Una vida

Guy de Maupassant

Una vida

La humilde verdad

Traducción de
María Teresa Gallego Urrutia

ALBA *minus*

ALBA MINUS

Publicado por primera vez en Alba Clásica en octubre de 2000

TÍTULO ORIGINAL: *Une vie (L'humble vérité)*

Baixada de Sant Miquel, 1 08002 Barcelona
www.albaeditorial.es

DISEÑO: Pepe Moll de Alba

PRIMERA EDICIÓN: octubre de 2025
ISBN: 978-84-1178-209-8
DEPÓSITO LEGAL: B 15856-2025

IMPRESIÓN: Liberdúplex, s. l. u.
Ctra. BV 2241, km 7,4 Polígono Torrentfondo 08791 Sant Llorenç d'Hortons (Barcelona)

IMPRESO EN ESPAÑA

Índice

Nota al texto

En 1877, a los veintisiete años, Guy de Maupassant, que se había dado ya a conocer con algunos cuentos, comienza a elaborar su primera novela: *Una vida (La humilde verdad).* Tardará seis años en concluirla, durante los cuales la deja de lado durante temporadas más o menos largas para escribir y publicar otras obras. Un joven principiante había comenzado la novela; un escritor ya conocido la publica en 1883 (el mismo año de *El Paraíso de las Damas* de Zola, Alba Minus núm. XXIX), primero por entregas en el periódico *Gil Blas,* luego en un volumen de la editorial Havard.

La versión castellana que ofrecemos está realizada a partir de la edición de Alain Buisine, que publicó en 1983 la Librairie Générale Française.

A *madame* Brainne

Como homenaje de un devoto amigo
y en recuerdo de un amigo muerto.

Guy de Maupassant

Capítulo I

Jeanne, que ya había acabado de hacer los baúles, fue a mirar por la ventana, pero la lluvia seguía cayendo.

Toda la noche había estado sonando el aguacero contra los cristales y los tejados. Era como si hubiera reventado el cielo, bajo y grávido de agua, y se estuviese vaciando sobre la tierra, diluyéndola hasta convertirla en papilla, deshaciéndola igual que si fuera azúcar. Pasaban ráfagas cargadas de bochorno. El retumbar de los arroyos desbordados llenaba las calles desiertas; las casas chupaban como esponjas aquella humedad que se les metía dentro y, del sótano al desván, hacía rezumar las paredes.

Con aquella, eran cien las veces que, desde por la mañana, temerosa de que su padre no se decidiese a emprender la marcha si el tiempo seguía metido en agua, había examinado el horizonte Jeanne, que había salido del convento la víspera, libre al fin para siempre, dispuesta a hacer suyas todas las dichas de la vida con las que llevaba tanto tiempo soñando.

Se dio cuenta, luego, de que se le había olvidado guardar el calendario en el bolso de viaje. Quitó de la pared la cartulina dividida en meses, que mostraba, en el centro de un dibujo, los dorados números del año en curso: 1819. Tachó luego con un lapicero las cuatro primeras columnas, tapando con una raya los nombres del santoral hasta llegar al 2 de mayo, día en el que había dejado el convento.

Una voz dijo detrás de la puerta:

–¡Jeannette!

Jeanne respondió:

–¡Pasa, papá!

Y su padre entró.

El barón Simon-Jacques Le Perthuis des Vauds era un hidalgo del siglo anterior, maniático y bondadoso. Como discípulo entusiasta de Jean-Jacques Rousseau, profesaba una ternura de amante a la naturaleza, los campos, los bosques, los animales.

Por su raigambre aristocrática, le inspiraban instintivo odio las ideas de 1793; mas, de temperamento filosófico y formación liberal, aborrecía la tiranía con inofensiva y declamatoria abominación.

La bondad era su gran fuerza y su gran debilidad: una bondad cuyos brazos no daban abasto para acariciar, dar y abarcar; una bondad de creador, dispersa, sin firmeza, como si tuviera embotado uno de los nervios de la voluntad, semejante a un fallo de la energía, casi un vicio.

Siendo hombre dado a las teorías, tenía pensado todo un programa de educación para su hija, a la que quería ver dichosa, buena, recta y tierna.

Había crecido esta hasta los doce años en el hogar; la habían metido, luego, interna en el Sagrado Corazón pese a las lágrimas de su madre.

El padre la había mantenido en tan severo encierro conventual, enclaustrada, ignorada e ignorante de los hechos de los hombres. Quería que se la devolviesen casta a los diecisiete años para templarla luego personalmente sumergiéndola en una suerte de baño de sensata poesía; llevarla al campo para abrirle el alma junto a la tierra fecundada y desembotar su ignorancia mostrándole el amor ingenuo, los sencillos afectos de los animales, las serenas leyes de la vida.

Salía Jeanne ahora del convento radiante y pletórica de savias y apetitos de dicha, lista para todas las alegrías, para todos los adorables azares que ya había recorrido con el pensamiento durante ociosos días, prolongadas noches, aisladas esperanzas.

Era como un retrato del Veronese, con aquella cabellera de un rubio resplandor que parecía haberle desteñido en la piel, una piel de aristócrata, tintada apenas de rosa, que sombreaba un sutil vello semejante a un pálido terciopelo que la caricia del sol permitía vislumbrar. Los ojos eran azules, de ese azul opaco de los muñecos de porcelana holandeses.

En la aleta izquierda de la nariz tenía un lunar pequeño; y otro a la derecha, en la barbilla, del que nacían unos rizosos pelillos tan semejantes a la piel que apenas si se notaban. Era alta, de pechos maduros y flexible talle. La voz, clara, parecía a veces aguda en exceso; pero su franca risa alegraba cuanto tenía alrededor. Solía, con un ademán que le era habitual, llevarse ambas manos a las sienes como si quisiera atusarse el pelo.

Corrió hacia su padre, lo besó y lo abrazó:

–¿Qué? ¿Nos vamos? –preguntó.

Él sonrió, sacudió la melena, ya blanca, que llevaba bastante larga, y, mostrando la ventana con la mano, dijo:

–Pero ¿cómo quieres que salgamos de viaje con este tiempo?

Pero Jeanne se lo rogaba, mimosa y tierna:

–¡Ay, papá! Vámonos ya, por favor. Por la tarde va a hacer bueno.

–Si es que tu madre no va a querer.

–Ya verás como sí. Déjalo de mi cuenta.

–Si consigues convencer a tu madre, por mí no hay inconveniente.

Jeanne se abalanzó hacia el cuarto de la baronesa. Pues había esperado el día de la marcha con impaciencia creciente.

No había salido de Ruán desde que ingresara en el Sagrado Corazón, ya que su padre no autorizaba diversión alguna antes de la edad que tenía determinada. Solo la habían llevado en dos ocasiones a París, pero París también era una ciudad, y Jeanne solo anhelaba el campo.

Ahora iba a pasar el verano en la finca familiar, Los Chopos, una antigua casa solariega que se erguía en la cima del acantilado, cerca de Yport; y esperaba una dicha infinita de aquella vida libre, al filo de las olas. Y, además, era cosa convenida que la mansión iba a ser suya; seguiría viviendo en ella cuando estuviera casada.

Y aquella lluvia que llevaba cayendo sin tregua desde la víspera por la noche era el primer disgusto de consideración de su vida.

Pero, al cabo de tres minutos, salió a la carrera del cuarto de su madre, voceando por toda la casa:

–¡Papá, papá! A mamá le parece bien. Manda enganchar los caballos.

El diluvio no remitía; antes bien, parecía estar arreciando cuando la calesa se detuvo ante la puerta.

Jeanne ya estaba lista para subir al coche cuando bajó las escaleras la baronesa, a la que sostenían de un lado su marido y del otro una doncella alta, fuerte y tan recia como un muchacho. Era una normanda de la región de Caux, que aparentaba veinte años al menos, aunque no tenía más de dieciocho. Era hasta cierto punto una segunda hija y como tal la trataba la familia, pues había sido hermana de leche de Jeanne. Se llamaba Rosalie.

Su cometido principal, por lo demás, consistía en guiar los pasos de su señora, que se había vuelto muy obesa desde hacía unos años debido a una hipertrofia del corazón de la que se quejaba constantemente.

La baronesa llegó, sin resuello, a la escalinata de la fachada del antiguo palacete, miró el patio delantero por el que corría el agua a raudales y dijo a media voz:

–La verdad es que esto es una locura.

Su marido le contestó, sin dejar de sonreír:

–Pues usted lo ha querido, mi señora Adélaïde.

Como la baronesa respondía al nombre un tanto pomposo de Adélaïde, el barón siempre le ponía delante ese «mi señora», manifestándole un respeto un sí es no es burlón.

La baronesa reanudó la marcha y subió trabajosamente al coche, cuyas ballestas cedieron todas a una. El barón se sentó a su lado y Jeanne y Rosalie se instalaron en el banco corrido, de espaldas a la marcha.

Ludivine, la cocinera, trajo un buen brazado de abrigos, con los que todos se cubrieron las rodillas, amén de dos cestas que los pasajeros colocaron bajo las piernas; luego se encaramó al pescante, junto al tío Simon, y se envolvió en una manta grande que le tapaba por completo la cabeza. El portero y su mujer acudieron a despedirlos respetuosamente mientras cerraban la portezuela; los viajeros les hicieron las últimas recomendaciones en lo tocante a los baúles, que irían detrás, en una carreta, y la expedición se puso en marcha.

Casi no se veía al tío Simon, el cochero, que agachaba la cabeza y arqueaba la espalda bajo la lluvia, embutido en su carric de esclavina triple. El borrascoso chaparrón azotaba, gemebundo, los cristales e inundaba la calzada.

Al trote de los dos caballos, la berlina bajó de un tirón hasta el muelle y fue bordeando la hilera de grandes navíos, cuyos mástiles, vergas y aparejos se erguían melancólicamente entre el chorrear del cielo como árboles de ramas desnudas. Tomó, luego, el largo bulevar del monte Riboudet.

A poco, ya estaban cruzando las praderas; de vez en cuando,

podía verse, entre una neblina de agua, la severa silueta de algún sauce empapado, cuyas ramas colgaban con la dejadez de los miembros de un cadáver. Las herraduras de los caballos chapoteaban y las cuatro ruedas levantaban soles de barro.

Todos callaban; incluso los pensamientos parecían tan húmedos como la tierra. Mamaíta se arrellanó, recostó la cabeza y bajó los párpados. El barón contemplaba con apagados ojos la campiña monótona y empapada. Rosalie, con un bulto en las rodillas, estaba sumida en ese ensimismamiento animal de la gente del pueblo. Pero Jeanne se sentía revivir entre aquel tibio chorrear de agua, igual que una planta encerrada a la que acabasen de sacar de nuevo al aire libre; y era tal su cúmulo de alegría que, como un frondoso follaje, le resguardaba el corazón de la tristeza. No hablaba, pero sentía deseos de cantar, de sacar la mano para llenarla de agua y bebérsela; y disfrutaba al sentir que la llevaba el rápido trote de los caballos, al contemplar el desolado paisaje y estar resguardada en medio de tan tremenda inundación.

Bajo la tenaz lluvia, de las relucientes grupas de los caballos subía como un vaho de agua hirviendo.

La baronesa se estaba quedando dormida. Poco a poco, se le fueron descolgando los rasgos del rostro, que enmarcaban, penduleando a ambos lados, seis tirabuzones idénticos, hasta que, por fin, descansaron muellemente en las tres anchas oleadas del cuello, cuyas últimas ondulaciones se perdían en la alta mar del pecho. Cada vez que tomaba aire, se le enderezaba la cabeza, que volvía luego a desplomarse, y se le hinchaban las mejillas al tiempo que le brotaba un sonoro ronquido de los labios entreabiertos. Su marido se inclinó hacia ella y le colocó con suavidad entre las manos cruzadas sobre el amplio vientre una cartera pequeña de cuero.

El contacto despertó a la baronesa; y fijó en aquel objeto una mirada ausente, colmada del atontamiento de los sueños interrumpidos. La cartera cayó y se abrió. Se dispersaron por la calesa monedas de oro y billetes de banco. La baronesa se despertó por completo; y el regocijo de su hija brotó en un estallido de risas.

El barón recogió el dinero y dijo, poniéndoselo a su mujer en las rodillas:

–Esto es, amiga mía, cuanto queda de mi alquería de Életot. La he vendido para hacer reformas en Los Chopos, en donde de ahora en adelante pasaremos muchas temporadas.

La baronesa contó seis mil cuatrocientos francos y se los metió tranquilamente en el bolsillo.

Era esta la novena finca que vendían de las treinta y una que les habían dejado sus padres. Contaban aún, empero, con alrededor de veinte mil libras de renta en tierras que, bien administradas, les habrían proporcionado fácilmente treinta mil francos anuales.

Como llevaban una vida sencilla, esos ingresos habrían sido más que suficientes de no haber sido porque en aquella casa había un agujero sin fondo que no se cerraba nunca: la bondad, que hacía que se les evaporase el dinero de las manos igual que se evapora al sol el agua de las ciénagas. Fluía, huía, desaparecía. ¿Cómo? Nadie lo sabía. Cada dos por tres, decían uno u otra: «No sé qué ha pasado, pero hoy me he gastado cien francos; y eso que no he comprado nada del otro mundo».

Aquella facilidad para dar era, por lo demás, una de las grandes satisfacciones de su existencia; y coincidían en esto de forma estupenda y conmovedora.

Jeanne preguntó:

–¿Han dejado bonita mi casona?

El barón respondió alegremente:

–Vas a ver, chiquilla.

En tanto, iba cejando paulatinamente la violencia del aguacero; no quedó ya luego sino algo así como una neblina, un finísimo y revoloteante polvillo de lluvia. La bóveda de nubes parecía irse elevando y haciéndose más blanca; y, de pronto, por un agujero invisible, un largo y oblicuo rayo de sol bajó hasta las praderas.

Y, tras abrirse las nubes, apareció el fondo azul del firmamento; luego la hendidura creció, como el desgarrón de un velo, y un hermoso cielo puro, de limpio y hondo azur, se tendió por encima del mundo.

Pasó un hálito fresco y suave, como un suspiro dichoso de la tierra. Y, cuando bordeaban un jardín o un bosque, oían a veces el vivaz canto de un pájaro, que se estaba secando las plumas.

Caía la tarde. Ahora todos dormían en el coche menos Jeanne. Dos veces se pararon en sendas posadas para que descansasen los caballos y darles un poco de avena con agua.

Ya se había puesto el sol; unas campanas sonaban a lo lejos. En una aldea, encendieron los faroles del coche; también el cielo se encendió con un hormigueo de estrellas. De tarde en tarde, aparecían casas con ventanas iluminadas, que horadaban las tinieblas con un punto de fuego; y, de súbito, detrás de un altozano, entre las ramas de los pinos, se alzó la luna, roja, gigantesca y como entumecida de sueño.

Tan suave era la temperatura que las ventanillas iban abiertas. Jeanne, rendida de tanto soñar, ahíta de visiones felices, descansaba ahora. A veces, si llevaba mucho rato en la misma postura, el entumecimiento le hacía abrir los ojos; miraba entonces hacia afuera y veía pasar, en la noche luminosa, los árboles de una casa de labor, o, acá y acullá, unas cuantas vacas tendidas en un prado, que enderezaban la cabeza. Buscaba luego otra postura e intentaba retomar el hilo de un sueño esbozado; pero el continuo rodar del coche le llenaba los oídos, le cansaba el pensamiento, y volvía a cerrar los ojos sintiendo tan doloridas las ideas como el cuerpo.

Mas ya se estaba parando el coche. Ante las portezuelas había hombres y mujeres de pie, con faroles en la mano. Habían llegado. Jeanne se despertó con prontitud y bajó enseguida. Un aparcero alumbró a padre y a Rosalie para que llevasen casi en volandas a la baronesa exhausta, que se quejaba con desamparo y repetía sin tregua, con voz débil y agonizante:

–¡Ay, Señor, qué vida esta, hijos míos!

No quiso ni beber ni comer nada, se metió en la cama y se durmió en el acto.

Jeanne y el barón cenaron juntos y a solas.

Sonreían al mirarse, se cogían las manos por encima de la mesa; y, habiéndose apoderado de ambos un gozo infantil, empezaron a recorrer la mansión recién restaurada.

Era una de esas amplias viviendas normandas de techos altos, medio casa de labor y medio casona solariega, de piedra antes blanca y ahora gris, tan amplia que podría albergar a toda una raza.

Un vestíbulo inmenso dividía la casa en dos y la cruzaba de lado a lado, abriendo sus grandes puertas en ambas fachadas. Una escalera doble parecía salvarlo de una zancada, dejando vacío el centro y uniendo en el primer piso sus dos ramales, como si fuera un puente.

En la planta baja, se entraba, a la derecha, en el gigantesco salón, cuyas paredes cubría una tela con estampado de ramas y hojas por las que retozaban unos pájaros. Todos los muebles, de tapicería bordada en *petit point,* no eran sino ilustraciones de las fábulas de La Fontaine; y Jeanne sintió por dentro un brinco de gusto al volver a ver una silla que le agradaba mucho de pequeña e ilustraba la historia de la cigüeña y la raposa.

Junto al salón, estaban la biblioteca, repleta de libros antiguos, y otras dos habitaciones que no se usaban; a la izquierda, el comedor, con paredes recién forradas de madera, el cuarto ropero, la antecocina, la cocina y un aposento pequeño en el que había una bañera.

Un pasillo dividía en dos, a lo largo, el primer piso. Las diez puertas de los diez dormitorios daban, en fila, a aquel corredor. Al fondo, a la derecha, estaba el aposento de Jeanne, en el que entraron. El barón acababa de reformarlo por completo, por el sencillo procedimiento de echar mano de tapices y muebles que no se usaban y estaban guardados en los desvanes.

Los tapices, de origen flamenco y muy antiguos, poblaban el cuarto de singulares personajes.

Mas, al ver la cama, la joven dio un grito de alegría. En las cuatro esquinas, cuatro grandes aves de roble, muy negras y reluciendo de cera, soportaban el lecho y parecían custodiarlo. Los costados eran dos anchas guirnaldas de flores y frutas talladas; y, sobre cuatro columnas de menudo acanalado, que remataban unos capiteles corintios, se alzaba un friso de rosas y amorcillos entrelazados.

Se erguía aquella cama como un monumento; y resultaba grácil, no obstante, pese a la severidad de la madera que el tiempo había oscurecido.

Y el cubrepiés y el dosel brillaban como dos firmamentos. Eran de una antigua seda azul oscuro en la que, a trechos, lucían como estrellas grandes flores de lis bordadas en oro.

Tras haber estado un buen rato admirando la cama, Jeanne alzó la luz que llevaba en la mano para contemplar los tapices y enterarse de qué representaban.

Un doncel y una damisela, ataviados con singulares ropajes verdes, rojos y amarillos, conversaban debajo de un árbol azul en el que maduraban frutas blancas. Un conejo grande y del mismo color pastaba una matita de hierba gris.

Precisamente encima de la cabeza de los personajes, en un horizonte convencional, se divisaban cinco casitas redondas de tejados puntiagudos; y, muy arriba, casi en el cielo, había un molino de viento, rojo de arriba abajo.

Por todo el tapiz corrían anchas guirnaldas de flores.

Los otros dos eran muy parecidos al primero, con la única diferencia de que de las casas salían cuatro personajillos vestidos a la flamenca, que alzaban los brazos al cielo en señal de asombro y enojo extremados.

Pero el último de los tapices refería una tragedia. El joven estaba tendido junto al conejo, que continuaba pastando, y parecía muerto. La muchacha lo miraba y, al tiempo, se clavaba una espada en el seno. Y las frutas del árbol se habían tornado negras.

Jeanne iba ya a renunciar a entender la historia cuando descubrió, en una esquina, un animalillo microscópico que el conejo, si hubiera sido de carne y hueso, habría podido comerse como si de una brizna de hierba se tratara. Y, no obstante, era un león.

Reconoció entonces las desventuras de Píramo y Tisbe; y, aunque la simplicidad de los dibujos la hacía sonreír, se alegró de vivir dentro del cerco de aquella historia de amor que le traería continuamente al pensamiento esperanzas muy caras y haría revolotear todas las noches, por encima de su sueño, aquel tierno afecto antiguo y legendario.

El resto del mobiliario era un conglomerado de los estilos más diversos. Lo constituían esos muebles que cada generación va aportando a la familia y convierten las casas antiguas en algo así como museos en los que todo está mezclado. A ambos lados de una espléndida cómoda Luis XIV, cubierta de una coraza de relucientes adornos de cobre, estaban dos butacas Luis XV, aún cubiertas de seda rameada. Había un secreter de palo de rosa frente a la chimenea, en cuya repisa se veía, bajo un fanal redondo, un reloj Imperio de sobremesa.

Representaba este un panal de bronce, colgado de cuatro columnas de mármol sobre un jardín de flores doradas. Un delgado péndulo, que asomaba del panal por una ranura alargada, paseaba eternamente sobre el parterre una abejita de esmaltadas alas.

La esfera era de porcelana pintada y estaba incrustada en un costado del panal.

El reloj empezó a dar las once. El barón besó a su hija y se retiró a su aposento.

Entonces Jeanne se acostó, aunque de mala gana.

Recorrió su cuarto con una última mirada, luego apagó la vela. Pero a la izquierda de la cama, que solo tenía la cabecera arrimada a la pared, había una ventana por la que entraba una oleada de luz de luna, desparramándose por el suelo en un charco luminoso.

Unos reflejos salpicaban las paredes, reflejos pálidos que acariciaban con débil claridad los quietos amores de Píramo y Tisbe.

Por la otra ventana, que tenía a los pies, Jeanne divisaba un árbol alto bañado de suave luz. Se volvió de lado, cerró los ojos y tornó a abrirlos al cabo de un rato.

Le parecía que aún la baqueteaban los tumbos del coche, cuyo constante rodar seguía oyendo dentro de la cabeza. Se quedó quieta al principio, con la esperanza de que esa inmovilidad le trajera al fin el sueño; pero la impaciencia del pensamiento no tardó en invadirle todo el cuerpo.

Notaba calambres en las piernas y una fiebre creciente. Se levantó, pues, y, descalza y con los brazos al aire, vistiendo un camisón largo con el que parecía un fantasma, atravesó la charca de luz que cubría el suelo, abrió la ventana y miró afuera.

La noche era tan clara que podía verlo todo como en pleno día; y la joven iba reconociendo la comarca que tanto había querido hacía tiempo, cuando era muy pequeña.

Lo primero que tenía ante sí era una amplia pradera de césped, de un amarillo mantecoso bajo la luz nocturna. Dos gigantescos árboles se alzaban en los dos extremos, de cara a la casona: un plátano, al norte, y un tilo, al sur.

Al final de la dilatada extensión de césped, un bosquecillo clausuraba aquel recinto que protegían de las ventiscas del mar abierto cinco hileras de vetustos olmos que el viento marino, siempre violento, había retorcido, rapado, corroído, podado, hasta dejarlos como el inclinado alar de una techumbre.

A derecha e izquierda, limitaban aquel a modo de parque dos largos paseos de altísimos chopos que separaban la residencia de los señores de las dos casas de labor vecinas, en las que vivían la familia Couillard y la familia Martin.

Esos chopos habían dado nombre a la casa solariega. Más allá del cercado que formaban, se abría una ancha planicie sin cultivos, cubierta de aulagas, por la que, de día y de noche, corría al galope una sibilante brisa. Luego, de pronto, la pendiente se hundía hasta convertirse en un acantilado de cien metros, cortado a plomo y blanco, cuyo pie bañaban las olas.

Jeanne contemplaba, en lontananza, la ancha superficie de moaré de las aguas, que parecían dormidas bajo las estrellas.

Sumida en esa paz que llega cuando se va el sol, esparcía la tierra todos sus aromas. Un jazmín enroscado en las ventanas de la planta baja despedía sin descanso su penetrante aliento, que se mezclaba con el perfume, más discreto, de las hojas nuevas. Pasaban despaciosas ráfagas que traían consigo los vigorosos sabores del aire salado y el viscoso sudor de las algas.

La joven se entregó a la dicha de respirar; y el reposo de la campiña la calmó como un baño de agua fresca.

Todos los animales que despiertan al caer la tarde y ocultan su oscura existencia en la tranquilidad de las noches colmaban la penumbra con silenciosa animación. Grandes aves huían por el aire sin proferir grito alguno, igual que manchas, igual que sombras; pasaban, rozando el oído, los zumbidos de insectos invisibles; mudos correteos cruzaban la hierba cubierta de rocío o la arena de los caminos desiertos.

Solo algunos melancólicos sapos lanzaban hacia la luna su nota breve y monótona.

A Jeanne le parecía que se le ensanchaba el corazón, tan colmado de murmullos como aquella noche clara; le merodeaban de pronto por él mil hormigueantes deseos, de la misma forma que merodeaban esos animales nocturnos cuya vibración la rodeaba. Una afinidad la vinculaba a aquella poesía viva; y por la mullida blancura de la noche sentía pasar escalofríos sobrehumanos y palpitar inasibles esperanzas, algo que parecía un hálito de dicha.

Y sus sueños se encauzaron por el derrotero del amor.

¡El amor! Su proximidad llevaba dos años llenándola de ansiedad creciente. Ahora era libre para amar; solo le faltaba ya conocerlo, ¡conocerlo a él!

¿Cómo sería? No lo sabía con exactitud y ni siquiera se lo preguntaba. Sería *él,* y ya está.

Solo sabía que iba a adorarlo con toda el alma y que él la querría con todas sus fuerzas. Pasearían, en noches semejantes a esta, bajo la luminosa ceniza que caía de las estrellas. Irían de la mano, muy juntos, oyendo latir sus corazones, sintiendo el calor de sus hombros, trenzando su amor con la suave sencillez de las noches de verano, tan unidos que no les costaría esfuerzo alguno ahondar hasta en los pensamientos más íntimos del otro mediante el poder de su mutua ternura.

Y así sería para siempre jamás, con la serenidad de un inenarrable cariño.

Le pareció de pronto que lo sentía allí, muy cerca de ella; y un brusco e inconcreto escalofrío de sensualidad la recorrió de pies a cabeza. Se abrazó a sí misma con inconsciente ademán como si quisiera estrechar su ensoñación contra el pecho; y por sus labios, tendidos hacia lo ignoto, pasó, rozándolos, un algo que casi la hizo desfallecer, como si el aliento de la primavera le hubiera dado un beso de amor.

De súbito, a lo lejos, en la carretera, a espaldas de la casona, oyó pasos en la noche. Y con un impulso del alma turbada, con un arrebato de fe en lo imposible, en los azares providenciales, en los presentimientos divinos, en las novelescas combinaciones de la suerte, pensó: «¿Y si fuera él?». Escuchaba con ansiedad las cadenciosas pisadas del caminante, segura de que este se detendría en la verja para pedir hospitalidad.

Cuando pasó de largo, notó la misma tristeza que tras una decepción. Pero cayó en la cuenta de lo excesivo de aquella esperanza y sonrió al verse tan loca.

Un poco más tranquila ya, dejó que su pensamiento flotase al hilo de un sueño más sensato, intentando averiguar qué le traería el porvenir, construyendo su existencia.

Viviría aquí con él, en esta apacible casona a cuyos pies estaba la mar. Tendría seguramente dos hijos, un muchacho para él, una niña para ella. Y los veía corriendo por la hierba entre el plátano y el tilo, mientras el padre y la madre los seguían con arrobados ojos, cruzando por encima de sus cabezas miradas pletóricas de pasión.

Y aquella vaga ensoñación duró mucho rato, mientras la luna, concluyendo su recorrido por el cielo, iba a ocultarse en la mar.

El aire era más fresco. El horizonte palidecía por oriente. Un gallo cantó en la casa de labor de la derecha; otros le respondieron desde la de la izquierda. Sus voces roncas parecían llegar desde muy lejos, cruzando el tabique del gallinero; y en la inmensa bóveda del cielo, que insensiblemente se había vuelto blanca, las estrellas iban desapareciendo.

Despertó en algún sitio un piar de pájaro. Brotaron de las hojas gorjeos que, tímidos al principio, fueron cobrando luego atrevimiento y se hicieron vibrantes, gozosos, dilatándose de rama en rama, de árbol en árbol.

Jeanne notó de repente que la rodeaba una claridad; y, cuando alzó la cabeza, que había ocultado entre las manos, cerró los ojos al deslumbrarla el resplandor de la aurora.

Un cúmulo de nubes, en parte oculto tras un ancho paseo de chopos, enviaba fulgores sangrientos a la tierra ya despierta.

Y, poco a poco, perforando las nubes deslumbrantes, asaeteando de fuego los árboles, las planicies, el océano, el horizonte todo, se alzó la inmensa esfera flamígera.

Y Jeanne sentía que se volvía loca de dicha. Un jubiloso delirio, una ternura infinita ante el esplendor de las cosas le anegó el corazón desfalleciente. Ese sol le pertenecía. Esta aurora le pertenecía. ¡Eran el comienzo de su vida! ¡El amanecer de sus esperanzas! Tendió los brazos hacia el radiante espacio movida por un deseo de estrechar en ellos el sol; quería hablar, gritar palabras tan divinas como aquella eclosión del día; mas la paralizaba un impotente entusiasmo. Entonces apoyó la frente en las manos y notó que los ojos se le llenaban de lágrimas; y lloró con un llanto delicioso.

Cuando alzó la cabeza, el espléndido decorado del amanecer se había disipado ya. Sintió que también ella se había apaciguado, que estaba algo cansada y había perdido el entusiasmo. Se echó en la cama, dejando la ventana abierta, soñó despierta aún unos cuantos minutos y se quedó tan profundamente dormida que, a las ocho, no oyó que la llamaba su padre y no se despertó hasta que este entró en el cuarto.

Quería enseñarle las reformas de la mansión, de *su* mansión.

Un amplio patio plantado de manzanos separaba del camino la fachada que miraba tierra adentro. Era este un camino de los llamados vecinales, que corría entre los cercados de los campesinos y desembocaba, media legua más adelante, en el camino real que iba de El Havre a Fécamp.

Desde la cerca de madera llegaba hasta la escalinata de la fachada un paseo muy recto. Las dependencias, unos pabellones pequeños, construidos con guijarros de la costa y techados de bálago, formaban dos hileras, a ambos lados del patio, bordeando los zanjas medianeras de las dos casas de labor.

Habían puesto techumbre nueva a la casa solariega, restaurado las maderas, arreglado los desperfectos de los muros, tapizado las habitaciones y pintado todas las paredes. Y en la casona descolorida y vieja parecían manchas los postigos, tan limpios, de un blanco de plata, y los parches de yeso reciente sobre la gran fachada gris.

La otra fachada, a la que daba una de las ventanas de Jeanne, miraba hacia el lejano horizonte del mar por encima del bosquecillo y la muralla de chopos que había corroído el viento.

Jeanne y el barón lo visitaron todo, enlazados, sin dejarse ni un rincón; luego, recorrieron despacio los largos paseos de chopos que cerraban el recinto al que daban el nombre de parque. La hierba había crecido bajo los árboles y desplegaba su alfombra verde. El bosquecillo del fondo era delicioso y en él se enredaban senderos tortuosos separados por tabiques de hojas. Una liebre echó a correr de repente, asustando a la joven; saltó luego el talud y huyó por los juncos marinos hacia el acantilado.

Después de almorzar, como la baronesa, aún exhausta, dijo que pensaba seguir descansando, el barón propuso bajar a Yport.

Se pusieron padre e hija en camino; enseguida, cruzaron la aldea de Étouvent, a la que pertenecía la mansión de Los Chopos. Tres labriegos los saludaron como si los conocieran de toda la vida.

Penetraron en los bosques que, cuesta abajo, conducen al mar siguiendo un valle que se enrosca sobre sí mismo.

No tardó en aparecer el pueblo de Yport. Las mujeres que remendaban ropa sentadas en el umbral de sus casas los miraban pasar. De la calle en cuesta, por cuyo centro corría un arroyo y en cuyas puertas se amontonaban los desperdicios, subía un fuerte olor a salmuera. Las redes pardas, en las que, de trecho en trecho, quedaban algunas escamas relucientes que semejaban moneditas de plata, estaban puestas a secar junto a las puertas de unos chamizos de los que salía el tufo de las familias numerosas apiñadas en una habitación única.

Unas cuantas palomas paseaban al borde del arroyo, buscando la pitanza.

Jeanne lo miraba todo y le parecía singular y nuevo, como una decoración de teatro.

Pero, de repente, al revolver de la esquina de un muro, divisó la mar, de un azul opaco y liso, que se extendía hasta perderse de vista.

Se detuvieron frente a la playa y allí se quedaron, mirando. Velas blancas como alas de aves pasaban mar adentro. El gigantesco acantilado se alzaba a derecha e izquierda. Por uno de los lados, la vista tropezaba con algo parecido a un cabo, mientras que, por el otro, la línea de la costa se alargaba hasta el infinito, hasta convertirse en un trazo casi invisible.

En una de las brechas más próximas se divisaban un puerto y unas casas; y unas olitas diminutas, que ponían a la mar flecos de espuma, rompían en los guijarros con leve rumor.

Las barcas del lugar, que habían sacado del agua para dejarlas en la pendiente de redondos guijarros, descansaban sobre el costado, brindando al sol sus abultados carrillos pintados de alquitrán. Unos cuantos pescadores estaban aprestándolas para la pesca nocturna.

Se les acercó un marinero para ofrecerles pescado y Jeanne

compró una barbada que quería llevar personalmente a Los Chopos.

Aquel hombre les propuso entonces sus servicios para dar paseos en barca, diciéndoles cómo se llamaba una y otra vez para que se les quedase bien grabado en la cabeza:

–Lastique, Joséphin Lastique.

El barón le aseguró que lo recordaría.

Y se volvieron a la casona.

Como el pescado era muy grande y Jeanne se cansaba, le metió por las agallas el bastón de su padre, que ambos agarraron, cada uno por una punta; y caminaban cuesta arriba alegremente, charlando como dos niños, con el viento en la frente y los ojos brillantes, mientras la barbada, cuyo peso les iba venciendo poco a poco los brazos, barría la hierba con la gruesa cola.

Capítulo II

Comenzó entonces para Jeanne una vida deliciosa y libre. Leía, soñaba y vagabundeaba sola por los alrededores. Caminaba sin rumbo, con pasos lentos, por las carreteras, perdido el pensamiento en ensoñaciones; o bajaba brincando por valles estrechos y tortuosos, cuyos flancos, a ambos lados, lucían, como si fuese una capa de oro, una cabellera de aulagas en flor, cuyo aroma, fuerte y dulce, que el sol exacerbaba, la embriagaba como un vino aromático; y un oleaje le mecía la imaginación al compás del lejano ruido de la mar rompiendo en la playa.

A veces, sentía una languidez que la obligaba a tenderse en la hierba prieta de una pendiente; y otras, cuando divisaba de súbito, tras una revuelta del valle, un triángulo de mar azul que resplandecía al sol dentro de un embudo de césped, con una vela en el horizonte, le entraban unos desordenados arranques de júbilo como si notase la misteriosa proximidad de esas venturas que sobre ella se cernían.

Rodeada de la dulzura de la lozana comarca y el sosiego de los curvados horizontes, le iba entrando gusto por la soledad; y se quedaba tanto tiempo sentada en la cima de las colinas que unos conejos de monte pequeñitos pasaban brincando junto a sus pies.

Con frecuencia recorría el acantilado, sintiendo el azote del sutil aire de la costa, vibrando con el exquisito deleite de moverse sin cansancio, igual que los peces por el agua o las golondrinas por el aire.

Sembraba recuerdos por doquier como se dejan caer semillas en la tierra, recuerdos de esos que echan unas raíces que duran hasta la muerte. Le parecía que iba dejando un poco de su corazón en todos los repliegues de aquellos valles.

Le entró una entusiasta afición a los baños. Nadaba hasta perder de vista la orilla, pues era fuerte y atrevida y no tenía conciencia del peligro. Se encontraba a gusto en aquella agua fría, cristalina y azul, que la sostenía y la columpiaba. Cuando llegaba mar adentro, hacía la plancha con los brazos cruzados sobre el pecho y la mirada perdida en el hondo azul del cielo, por el que cruzaban a toda velocidad una bandada de golondrinas o la silueta blanca de un ave marina. No se oía ya más ruido que el lejano murmullo de las olas en los guijarros y un impreciso rumor de arena resbalando una y otra vez con las ondulaciones de las olas, pero era un rumor confuso, casi imperceptible. Luego, Jeanne se enderezaba y, loca de alegría, lanzaba agudos gritos golpeando el agua con ambas manos.

A veces, cuando se alejaba demasiado, venía a buscarla una barca.

Volvía a la casona pálida de hambre, pero ingrávida, vivaz, con la sonrisa en los labios y los ojos rebosantes de dicha.

El barón, por su parte, meditaba ingentes planes agrícolas, quería hacer cosas, organizar el progreso, probar herramientas nuevas, aclimatar razas foráneas; se pasaba parte del día charlando con los campesinos, que movían la cabeza, incrédulos ante aquellos propósitos.

También salía con frecuencia el barón a la mar con los marineros de Yport. Tras haber visitado las grutas, los manantiales y los picachos de los alrededores, quiso pescar como un simple marino.

En los días de brisa, cuando la vela henchida de viento lleva velozmente por la cresta de las olas el mofletudo casco de las barcas, y va al arrastre por ambas bordas el largo espinel cuyo movimiento persiguen las bandadas de caballas, sujetaba con mano trémula de ansiedad el cordel que estremecen los desordenados movimientos del pez recién capturado.

Se hacía a la mar a la luz de la luna para recoger las redes echadas la víspera. Le gustaba oír los crujidos del palo, aspirar las sibilantes y frescas ráfagas nocturnas; y, tras haber dado muchas bordadas para localizar las boyas, guiándose por el erizado pico de una roca, la techumbre de un campanario y el faro de Fécamp, disfrutaba quedándose quieto bajo la primera lumbre del sol naciente que hacía relucir el puente de la embarcación, el pegajoso lomo de las anchas rayas, abiertas en abanico, y el grueso vientre de los rodaballos.

En todas las comidas, refería, entusiasmado, esas salidas; y mamaíta correspondía contándole cuántas veces había recorrido el paseo grande de chopos, el de la derecha, junto a la casa de labor de los Couillard, porque en el otro daba menos el sol.

Como le habían recomendado «que se moviera», ponía la baronesa gran empeño en esas caminatas. En cuanto se templaba el frescor de la noche, salía, apoyándose en el brazo de Rosalie, arrebujada en una capa y dos toquillas y con la cabeza apresada en una asfixiante cofia sobre la que se ponía, además, una prenda de punto rojo.

Iba y venía entonces, arrastrando el pie izquierdo, algo más torpe, que había marcado ya, por todo el paseo, dos polvorientos surcos, uno de ida y otro de vuelta, en los que se había mustiado la hierba; viajaba interminablemente, en línea recta, desde la esquina de la casa solariega hasta los primeros arbustos del bosquecillo. Había mandado poner un banco en cada extremo del recorrido; y se detenía cada cinco minutos, diciendo a la pobre doncella que la sostenía pacientemente:

–Vamos a sentarnos, hija, que estoy un poco cansada.

Y, a cada parada, iba dejando en los bancos ora la prenda de punto de la cabeza, ora una de las toquillas; luego, la otra; y la cofia; y la capa. Con lo que se iban formando, en ambas puntas del paseo, dos grandes bultos de ropa con los que Rosalie cargaba con el brazo libre cuando volvían a la casona a almorzar.

Y, por la tarde, la baronesa seguía paseando, con menos bríos y ratos de descanso más largos; llegaba incluso a echar, de vez en cuando, cabezadas de una hora en una tumbona que le sacaban de la casa.

Se refería a esas caminatas llamándolos «mi ejercicio», de la misma forma que decía «mi hipertrofia».

Un médico, al que habían ido a consultar hacía diez años porque a la baronesa le daban ahogos, había pronunciado la palabra «hipertrofia». Desde entonces, la tenía metida en la cabeza, aunque casi no la entendía. Se empeñaba en que el barón, Jeanne y Rosalie le pusieran continuamente la mano en el corazón, cuyos latidos no notaba ya nadie por hallarse enterrado bajo la abultada mole del pecho; pero se negaba categóricamente a que la reconociera ningún otro médico por temor a que le descubriese otras enfermedades; y hablaba de «su» hipertrofia viniera o no a cuento y con tal frecuencia que parecía que esa dolencia fuera específica de su persona, que le perteneciera como una circunstancia única a la que no tenía derecho nadie más.

El barón decía «la hipertrofia de mi mujer»; y Jeanne, «la hipertrofia de mamá», de la misma forma que hubieran dicho «el vestido, el sombrero o el paraguas».

La baronesa había sido muy bonita en su juventud, y más esbelta que un junco. Tras haber bailado el vals con todos los uniformes del Imperio, leyó *Corinne,* y esa novela la hizo llorar. Desde entonces, había quedado como marcada por esa lectura.

A medida que iba ganando centímetros de cintura, su alma tenía arrebatos cada vez más poéticos; y, cuando la obesidad la dejó clavada en una butaca, sus pensamientos vagaron entre aventuras tiernas de las que se creía protagonista. Tenía algunas preferidas, que elegía una y otra vez para soñar con ellas, igual que damos cuerda a una caja de música para que repita interminablemente la misma melodía. Todas las romanzas lánguidas en que salían cautivas y golondrinas le humedecían infaliblemente los ojos; e incluso le agradaban algunas canciones pícaras de Béranger por la nostalgia que había en ellas.

Con frecuencia, permanecía inmóvil durante horas enteras, aislada en sus ensoñaciones; y vivir en Los Chopos le gustaba mucho, porque esa morada le proporcionaba un decorado para las novelas que albergaba en el alma, y porque los bosques del entorno, la landa desierta y la proximidad del mar le recordaban las novelas de Walter Scott que llevaba unos meses leyendo.

Cuando llovía, se quedaba encerrada en su cuarto, repasando lo que ella llamaba sus «reliquias». Se trataba de toda su correspondencia pasada: las cartas de sus padres, las del barón cuando eran novios, y otras más.

Las tenía encerradas en un secreter de caoba con esfinges de cobre en las esquinas; y decía con una voz peculiar:

–Rosalie, hija, tráeme el cajón de los *recuerdos.*

La doncellita abría el mueble, sacaba el cajón, lo colocaba en una silla al lado de su señora; y esta se ponía a leer las cartas despaciosamente, una a una, dejando caer, de vez en cuando, una lágrima sobre ellas.

Jeanne tomaba a veces el lugar de Rosalie y paseaba a mamaíta, que le contaba recuerdos de su infancia. La joven se reconocía en aquellas historias de antaño, asombrándose del parecido de los pensamientos de ambas, del parentesco de sus deseos; pues todos los corazones creen que han sido los primeros en estremecerse ante las mil sensaciones que hicieron latir los de las criaturas primeras y harán palpitar también los de los hombres y mujeres postreros.

El pausado caminar se adaptaba a la pausada narración, que algún ahogo de la baronesa interrumpía a veces por unos instantes: y los pensamientos de Jeanne brincaban entonces por encima de esas aventuras a medias y se lanzaban hacia el porvenir poblado de dichas, remolineaban entre esperanzas.

Una tarde que estaban descansando en el banco del fondo, vieron de súbito que se les acercaba, desde el otro extremo del paseo, un grueso sacerdote.

Las saludó de lejos, puso cara alegre, volvió a saludarlas a una distancia de tres pasos y exclamó:

–Bueno, señora baronesa, ¿cómo andamos?

Era el párroco de la comarca.

Mamaíta, que había nacido en el siglo de los filósofos y a la que había educado, en tiempos de la Revolución, un padre no muy creyente, pisaba pocas veces la iglesia, aunque le gustaban los sacerdotes por una suerte de instintiva devoción femenina.

No se había acordado ni poco ni mucho del padre Picot, su párroco, y se ruborizó al verlo. Se disculpó por no haberse anticipado a aquella visita. Pero el buen hombre no parecía ofendido; miró a Jeanne, la felicitó por su saludable aspecto, se sentó, se puso la teja en las rodillas y se secó el sudor de la frente. Era muy grueso, muy encarnado, y sudaba a mares. Se sacaba continuamente del bolsillo un pañuelo de cuadros enorme y empapado y se lo pasaba por la cara y el cuello; mas apenas la prenda húmeda había vuelto a las profundidades de la sotana, ya le estaban asomando a la piel nuevas gotas que, cayendo sobre la abultada tela del vientre, materializaban en manchitas redondas el polvo volandero de los caminos.

Era de carácter alegre, un auténtico cura de campo, tolerante, charlatán y buena persona. Contó anécdotas, habló de los moradores de la comarca, no demostró que se hubiera percatado de que sus dos parroquianas no habían hecho aún acto de presencia en los oficios, pues en la baronesa iban a la par la indolencia y una fe desvaída y Jeanne estaba muy satisfecha de verse libre del convento, en donde la habían hartado de ceremonias religiosas.

Llegó el barón. Sus creencias panteístas hacían que los dogmas le resultaran indiferentes. Se mostró amable con el sacerdote, al que conocía desde hacía mucho, y lo invitó a cenar.

El sacerdote supo agradar merced a esa inconsciente astucia que el hábito de manejar almas proporciona incluso a los hombres más mediocres si el azar de los acontecimientos les concede el ejercicio de ese poder sobre sus semejantes.

La baronesa lo trató con muchos miramientos, atraída quizá por una de esas afinidades que hacen simpatizar entre sí a dos personas de iguales atributos físicos, ya que su jadeante obesidad se complacía en el rostro congestionado y la falta de resuello de aquel hombre grueso.

Al llegar a los postres, el sacerdote mostró una jovialidad de cura que echa una cana al aire, esa campechana confianza que acompaña el alegre remate de una comida.

Y, de súbito, exclamó como si se le acabara de ocurrir una idea feliz:

–Pero ¡si cuento con un parroquiano nuevo que les tengo que presentar a ustedes: el señor vizconde de Lamare!

La baronesa, que se sabía por lo menudo todos los escudos nobiliarios de la provincia, preguntó:

–¿Es de los Lamare de Eure?

El sacerdote hizo un ademán de asentimiento:

–Sí, señora, es hijo del vizconde Jean de Lamare, que falleció el año pasado.

Y entonces, la baronesa, cuya afición máxima era la aristocracia, hizo mil preguntas y se enteró de que, tras pagar las deudas del padre, el joven, que había vendido la casa solariega de la familia, había convertido en vivienda de soltero una de las tres casas de labor que poseía en la comuna de Étouvent. Todas sus posesiones juntas equivalían solo a cinco o seis mil libras de renta, pero el vizconde era de talante poco derrochador y prudente y contaba con vivir dos o tres años sin lujos en aquella modesta casita para ahorrar una cantidad que le permitiera alternar y hacer una buena boda sin entramparse ni tener que hipotecar sus fincas.

El párroco añadió:

–Es un muchacho encantador; y tan formal, tan sosegado. Pero no encuentra muchas distracciones en la comarca.

El barón le dijo:

–Tráigalo por aquí, padre; así tendrá algún entretenimiento de vez en cuando.

Y cambiaron de conversación.

Cuando pasaron al salón, después del café, el sacerdote pidió licencia para dar una vuelta por el jardín, pues tenía costumbre de hacer algo de ejercicio después de las comidas. El barón lo acompañó. Paseaban despacio a lo largo de la fachada blanca de la mansión y daban, luego, media vuelta. Sus sombras, flaca la una, redonda y tocada con una seta la otra, iban y venían, tan pronto precediéndolos como siguiéndolos, según caminasen de cara a la luna o dándole la espalda. El cura mascaba el extremo de algo parecido a un cigarro, que se había sacado del bolsillo. Explicó para qué servía con la llaneza de los hombres del campo:

–Es para eructar mejor, porque tengo las digestiones un poco pesadas.

Luego, de pronto, mirando el cielo por el que viajaba el astro de clara luz, dijo:

–Nunca se cansa uno de un espectáculo como este.

Y entró en la casona para despedirse de las señoras.

Capítulo III

El domingo siguiente, la baronesa y Jeanne fueron a misa, movidas por un solícito sentimiento de deferencia para con su párroco.

Acabado el oficio, lo esperaron para invitarlo a almorzar el jueves. Salió de la sacristía en compañía de un joven alto que le daba el brazo muy campechano. En cuanto vio a ambas mujeres, hizo un gesto de alegre sorpresa y exclamó:

–¡Qué oportunas! Señora baronesa, señorita Jeanne, permítanme que les presente a su vecino, el señor vizconde de Lamare.

El vizconde hizo una reverencia, dijo que hacía ya tiempo que quería conocer a las señoras y comenzó a charlar con la soltura de un hombre educado y de mundo. Tenía uno de esos rostros agraciados con los que sueñan las mujeres y que desagradan a todos los hombres. El rizado pelo negro le sombreaba la frente lisa y tostada; y dos anchas cejas, tan correctas como si fueran postizas, tornaban hondos y tiernos los ojos oscuros, cuyo blanco se teñía tenuemente de azul.

Las pestañas, tupidas y largas, prestaban a la mirada esa apasionada elocuencia que, en los salones, turba a la dama hermosa y altanera y, por la calle, hace que se vuelva a mirar la muchacha con cofia que lleva un cesto al brazo.

El lánguido encanto de esa mirada incitaba a atribuir a su

dueño profundidad de pensamiento y prestaba enjundia a las palabras más anodinas.

La barba, espesa, lustrosa y fina, disimulaba una mandíbula algo ancha.

Se despidieron con mucha ceremonia.

El señor de Lamare hizo su primera visita dos días después.

Llegó cuando estaban probando un banco rústico que esa misma mañana habían colocado debajo del plátano grande, enfrente de las ventanas del salón. El barón quería colocar otro a juego debajo del tilo; mamaíta, enemiga de la simetría, no quería. Consultaron al vizconde, que dio la razón a la baronesa.

Habló este luego de la comarca, que calificó de muy «pintoresca», pues, en sus solitarios paseos, había encontrado muchos «parajes» preciosos. De vez en cuando, se cruzaban sus ojos, como por casualidad, con los de Jeanne; y ella notaba algo así como una sensación singular ante aquella mirada brusca, que se desviaba en el acto y dejaba traslucir una admiración tierna y una simpatía naciente.

El padre del señor de Lamare, fallecido el año anterior, había tenido, precisamente, amistad con el señor Des Curtaux, el padre de mamaíta; y del descubrimiento de aquella relación nació una charla repleta de incontables alianzas, fechas y parentescos. La memoria de la baronesa hacía proezas, determinando las ascendencias y descendencias de otras familias y recorriendo, sin extraviarse nunca, el complicado laberinto de las genealogías.

–Dígame, vizconde, ¿ha oído usted hablar de los Saunoy de Varfleur? El hijo mayor, Gontran, se casó con una señorita De Coursil, una Coursil-Courville; y el segundo, con una de mis primas, la señorita De la Roche-Aubert, que era pariente de los Crisange. Y resulta que el señor De Crisange era amigo íntimo de mi padre, así que a la fuerza tenía que conocer al de usted.

–Desde luego, señora. ¿No fue ese señor De Crisange quien tuvo que emigrar y tenía un hijo que se arruinó?

–El mismo. Pretendió a mi tía, cuando enviudó del conde de Éretry, pero ella no lo aceptó porque tomaba rapé. Por cierto, ¿sabe usted qué fue de los Viloise? Se fueron de Turena allá por 1813, tras unos reveses de fortuna, para establecerse en Auvernia, y nunca más he vuelto a saber de ellos.

–Creo, señora, que el anciano marqués murió de una caída de caballo, y dejó una hija, casada con un inglés; y otra, con un tal Bassolle, un comerciante rico, a lo que dicen, que la había seducido.

Volvían a la luz apellidos aún recordados aunque aprendidos en la infancia oyendo conversar a los parientes viejos. Y los enlaces de aquellas familias de su misma clase les parecían a ellos de importancia similar a la de los grandes acontecimientos públicos. Hablaban de personas a las que nunca habían visto como si las conocieran a fondo; y esas mismas personas, en otras comarcas, hablaban de ellos de semejante forma; y, aunque los separase la distancia, se sentían allegados, casi amigos, casi aliados, por el solo hecho de pertenecer a la misma casta y tener sangres parejas.

El barón, de carácter menos sociable y que había recibido una educación ajena a las creencias y los prejuicios de las personas de su mundo, no conocía casi a las familias de los alrededores y le preguntó por ellas al vizconde.

El señor de Lamare respondió:

–No crea que hay mucha aristocracia en el distrito.

Y lo dijo con el mismo tono con que habría apuntado que había pocos conejos en el monte; dio, luego, detalles. Solo residían tres familias en un perímetro relativamente próximo: el marqués de Coutelier, que venía a ser la cabeza de la aristocracia normanda; el vizconde y la vizcondesa de Briseville, ambos de muy buena familia, pero que vivían bastante aislados; y, por fin, el conde de Fourville, una especie de ogro que, por lo visto, estaba matando a su mujer a disgustos y residía, pensando solo en cazar, en su castillo de La Vrillette, edificado sobre un lago.

Algunos advenedizos, que se relacionaban entre sí, habían adquirido fincas acá y acullá. El vizconde no los conocía.

Se despidió; su última mirada fue para Jeanne, como si le dirigiera un adiós particular, más cordial y más tierno.

A la baronesa le pareció encantador y, sobre todo, muy como Dios manda. Papaíto le respondió:

–Sí, desde luego, es un muchacho con muy buena educación.

Lo invitaron a cenar la semana siguiente. Y, a partir de entonces, los visitó con regularidad.

Casi siempre llegaba a eso de las cuatro de la tarde, iba a reunirse con mamaíta en «su paseo» y le brindaba el brazo para que hiciera «su ejercicio». Si Jeanne estaba en casa, sostenía a la baronesa por el otro lado, y los tres caminaban despacio de un extremo a otro de la larga avenida recta, arriba y abajo una y otra vez. El vizconde casi no dirigía la palabra a la joven. Pero sus ojos, que parecían de terciopelo negro, se cruzaban con frecuencia con los de Jeanne, que semejaban ágatas azules.

Un día que estaban en la playa, al atardecer, el tío Lastique se les acercó y, sin quitarse de la boca esa pipa sin la que, con toda seguridad, su aspecto habría resultado más sorprendente que si le faltase la nariz, dijo:

–Con este viento, señor barón, bien poco costaría llegarse mañana hasta Étretat y volver.

Jeanne juntó las manos:

–¡Ay, papá! Si quisieras...

El barón se volvió hacia el señor de Lamare:

–¿Le apetece, vizconde? Podríamos comer allí.

Y la excursión quedó decidida en el acto.

Jeanne se levantó al alba. Esperó a su padre, que tardaba más en arreglarse, y se pusieron en camino entre el rocío, cruzando primero la planicie y, luego, el bosque estremecido de trinos de pájaros. El vizconde y el tío Lastique estaban sentados en un cabrestante.

Otros dos marineros los ayudaron a hacerse a la mar. Apoyando los hombros en las bordas, empujaban con todas sus fuerzas. Resultaba muy penoso avanzar por la capa de guijarros. Lastique iba metiendo bajo la quilla rodillos de madera engrasados; luego, regresando a su puesto, entonaba, arrastrando la voz, el reiterado «Oheee hop» que pretendía armonizar los esfuerzos.

Pero, al llegar a la pendiente, la barca empezó de súbito a moverse sola y bajó por los cantos rodados con un fuerte ruido de lienzo rasgado. Se detuvo en seco al tocar la espuma de las breves olas, y todo el mundo se acomodó en los bancos; luego, los dos marineros que se quedaban en tierra pusieron la embarcación a flote.

Una brisa leve y continua venía de alta mar, pegada a la superficie del agua y rizándola. Izaron la vela, que se abultó un tanto, y la barca zarpó apaciblemente, apenas acunada por las aguas.

Lo primero que hicieron fue alejarse de la costa. En la línea del horizonte, el cielo descendía hasta fundirse con el océano. Hacia tierra, el acantilado, alto y cortado a plomo, proyectaba de trecho en trecho una ancha sombra sobre su parte baja; unas laderas herbosas muy soleadas abrían brechas en él. Allá, a espaldas de los viajeros, unas velas pardas zarpaban del blanco espigón de Fécamp; y veían lejos, de frente, una roca de forma extraña, redondeada y horadada, que recordaba la silueta de un elefante gigantesco cuya trompa se hundiera en las olas. Era la «puerta pequeña» de Étretat.

Jeanne, aferrando la borda con la mano, un poco aturdida por el balanceo de las olas, miraba a lo lejos; y le parecía que en la creación solo había tres cosas hermosas: la luz, el espacio abierto y el agua.

Todos iban callados. El tío Lastique, que llevaba el timón y la escota, bebía de vez en cuando del gollete de una botella que tenía escondida bajo su banco; fumaba sin parar un muñón de pipa que parecía no apagarse nunca y soltaba un incesante hilillo de humo azul; otro igual le brotaba al marinero de la comisura de los labios. Nunca se lo veía encender de nuevo la cazoleta de arcilla, más negra que el ébano, o llenarla de tabaco. A veces la asía con una mano, se la apartaba de los labios y, por la misma comisura por la que soltaba el humo, lanzaba a la mar un copioso escupitajo de saliva parda.

El barón iba sentado a proa, vigilando la vela y haciendo las veces de un tripulante. Jeanne y el vizconde se sentaban juntos, algo turbados ambos. Un poder desconocido forzaba el encuentro de sus ojos, que alzaban al tiempo como si los avisara una afinidad, pues flotaba ya entre ellos esa sutil e inconcreta ternura que tan poco tarda en nacer entre dos jóvenes cuando él no es feo y ella es guapa. Esa vecindad los hacía sentirse dichosos, quizá porque ambos iban pensando en el vecino.

El sol subía poco a poco, como si quisiera contemplar desde mayor altura la anchurosa mar que se extendía abajo; pero esta, como con coquetería, se envolvió en una bruma ligera que le servía de velo contra los rayos del sol. Era una neblina transparente, muy baja, dorada, que no ocultaba nada pero difuminaba los detalles alejados. El astro lanzaba sus inflamados dardos y deshacía así la brillante nube; cuando alcanzó su ardor máximo, el vaho se evaporó y la mar, lisa como una luna, empezó a espejear bajo la luz.

Jeanne, muy emocionada, dijo a media voz:

–¡Qué hermosura!

Y el vizconde respondió:

–Sí, es muy hermoso.

La serena claridad de aquella mañana hacía que se alzara en sus corazones algo semejante a un eco.

Y, de pronto, divisaron los elevados arcos de Étretat; era como si el acantilado tuviera un par de piernas para ir caminando por la mar, tan largas que servían de portal a los barcos. Y una aguja puntiaguda de piedra blanca se erguía ante el primero de esos arcos.

La barca se acercó a la orilla; y mientras el barón, que había desembarcado antes que los demás, la sujetaba tirando de una cuerda, el vizconde cogió en brazos a Jeanne para dejarla en tierra sin que se le mojasen los pies; luego, subieron juntos por la dura faja de guijarros, turbados ambos por aquel rápido abrazo, y oyeron, de pronto, que el tío Lastique le decía al barón:

–Me parece a mí que no harían mala pareja.

Fue muy grato el almuerzo, que tomaron en una posada pequeña próxima a la playa. El océano, al embotarles la voz y los pensamientos, los había obligado a guardar silencio; la mesa los volvió locuaces, tan locuaces como unos colegiales de vacaciones.

Las cosas más sencillas provocaban interminables regocijos.

Al sentarse a la mesa, el tío Lastique metió con esmero la pipa, humeante aún, en la boina; y todos se echaron a reír. Una mosca, a la que llamaba sin duda la atención la nariz encarnada del marinero, acudió una y otra vez a posarse en ella; y, cuando este la ahuyentaba de un manotazo sin ser lo bastante rápido para atraparla, iba a apostarse en un visillo de muselina, que muchas de sus hermanas habían mancillado ya, y parecía acechar con avidez las encendidas napias, pues, a poco, volvía a alzar el vuelo para aposentarse en ellas.

A cada viaje del insecto todos soltaban el trapo. Y cuando el viejo, al que fastidiaba aquel cosquilleo, dijo a media voz: «Pero

¡qué tozuda!», Jeanne y el vizconde lloraron de risa, desternillándose y tapándose la boca con la servilleta para no gritar.

Después del café, Jeanne dijo:

–Podríamos ir a dar un paseo.

El vizconde se puso en pie; pero el barón prefería tomar el sol en los guijarros como un lagarto.

–Id vosotros, hijos; aquí me encontraréis dentro de una hora.

Cruzaron en línea recta entre las escasas chozas de la comarca, y, dejando atrás una casa solariega pequeña que parecía una alquería grande, llegaron a un valle abierto, que se extendía ante ellos.

El balanceo de las olas los había desmadejado, alterando su acostumbrado equilibrio; la brisa salina de la mar abierta les había despertado el apetito; luego, el almuerzo los había aturdido y la risa los había puesto nerviosos. Ahora se sentían un tanto alborotadores, con ganas de correr como locos por el campo. A Jeanne, soliviantada por la rápida sucesión de aquellas sensaciones nuevas, le zumbaban los oídos.

Caía un sol feroz. A ambos lados del camino, el calor encorvaba las cosechas maduras. Había tantas cigarras como briznas de hierba, y se desgañitaban, esparciendo por doquier, entre el trigo y el centeno, entre los juncos marinos de la costa, su canto agrio y ensordecedor.

No se alzaba ninguna otra voz bajo el cielo tórrido, cuyo azur espejeante amarilleaba y parecía estar a punto de ponerse al rojo, como les sucede a los metales cuando los arriman demasiado a una fogata.

A la derecha, algo apartado, divisaron un bosquecillo y se dirigieron a él.

Encajonado entre dos taludes, un paseo estrecho corría bajo altos árboles que no dejaban pasar el sol. Al entrar, se apoderó de ellos algo así como una enmohecida frescura, una humedad de esas que escalofrían la piel y se meten en los pulmones. La carencia de luz y de aire libre había acabado con la hierba; pero una capa de musgo cubría el suelo.

Siguieron andando y Jeanne dijo:

–Mire, allí podemos sentarnos un rato.

Dos árboles viejos se habían muerto; y, aprovechándose del hueco dejado en el follaje, entraba un chaparrón de luz que calentaba la tierra; despertaba gérmenes de césped, de dientes de león y de lianas; hacía brotar florecillas blancas, finas como una niebla, y dedaleras que semejaban fuegos artificiales. Mariposas, abejas, macizos abejorros, mosquitos enormes que parecían esqueletos de mosca, mil insectos voladores, vaquitas de san Antonio sonrosadas y salpicadas de lunares, papones de reflejos verdosos y otros negros y cornudos eran los pobladores de aquel pozo luminoso y cálido que se ahondaba en la helada oscuridad de las densas frondas.

Se sentaron con la cabeza a la sombra y el calor del sol en los pies. Contemplaban todo ese hervidero de vidas menudas que revela un rayo de sol; y Jeanne, enternecida, repetía:

–¡Qué bien se está aquí! ¡Qué bueno es el campo! Hay veces en que querría ser mosca o mariposa para esconderme en las flores.

Hablaron de sí mismos, de sus costumbres, de sus gustos, con ese tono más quedo, íntimo, al que se recurre para las confidencias. Él decía que estaba ya hastiado de la vida en sociedad, cansado de esa existencia intrascendente: nunca pasaba nada nuevo; nunca se topaba uno con algo que fuera auténtico y sincero.

¡La vida en sociedad! Bien le habría gustado a Jeanne conocerla: pero estaba convencida de antemano de que era mejor el campo.

Y cuanto más próximos se sentían sus corazones, más se llamaban, ceremoniosamente: «caballero» y «señorita»; y también sus miradas se sonreían y se enredaban más. Les parecía que calaba en ellos una bondad nueva, un afecto más dilatado, un interés por mil cosas que nunca les habían llamado la atención.

Volvieron en busca del barón; pero este se había ido a pie hasta la Cámara de las Doncellas, una gruta encaramada en una cresta del acantilado, y lo esperaron en la posada.

No regresó hasta las cinco de la tarde, tras un prolongado paseo por la costa.

Volvieron a subir a la barca, que navegó blandamente, con viento de popa, sin sacudida alguna, como si no se moviera. La brisa llegaba en ráfagas calmosas y tibias que tensaban la vela un segundo y la dejaban caer luego, lacia y colgando del palo. El agua opaca parecía muerta; y el sol, agotado de tanto calentar, proseguía su curvo camino aproximándose a ella.

La mar los embotaba otra vez a todos, haciéndolos callar.

Jeanne dijo al fin:

–¡Cuánto me gustaría viajar!

El vizconde respondió:

–Sí, pero resulta muy triste viajar solo; hay que ser dos al menos, para compartir las impresiones.

Jeanne se quedó pensativa:

–Es cierto... y, sin embargo, me gusta pasearme sola; qué a gusto se está cuando se sueña a solas.

Él la miró:

–También pueden soñar dos juntos.

Jeanne bajó la vista. ¿Era acaso una alusión? Quizá... Miró el horizonte como si quisiera ver qué había más allá. Luego, con voz pausada, dijo:

–Me gustaría ir a Italia... y a Grecia... ¡ay, sí! A Grecia... y a Córcega. ¡Debe de ser tan agreste y tan hermosa!

Él prefería Suiza porque había chalés y lagos.

Ella decía:

–No, a mí me gustaría ver países muy nuevos, como Córcega, o muy antiguos y llenos de recuerdos, como Grecia. Debe de ser tan entrañable encontrarse con las huellas de esos pueblos cuya historia sabemos desde la infancia, ver los lugares en donde han sucedido las cosas importantes.

El vizconde, menos exaltado, manifestó:

–A mí me atrae mucho Inglaterra; es una comarca muy instructiva.

Se pusieron entonces a recorrer el universo, debatiendo los encantos de cada país, desde los polos hasta el ecuador, extasiándose ante paisajes imaginarios y ante las curiosísimas costumbres de algunos pueblos tales como los chinos o los lapones; pero a la conclusión a la que llegaron fue que el país más hermoso del mundo era Francia, con su clima templado, fresco en verano y suave en invierno, con su feraz campiña, sus verdes bosques, sus anchurosos ríos apacibles, y aquella veneración por las bellas artes que no se había dado en lugar alguno desde los espléndidos siglos de Atenas.

Callaron luego.

El sol, más bajo, parecía desangrarse; y un ancho rastro luminoso, un deslumbrante camino, corría por el agua desde los confines del océano hasta la estela de la barca.

Cesaron las últimas bocanadas de viento; se allanó en las aguas toda ondulación y la vela, inmóvil, se puso roja. Una calma ilimitada parecía embotar el espacio, forjar el silencio en torno a aquel encuentro de dos elementos; y, en tanto, combando bajo el cielo el rutilante y líquido vientre, la mar, descomunal novia, esperaba al amante de fuego que descendía hacia ella. Bajaba cada vez más deprisa, como acalorado por el deseo de aquella unión. Por fin llegó a la mar; y, poco a poco, ella se lo tragó.

Entonces vino una bocanada fresca desde el horizonte; un escalofrío rizó el movedizo seno de las aguas, como si el abismado astro hubiese exhalado un suspiro de sosiego que recorría el mundo.

El crepúsculo duró poco; se tendió la noche, salpicada de astros. El tío Lastique cogió los remos; y descubrieron que la mar era fosforescente. Jeanne y el vizconde, sentados juntos, miraban los movedizos fulgores que la barca iba dejando en pos. Ya casi ni pensaban; miraban vagamente lo que los rodeaba, aspirando la noche con delicioso bienestar, y, al apoyar Jeanne una mano en el banco, un dedo de su vecino se posó junto a ella, como por casualidad, rozándole la piel; la joven no se movió, sorprendida, dichosa y turbada ante aquel contacto tan sutil.

Más tarde, ya en su cuarto, se sintió extrañamente alterada y tan sensible que por todo le entraban ganas de llorar. Miró su reloj y pensó que la abejita latía como un corazón, un corazón amigo, que iba a ser testigo de toda su existencia y acompañaría con su tictac rápido y regular las alegrías y las penas que le fueran viniendo; y detuvo el dorado insecto para besarle las alas. Hubiera besado cualquier cosa. Se acordó de que había guardado en lo hondo de un cajón una muñeca vieja de tiempos pasados; la buscó y verla de nuevo le deparó la misma dicha que da volver a encontrarse con unas amigas muy queridas. Oprimiéndola contra el pecho, acribilló de ardientes besos las mejillas pintadas y la estropajosa cabellera rizada del juguete.

Y, sin dejar de estrecharla entre los brazos, se puso a reflexionar.

¿Era de verdad ÉL ese esposo que le prometían mil voces secretas? ¿Lo había puesto de esa forma en su camino una Providencia soberanamente bondadosa? ¿Era de verdad el hombre creado para ella, al que iba a consagrar su existencia? ¿Eran ambos esos dos seres predestinados cuyas mutuas ternuras tenían que unirse, que mezclarse de forma indisoluble para engendrar EL AMOR?

Aún no notaba esos arrebatos tumultuosos de todo el ser, esos arrobos enardecidos, esas hondas conmociones que, según ella, constituían la pasión; no obstante, le parecía que ya empezaba a amarlo, pues, a ratos, se sentía desfallecer al pensar en él; y pensaba en él continuamente. Su presencia le inmutaba el corazón; se ruborizaba y palidecía cuando su mirada se encontraba con la del joven, y se estremecía al escuchar su voz.

Aquella noche durmió muy poco.

Y, entonces, el turbador deseo de amar se fue apoderando de ella día a día. Se preguntaba por sus sentimientos continuamente; y preguntaba también a las margaritas, a las nubes, a las monedas que arrojaba al aire.

Así estaban las cosas cuando su padre le dijo una noche:

–Ponte bien guapa mañana por la mañana.

Jeanne preguntó:

–¿Por qué, papá?

Y él contestó:

–Es un secreto.

Y cuando bajó al día siguiente, tan lozana con su vestido claro, encontró la mesa del salón repleta de cajas de caramelos; y, encima de una silla, un ramo de flores gigantesco.

Entró en el patio un carruaje en el que podía leerse: «LERAT, PASTELERO. FÉCAMP. BANQUETES DE BODA»; y, de una trampilla de la parte trasera del carricoche, Ludivine sacó, con ayuda de un pinche, gran cantidad de cestas planas que despedían un grato olor.

Llegó el vizconde de Lamare. Vestía un pantalón que se sujetaba y tensaba bajo unas primorosas botas de charol que le permitían lucir la pequeñez del pie. De la levita, larga y entallada, asomaban los encajes de la pechera; y una delgada corbata le daba varias vueltas al cuello, obligándolo a llevar erguida la hermosa cabeza morena que destacaba por su aristocrática elegancia. No parecía el mismo de los demás días, sino que tenía ese peculiar aspecto que un atuendo más cuidado presta repentinamente a los rostros más familiares. Jeanne, asombrada, lo miraba como si no lo hubiera visto nunca; lo encontraba caballero a más no poder, gran señor de la cabeza a los pies.

Él le sonrió, haciéndole una reverencia:

–Comadre, ¿está usted lista?

Jeanne balbució:

–Pero ¿esto a qué viene? ¿Qué sucede?

–Ya lo sabrás dentro de un rato –dijo el barón.

El tiro de caballos trajo la calesa. La baronesa bajó de su habitación hecha un brazo de mar, apoyada en Rosalie, que se alteró tanto ante la elegancia del señor de Lamare que papaíto dijo a media voz:

–Oiga, vizconde, me parece que es usted muy del gusto de nuestra criada.

Este se ruborizó hasta las orejas, hizo como que no había oído y, tomando el gran ramo de flores, se lo ofreció a Jeanne. Ella lo cogió, cada vez más atónita. Subieron los cuatro al coche; y Ludivine, la cocinera, al traerle a la baronesa un tentempié consistente en un caldo frío, le dijo:

–¡La verdad, señora, es que esto parece una boda!

Pusieron pie en tierra a la entrada de Yport y, según iban cruzando el pueblo, los marineros, luciendo ropa nueva con los dobleces marcados, salían de sus casas, saludaban, le estrechaban la mano al barón y echaban a andar detrás, como en procesión.

El vizconde, dándole el brazo a Jeanne, caminaba con ella delante de todos.

Se detuvieron frente a la iglesia; salió de ella la gran cruz de plata, que llevaba enhiesta un monaguillo tras el que caminaba otro rapaz, vestido de rojo y blanco, llevando el recipiente del agua bendita con el hisopo dentro.

Iban luego tres ancianos chantres, uno de los cuales cojeaba; detrás, el serpentón; y cerraba la marcha el párroco sobre cuyo orondo y puntiagudo vientre se cruzaba la estola dorada. Saludó con una sonrisa y un ademán de la cabeza; luego, entornando los ojos y musitando una oración, con el birrete calado hasta la nariz, caminó tras las sobrepellices de su estado mayor en dirección al mar.

En la playa, estaba esperando un gentío en torno a una barca nueva muy emperifollada; largas cintas que revoloteaban a impulsos de la brisa engalanaban el palo, la vela y el aparejo; y el nombre, «JEANNE», se leía a popa en letras de oro.

El tío Lastique, patrón de aquel barco construido a expensas del barón, salió al encuentro del cortejo. Todos los hombres se descubrieron al tiempo; y una fila de beatas, cuyas cabezas cubrían grandes capas negras que les caían por los hombros en anchos pliegues, se arrodillaron en corro al aparecer la cruz.

El cura, entre los dos monaguillos, se acercó a uno de los extremos de la embarcación, mientras, en el otro, los tres chantres ancianos, mugrientos pese al blanco atavío y con la barbilla erizada de pelos, desafinaban a grito herido en la luminosa mañana, muy serios y sin quitarle ojo al libro de canto llano.

Cada vez que se detenían para recobrar el aliento, el serpentón seguía bramando solo; y al músico no se le veían los ojillos grises, hundidos en el bulto de las mejillas henchidas de viento. Tanto se inflaba al soplar que incluso el pellejo de la frente y el del cuello parecían despegársele de la carne.

Era como si la mar, quieta y transparente, asistiese con recogimiento al bautizo de aquella barquilla suya; unas olitas de un dedo de altura apenas si rompían, con levísimo rumor de rastrillo, rascando los guijarros. Y las grandes gaviotas blancas pasaban, con las alas desplegadas, trazando líneas curvas en el cielo azul;

se alejaban para regresar luego con arqueado vuelo y cruzar sobre el gentío arrodillado, como si quisieran enterarse de qué estaba sucediendo.

Cesó entonces el canto, tras un *amén* voceado durante cinco minutos; y el sacerdote cacareó con voz pastosa unas cuantas palabras en latín de las que solo se entendieron los sonoros finales.

Dio luego una vuelta en torno a la barca, rociándola con agua bendita; se colocó después junto a una de las bordas y empezó a soltar *oremus* a media voz, de cara al padrino y la madrina, cogidos de la mano e inmóviles.

El joven conservaba su cara seria de hombre guapo; pero la muchacha, sintiendo que la ahogaba una repentina emoción, se sentía desfallecer, presa de tal temblor que daba diente con diente. Como si de una alucinación se tratara, el sueño que la rondaba insistentemente desde hacía tiempo acababa de tomar, de súbito, visos de realidad. Se había pronunciado la palabra «boda»; allí estaban un sacerdote echando bendiciones y unos hombres con sobrepelliz salmodiando oraciones. ¿No era como si la estuvieran casando?

¿Acaso le corrió por los dedos un escalofrío nervioso? ¿Acaso los pensamientos que obsesionaban su corazón le fluyeron por las venas hasta alcanzar el corazón del hombre que tenía al lado? El caso es que, de pronto, Jeanne se dio cuenta de que él le estaba apretando la mano, flojito al principio, luego más fuerte, cada vez más fuerte, como si se la fuera a romper. Y, sin descomponer el rostro, sin que nadie lo notara, dijo, sí, no fue una ilusión, dijo con mucha claridad:

–Ay, Jeanne, si usted quisiera, esto podría ser nuestro compromiso.

Ella agachó la cabeza con un ademán muy lento que quizá

era un «sí». Y unas gotas del agua bendita que el sacerdote estaba rociando otra vez les salpicaron los dedos.

Ya había concluido la ceremonia. Las mujeres se iban poniendo de pie. El regreso fue una desbandada. El crucifijo había perdido toda dignidad entre las manos del monaguillo: iba a todo correr, penduleando a derecha e izquierda, o se inclinaba hacia delante, a punto de caer de bruces. El sacerdote, que ya no rezaba, iba trotando detrás de él; los chantres y el músico del serpentón habían hecho mutis por una callejuela para mudarse de ropa lo antes posible; y los marineros caminaban deprisa, en grupos. Un mismo pensamiento, que les llenaba la cabeza de algo parecido al aroma de un guiso, les hacía alargar el paso, les humedecía de saliva las bocas, les bajaba hasta lo más hondo del vientre y, allí, les hacía cantar las tripas.

Un suculento almuerzo los estaba aguardando en Los Chopos.

La larga mesa estaba dispuesta en el patio, bajo los manzanos. Sesenta personas se sentaron a ella: marineros y labradores. La baronesa, en el centro, tenía a ambos lados a los dos párrocos: el de Yport y el de Los Chopos. El barón, frente por frente, estaba entre el alcalde y su mujer, una campesina flaca y vieja ya, que dirigía acá y acullá innumerables y breves reverencias. La voluminosa cofia normanda le enmarcaba el rostro largo y estrecho, en todo semejante a la cabeza de una gallina de cresta blanca y ojillos redondos y siempre pasmados. Comía con bocados cortos y muy seguidos, como si picotease el plato con la nariz.

Jeanne, sentada al lado del padrino, vagaba por un mundo de dicha. Ya no veía nada, no se enteraba de nada; y callaba, con la cabeza aturdida de gozo.

Le preguntó al vizconde:

–¿Cómo se llama usted de nombre de pila?

Este respondió:

–Julien. ¿No lo sabía?

Pero ella no le contestó, y se quedó pensando: «¡Cuántas veces voy a repetir de ahora en adelante ese nombre!».

Al concluir el almuerzo, dejaron el patio a los marineros y pasaron al otro lado de la mansión. La baronesa se puso a hacer su ejercicio, apoyándose en el brazo del barón y con la escolta de los dos sacerdotes. Jeanne y Julien llegaron hasta el bosquecillo, se internaron por los enmarañados senderos; y él, de súbito, le tomó las manos:

–Dígame si quiere ser mi mujer.

Jeanne agachó más la cabeza; y alzó la mirada hacia Julien, muy despacio, cuando este balbució:

–¡Contésteme, se lo ruego!

Y el joven leyó la respuesta en sus ojos.

Capítulo IV

Entró el barón una mañana en el cuarto de Jeanne antes de que esta se levantase y dijo, sentándose a los pies de la cama:

–El señor vizconde de Lamare nos ha pedido tu mano.

A Jeanne le entraron ganas de taparse la cara con las sábanas.

Su padre añadió:

–Hemos dejado pendiente la respuesta.

Jeanne jadeaba, ahogándose de emoción. Al cabo de un minuto, el barón, sonriente, añadió:

–No queríamos tomar ninguna decisión sin hablarte antes del asunto. Tu madre y yo no nos oponemos a esa boda, pero tampoco pretendemos embarcarte en ella. Tienes mucha más fortuna que él, aunque, cuando lo que está en juego es la felicidad de una vida, no hay que andar pensando en el dinero. No le queda familia, así que, si te casaras con él, ganaríamos un hijo; mientras que, si te casases con otro, serías tú, nuestra hija, la que se iría a casa de unos extraños. El muchacho nos agrada. Y a ti... ¿qué te parece?

Jeanne balbució, ruborizada hasta el nacimiento del pelo:

–Me parece bien, papá.

Y papaíto, mirándola a los ojos y sin dejar de reírse, dijo a media voz:

–Algo así me maliciaba yo, señorita.

Jeanne vivió hasta la tarde como en estado de embriaguez, sin saber lo que hacía, cogiendo automáticamente unas cosas en vez de otras, con el mismo cansancio en las piernas que si hubiera caminado mucho.

A eso de las seis, cuando estaba sentada con mamaíta bajo el plátano, se presentó el vizconde.

A Jeanne empezó a latirle el corazón desordenadamente. El joven se acercaba sin mostrar alteración alguna. Cuando llegó a su lado, tomó los dedos de la baronesa y los besó; luego, llevándose esta vez a los labios la mano trémula de la muchacha, los apoyó con fuerza para depositar en ella un prolongado beso de ternura y agradecimiento.

Y comenzó la radiante etapa del noviazgo. Charlaban a solas en los rincones del salón, o al final del bosquecillo, sentados en los taludes de cara a la agreste landa. A veces, caminaban por el paseo de mamaíta: él hablaba del porvenir; ella, con los ojos bajos, iba mirando el polvoriento rastro del pie de la baronesa.

Ya zanjado el asunto, todos quisieron concluirlo lo antes posible; quedó, pues, decidido que la ceremonia se celebraría seis semanas después, el 15 de agosto, y que los recién casados saldrían inmediatamente de viaje de novios. Preguntaron a Jeanne qué comarca quería visitar; y ella optó por Córcega porque allí, seguramente, disfrutarían de más soledad que en las ciudades italianas.

Esperaban ambos el momento fijado para su unión sin impaciencia excesiva, pero arropados en una deliciosa ternura, que los arrastraba como una ola, saboreando el exquisito encanto de las caricias mínimas, de los apretones de manos, de las miradas rebosantes de pasión y tan prolongadas que las almas parecían enredarse; y los desasosegaba vagamente un inconcreto deseo de abrazos más íntimos.

Quedó decidido que no invitarían a nadie a la boda; solo a la tía Lison, la hermana de la baronesa, que vivía como señora de piso en un convento de Versalles.

Tras la muerte de su padre, la baronesa quiso que su hermana se quedase a vivir con ella; pero la solterona, a la que obsesionaba la idea de que molestaba en todas partes, de que no servía más que de estorbo, se retiró a una de esas casas de religiosas que admiten en calidad de huéspedes a personas melancólicas que no tienen a nadie en la vida.

De vez en cuando, pasaba un mes o dos con su familia.

Era una mujercita menuda que hablaba poco, se quedaba siempre en segundo plano, solo se presentaba a la hora de las comidas y volvía luego a su cuarto, en donde estaba continuamente encerrada.

Tenía aspecto bondadoso y avejentado, aunque solo contaba cuarenta y dos años, y una mirada dulce y triste; nadie la había tenido nunca en cuenta en su familia. De niña, como no era ni guapa ni revoltosa, casi nunca se acordaba nadie de darle un beso; y ella se quedaba en un rincón, quietecita y dulce. Más adelante, la siguieron dando de lado. De joven, nadie le hizo caso.

Era como una sombra o un objeto familiar, un mueble dotado de vida que todo el mundo está acostumbrado a ver a diario, pero del que nadie echa nunca cuenta.

Su hermana había adquirido el hábito, en la casa paterna, de considerarla un ser fallido, insignificante por completo. Todos la trataban con una desahogada confianza tras la que se ocultaba algo así como una despectiva bondad. Se llamaba Lise y aquel nombre pimpante y juvenil parecía azorarla. Cuando vieron que no se casaba, que lo más probable era que no se casase nunca, empezaron a llamarla Lison. Al nacer Jeanne, se convirtió en «la tía Lison», una pariente humilde, siempre muy aseada, terriblemente tímida incluso con su hermana y su cuñado, que la querían no obstante, pero con un afecto impreciso compuesto de indiferente ternura, compasión inconsciente y espontánea benevolencia.

A veces, cuando la baronesa hablaba de episodios de su pasada juventud, decía para concretar una fecha:

–Eso fue cuando el ramalazo de Lison.

Nunca añadía nadie ningún detalle; y aquel «ramalazo de Lison» seguía como envuelto en una niebla.

Una noche, Lise, que a la sazón tenía veinte años, se arrojó al agua sin que nadie supiera el porqué. Nada en su vida ni en su comportamiento permitía prever esa locura. La sacaron medio muerta; y sus padres, alzando con indignación los brazos al cielo, en vez de indagar el misterioso motivo de aquella decisión, se limitaron a hablar de un «ramalazo», como si se refiriesen al accidente del caballo Cocó, que se había roto una pata poco antes en una zanja y al que no había quedado más remedio que rematar.

Desde entonces, todos opinaron que Lise, que no iba a tardar en convertirse en Lison, estaba un poco trastornada. El apacible desprecio que por ella sentían sus parientes más próximos fue calando poco a poco en el corazón de cuantos la rodeaban. La propia Jeanne, de pequeña, con esa intuición propia de los niños, no le hacía caso alguno, nunca subía a darle un beso a la cama, nunca entraba en su cuarto. Rosalie, la doncella, que se encargaba de limpiarlo lo imprescindible, parecía ser la única que sabía dónde estaba.

Cuando la tía Lison bajaba a almorzar y entraba en el comedor, la «niña» se le acercaba, por costumbre, para que le diera un beso en la frente. Y nada más.

Si alguien quería decirle algo, mandaban a un criado a buscarla; y, si no hacía acto de presencia, nunca se ocupaban de ella, nunca se acordaban de ella, a nadie se le habría ocurrido nunca preocuparse, comentar: «Anda, si no he visto a Lison en toda la mañana».

No ocupaba sitio. Era de esos seres a los que ni sus parientes más próximos llegan a conocer, que quedan siempre como sin explorar y cuya muerte no produce ni un hueco ni un vacío en las casas; uno de esos seres que no saben introducirse ni en la existencia, ni en las costumbres, ni en el cariño de los que viven a su vera.

Cuando alguien decía: «la tía Lison», estas tres palabras no despertaban, por así decirlo, afecto alguno en el pensamiento de nadie. Era como decir «la cafetera» o «el azucarero».

Caminaba siempre con pasitos apresurados y silenciosos; nunca hacía ruido, nunca tropezaba con nada, parecía infundir a los objetos la propiedad de no emitir sonido alguno. Manejaba con tanta levedad y delicadeza cuanto tocaba como si sus manos fueran de algo semejante al algodón.

Llegó a mediados de julio, trastornada al pensar en aquella boda. Traía mil regalos que, por ser suyos, pasaron casi inadvertidos.

Al día siguiente de su llegada, ya nadie se fijaba en su presencia.

Pero en su fuero interno iba fermentando una extraordinaria emoción y no apartaba la vista de los novios. Se ocupó del trusó con singular energía, con febril dedicación, trabajando como una simple costurera, en su cuarto, al que nadie iba a visitarla.

Acudía a cada momento a enseñar a la baronesa unos pañuelos que había ribeteado con sus propias manos, unas toallas cuyas iniciales había bordado, preguntándole: «¿Te parece bien, Adélaïde?». Y mamaíta, al tiempo que examinaba desganadamente la prenda, le contestaba: «No trabajes tanto, Lison, mujer».

Un atardecer de finales del mes, tras un día bochornoso, salió la luna en una de esas noches claras y tibias que turban, enternecen, exaltan, parecen despertar toda la secreta poesía del alma. El suave hálito de la campiña penetraba en el apacible salón. La baronesa y su marido jugaban sin mucho entusiasmo a las cartas bajo la luz redonda que la pantalla de la lámpara proyectaba sobre la mesa; la tía Lison tejía, sentada entre ambos; y los dos jóvenes, acodados en la ventana abierta, contemplaban el jardín inundado de claridad.

El tilo y el plátano esparcían su sombra por el prado de césped, que se extendía luego, pálido y reluciente, hasta la negrura del bosquecillo.

Invenciblemente atraída por el tierno encanto de aquella noche, por la luz vaporosa que iluminaba los árboles y los macizos, Jeanne se volvió hacia sus padres:

–Papaíto, vamos a pasear un poco por el césped, delante de la casa.

El barón dijo, sin distraerse del juego:

–Muy bien, hijos.

Y siguió con la partida.

Salieron los dos y se pusieron a recorrer despacio el gran prado de césped hasta el bosquecillo del fondo.

Se iba haciendo tarde, pero no pensaban en regresar.

La baronesa, cansada, quiso subir a su cuarto.

–Hay que llamar a la parejita –dijo.

El barón abarcó de una ojeada el ancho jardín luminoso en el que las dos sombras vagaban despacio.

–Déjalos, mujer –repuso–, ¡se está tan bien ahí fuera! Lison se quedará a esperarlos. ¿Verdad, Lison?

La solterona alzó la mirada y contestó con su voz tímida:

–Claro que sí.

Papaíto puso en pie a la baronesa y, tan cansado como su mujer del calor del día, dijo:

–Yo también me voy a la cama.

Y salieron juntos. Entonces fue la tía Lison quien se levantó y, dejando en el brazo de la butaca la labor empezada, la lana y la larga aguja, se acercó a la ventana, se acodó en ella y contempló la deliciosa noche.

Los novios paseaban sin fin por el césped, yendo del bosquecillo a la escalinata, de la escalinata al bosquecillo. Fuertemente asidos de la mano, ya no hablaban, como si estuviesen fuera de sí, fundidos por completo con la poesía perceptible que subía desde la tierra.

Jeanne divisó de súbito en el marco de la ventana la silueta de la solterona, que se recortaba contra la luz de la lámpara.

–¡Anda! –dijo–. La tía Lison nos está mirando.

El vizconde alzó la cabeza y respondió, con esa voz indiferente que habla sin pensar en lo que dice:

–Sí, nos está mirando.

Y siguieron soñando, caminando despacio, amándose.

Pero el rocío iba cubriendo la hierba y, con aquel frescor, les dio un leve escalofrío.

–Vamos a volver –dijo Jeanne.

Y regresaron.

Cuando entraron en el salón, la tía Lison se había puesto a tejer de nuevo. Agachaba la frente hacia la labor y los flacos dedos le temblaban un poco, como si los tuviera muy cansados.

Jeanne se le acercó:

–Tía, ya nos vamos a dormir.

La solterona la miró; tenía los ojos encarnados, como si hubiera estado llorando. Los enamorados no se percataron de ello; pero el joven se fijó de pronto en que los finos zapatos de Jeanne estaban empapados. Muy preocupado, le preguntó con ternura:

–¿No tienen frío esos piececitos queridos?

Y, de repente, estremeció los dedos de la tía un temblor tan fuerte que se le escapó la labor; el ovillo de lana se alejó rodando por el entarimado. Y, ocultando repentinamente la cara en las manos, se puso a llorar con hondos sollozos convulsos.

Los novios la miraban, atónitos, inmóviles. Jeanne se arrodilló ante ella de pronto y le apartó los brazos, trastornada, diciendo una y otra vez:

–Pero ¿qué te pasa? ¿Qué te pasa, tía Lison?

Entonces, la pobre mujer respondió, balbuciente, con voz llena de lágrimas y el cuerpo crispado de pena:

–Es que te ha preguntado... ¿no tienen frío esos... esos... esos piececitos queridos? A mí... nunca me ha dicho nadie nada así... nunca... nunca...

Jeanne, aunque sorprendida y compadecida, tuvo que contener la risa al pensar en que un galán pudiera decirle ternezas a la tía Lison; y el vizconde se había vuelto de espaldas para disimular su regocijo.

Pero la tía se levantó de pronto, dejando el ovillo en el suelo y la labor en la butaca, y echó a correr, sin luz, por la escalera oscura, buscando su cuarto a tientas.

Los dos jóvenes, al quedarse a solas, se miraron divertidos y enternecidos. Jeanne dijo a media voz:

–¡Pobre tía!

Julien añadió:

–¡Debe de andar un poco trastornada esta noche!

Seguían cogidos de las manos, sin decidirse a separarse; y despacio, muy despacio, se dieron su primer beso delante del asiento vacío del que acababa de levantarse la tía Lison.

Al día siguiente, no se acordaban ya casi de las lágrimas de la solterona.

Jeanne pasó las dos semanas anteriores a la boda con bastante paz y sosiego, como agotada de tantas y tan dulces emociones.

Tampoco tuvo tiempo de pensar en nada durante la mañana del día decisivo. Solo notaba una intensa sensación de vacío en todo el cuerpo, como si la carne, la sangre, los huesos se le hubieran derretido bajo la piel; y notaba, al tocar las cosas, que le temblaban mucho los dedos.

No volvió a ser dueña de sí hasta que se vio en el coro de la iglesia, durante la ceremonia.

¡Casada! ¡Así que estaba casada! Los hechos, los gestos, los acontecimientos que habían ido sucediéndose desde el alba se le antojaban un sueño, un auténtico sueño. Hay momentos en que todo cuanto nos rodea parece trastocado; hasta los ademanes tienen un nuevo significado; hasta las horas no parecen ya ocupar su sitio habitual.

Se notaba aturdida y, ante todo, asombrada. La víspera aún no había cambiado nada en su existencia; sencillamente, la esperanza constante de su vida estaba cada vez más próxima, hasta volverse casi palpable. Se había dormido siendo una muchacha; ahora era ya una mujer.

Así que había cruzado aquella barrera tras la que aparentemente se ocultaba el porvenir, con todas sus alegrías, sus dichas soñadas. Le parecía que tenía delante algo así como una puerta abierta; iba a adentrarse en lo Esperado.

Estaba concluyendo la ceremonia. Entraron en la sacristía casi desierta, pues no habían invitado a nadie. Luego, volvieron a salir.

Cuando aparecieron en la puerta de la iglesia, un formidable estruendo sobresaltó a la novia e hizo soltar un fuerte chillido a la baronesa: eran los labriegos, que disparaban una salva de tiros de escopeta. Y las detonaciones siguieron hasta llegar a Los Chopos.

Allí estaba servida una colación para la familia, el párroco de la casa solariega, el de Yport, el novio y los testigos, elegidos entre los campesinos más ricos de la comarca.

Dieron todos luego una vuelta por el jardín en lo que llegaba la hora de cenar. El barón, la baronesa, la tía Lison, el alcalde y el padre Picot iban y venían por el paseo de mamaíta; y mientras, en el paseo de enfrente, el otro sacerdote leía el breviario caminando a zancadas.

Oían cómo, al otro lado de la casona, se divertían ruidosamente los labriegos, que bebían sidra bajo los manzanos. Todos los habitantes de la región, con los trajes de los domingos, llenaban el patio, por donde se andaban persiguiendo los mozalbetes y las muchachas.

Jeanne y Julien cruzaron el bosquecillo; subieron luego por el talud y, callados ambos, se pusieron a contemplar la mar. El tiempo era algo fresco aunque estaban a mediados de agosto; soplaba el viento del norte y un sol radiante brillaba con descarnada luz en el cielo completamente azul.

Los jóvenes cruzaron la landa, buscando un refugio, y giraron a la derecha para dirigirse al valle ondulante y boscoso que baja hacia Yport. Nada más entrar en el sotobosque quedaron resguardados de las ráfagas de viento; y salieron del camino para tirar por un estrecho sendero que se internaba bajo el follaje. Apenas si podían caminar de frente; notó Jeanne entonces un brazo que se insinuaba despacio en torno a su cintura.

No decía nada, perdido el resuello, con el corazón latiéndole desacompasado y la respiración entrecortada. Algunas ramas bajas les acariciaban el pelo; con frecuencia, se agachaban para poder pasar. Cortó una hoja, encima de la cual, acurrucadas, semejantes a dos frágiles conchas rojas, vio dos vaquitas de San Antonio.

Dijo entonces, candorosa y algo más tranquila:

–¡Anda! Una pareja.

Los labios de Julien le rozaron la oreja:

–Esta noche, será mi mujer.

Aunque Jeanne había aprendido muchas cosas durante su vida en el campo, aún no veía del amor sino su poesía. Se sintió, pues, sorprendida. ¿Su mujer? ¿Es que acaso no lo era ya?

Julien empezó a darle entonces unos besos pequeños y rápidos en la sien y en ese punto del cuello en que se rizaban los primeros mechones de pelo. Jeanne, sobrecogida con todos y cada uno de esos besos de hombre a los que no estaba acostumbrada, inclinaba instintivamente la cabeza en dirección contraria para escapar a unas caricias que, no obstante, la llenaban de arrobo.

Pero se hallaron, de pronto, en las lindes del bosque. Jeanne se detuvo, confusa por haberse alejado tanto. ¿Qué iban a pensar de ellos?

–Vamos a volver ya –dijo.

Julien apartó el brazo con que le rodeaba la cintura y, al volverse a un tiempo, se encontraron frente a frente, tan cerca que sintieron en el rostro los respectivos alientos; y se miraron. Se miraron con una de esas miradas fijas, agudas, penetrantes en que dos almas creen fundirse. Se buscaron en lo hondo de los ojos del otro, detrás de los ojos del otro, en esa incógnita impenetrabilidad del ser; se sondearon con una muda y obstinada interrogación. ¿Qué iban a ser él para ella y ella para él? ¿Cómo iba a ser aquella vida conjunta que estaba empezando? ¿Qué alegrías, qué dichas o qué desilusiones tenían en reserva para dárselas mutuamente durante el prolongado e indisoluble mano a mano del matrimonio? Y a los dos les pareció que no se habían visto nunca.

Y, de súbito, Julien apoyó ambas manos en los hombros de su mujer y, con toda la boca, le espetó un beso profundo; nunca había recibido ella otro así. Fue un beso que se le metió por las venas y la médula; y sintió una sacudida tan fuerte y misteriosa que apartó, despavorida, a Julien con ambos brazos y estuvo a punto de caer de espaldas.

–Vayámonos, vayámonos –balbucía.

Él no repuso nada, pero le tomó las manos y ya no se las soltó.

No cruzaron palabra hasta llegar a la casa. El resto de la tarde se hizo muy largo.

Se sentaron a la mesa al caer la noche.

La cena fue sencilla y bastante breve, en contra de lo que suele suceder en Normandía. Algo semejante a una tirantez parecía entorpecer a los comensales. Solo los dos sacerdotes, el alcalde y los cuatro granjeros invitados hicieron gala, hasta cierto punto, de esa grosera jovialidad sin la que no se concibe una boda.

La risa parecía difunta, una frase del alcalde la resucitó. Eran alrededor de las nueve; iban a servir el café. Fuera, bajo los manzanos del patio delantero, estaba empezando el baile campesino. Por la ventana abierta se veía la fiesta entera. Unos farolillos colgados de las ramas ponían en las hojas tonos de cardenillo. Los patanes y las rústicas brincaban en corro, vociferando una melodía bárbara que acompañaban los apagados sonidos de dos violines y un clarinete; los músicos que los tocaban estaban subidos en una mesa grande de cocina que hacía las veces de tarima. Las tumultuosas voces de los labriegos cubrían a veces por completo con su canto el de los instrumentos; y aquel hilillo de música que hacían jirones los gritos desenfrenados parecía bajar del cielo en retazos, en trozos menudos que constasen de unas pocas notas dispersas.

Dos grandes barriles rodeados de antorchas encendidas daban de beber al gentío. Dos sirvientas enjuagaban sin tregua los vasos y las tazas en una tina para colocarlos, chorreando agua aún, bajo los grifos de los que corría el rojo y delgado chorro del vino o el dorado de la sidra pura. Y los danzarines sedientos, los viejos apacibles, las muchachas sudorosas se agolpaban, estiraban los brazos para hacerse también con un recipiente cualquiera y echarse al coleto, inclinando hacia atrás la cabeza, copiosos tragos del brebaje preferido.

Había encima de una mesa pan, mantequilla, queso y salchichas. Todos acudían a tomar un bocado de vez en cuando; y aquella fiesta sana y violenta, que transcurría bajo un techado de hojas iluminadas, inspiraba a los taciturnos comensales del comedor un deseo de bailar también, de beber del vientre de los grandes toneles comiendo rebanadas de pan con mantequilla y un diente de ajo crudo.

El alcalde, que llevaba el compás con el cuchillo, exclamó:

–¡Mecachis, y qué jolgorio! Si esto parece, como suele decirse, las bodas del Gañán.

Corrió un temblor de risas ahogadas. Pero el padre Picot, enemigo natural del poder civil, replicó:

–Querrá usted decir de Caná.

El otro no aceptó la lección:

–No, señor cura, yo me entiendo; y si digo Gañán, es que quiero decir Gañán.

Todos se levantaron y pasaron al salón. Fueron luego a confraternizar un rato con los festejos plebeyos. Y, a continuación, los invitados se retiraron.

Parecía como si el barón y la baronesa discutieran en voz baja. Ella, con el resuello más perdido que de costumbre, se negaba, al parecer, a hacer lo que le pedía su marido y acabó por decir casi a voces:

–No, amigo mío, no puedo; no sabría por dónde empezar ni qué decir.

Papaíto se apartó entonces de ella con brusquedad y se acercó a Jeanne:

–¿Te importa venir a dar una vuelta conmigo, chiquilla?

Ella, muy turbada, respondió:

–Lo que tú digas, papá.

Y salieron juntos.

En cuanto cruzaron la puerta de la fachada que daba al mar, los envolvió un vientecillo seco. Uno de esos vientos fríos de verano que huelen ya a otoño.

Unas nubes pasaban al galope por el cielo, velando las estrellas para descubrirlas luego.

El barón estrechaba el brazo a su hija, oprimiéndole la mano con ternura. Caminaron unos minutos. El padre parecía indeciso, violento. Al fin se decidió.

–Monina, voy a cumplir con un cometido difícil que en realidad le correspondería a tu madre. Pero como se niega en redondo, no me queda más remedio que ocupar su puesto. No sé de qué cosas de la vida estás enterada. Hay misterios que ocultamos cuidadosamente a los hijos, a las hijas sobre todo, pues una joven debe permanecer pura de espíritu, irreprochablemente pura hasta que llegue la hora de entregársela al hombre que ha de tomar a su cargo la tarea de hacerla dichosa. A él es a quien corresponde alzar ese velo tras el que se recata el dulce secreto de la vida. Mas las muchachas, ajenas a cualquier sospecha previa, suelen rebelarse con frecuencia ante la realidad un tanto brutal que se esconde tras los ensueños. Heridas en el alma, heridas incluso en el cuerpo, niegan al esposo lo que la ley, la ley de los hombres y la ley natural, le reconoce como un derecho absoluto. No puedo decirte más, querida mía; pero que no se te olvide que perteneces por completo a tu marido.

¿Qué sabía Jeanne con exactitud? ¿Qué adivinaba? Había empezado a temblar y la oprimía una melancolía agobiante y dolorosa como un presentimiento.

Regresaron a la casa. Una sorpresa los hizo detenerse en el umbral del salón. La baronesa sollozaba sobre el pecho de Julien. Era como si aquellos sollozos, unos sollozos muy sonoros que parecían impulsar el fuelle de una fragua, le brotasen al tiempo de la nariz, de la boca y de los ojos; y el joven, apurado, torpe, sostenía a aquella mujer obesa que se le había echado en los brazos para pedirle que cuidase bien a su hija querida, a su niña preciosa, a su chiquilla adorada.

El barón se abalanzó hacia ellos:

–Nada de escenas, nada de enternecimientos, por favor.

Y, tomando a su cargo a su mujer, la sentó en una butaca en tanto que ella se secaba el rostro. Luego, se volvió hacia Jeanne:

–Anda, pequeña, dale un beso ahora mismo a tu madre y vete a acostar.

Jeanne, a punto de llorar también, besó a toda prisa a sus padres y se fue corriendo.

La tía Lison se había retirado ya a su cuarto. El barón y su mujer quedaron a solas con Julien. Y los tres estaban tan violentos que a ninguno de los dos hombres, de pie, con traje de etiqueta y la mirada perdida, ni a la baronesa, desplomada en el asiento y con algunos sollozos atravesados aún en la garganta, se les ocurría nada que decir. La tirantez se hizo tan intolerable que el barón empezó a hablar del viaje que los dos jóvenes iban a emprender pasados unos días.

Jeanne, en su cuarto, dejaba que la desnudase Rosalie, que lloraba como una fuente. Le erraban las manos al azar, sin dar con los cordones ni con las horquillas, y parecía, por cierto, mucho más turbada que su señora. Pero Jeanne no se fijaba en las lágrimas de su doncella; le parecía que había penetrado en otro mundo, que había llegado a otra tierra, separada de cuanto había conocido, de cuanto había amado. Todo, en su existencia y en su pensamiento, le parecía trastocado; e incluso se le ocurrió esta extraña idea: ¿quería acaso a su marido? De pronto lo veía como un extraño al que casi no conocía. Tres meses atrás, ni siquiera sabía de su existencia. Y ahora era su mujer. ¿Por qué había sucedido todo aquello? ¿Por qué haber caído tan pronto en el matrimonio, igual que en un agujero que se abre bajo los pasos?

Vestida ya para la noche, se metió en la cama. Y las sábanas frescas le dieron un escalofrío y acrecentaron esa sensación de soledad, de tristeza que llevaba dos horas pesándole en el alma.

Rosalie salió a toda prisa, sin dejar de sollozar; y Jeanne esperó. Esperó ansiosa, con el corazón crispado, ese no sé qué que ella intuía y su padre le había anunciado con palabras confusas, la revelación misteriosa de esos hechos en los que reside el gran secreto del amor.

No oyó pasos en la escalera, pero llamaron a su puerta con tres leves golpes. Tuvo un tremendo sobresalto y no contestó. Volvieron a llamar, luego la cerradura chirrió. Jeanne metió la cabeza debajo de las mantas, como si un ladrón se hubiera colado en su cuarto. Unas botinas crujieron suavemente por el entarimado, y, de pronto, alguien rozó la cama.

Tuvo un estremecimiento nervioso y soltó un gritito; asomó la cabeza y vio a Julien de pie ante ella y mirándola sonriente.

–¡Ay, qué susto me ha dado! –dijo.

Él respondió:

–¿Es que no me esperaba?

Jeanne no contestó. Julien iba vestido de punta en blanco, con su cara seria de joven guapo. Y a ella le dio una tremenda vergüenza verse en la cama en presencia de un hombre tan correcto.

No sabían ni qué decir ni qué hacer, ni siquiera se atrevían a mirarse en aquella hora grave y decisiva de la que depende la íntima dicha de toda la existencia.

Quizá Julien sentía de forma imprecisa cuán peligrosa era esa batalla, y qué dúctil dominio de uno mismo, qué astuta ternura se precisan para no herir ninguno de los sutiles pudores, de las infinitas delicadezas de un alma virginal y nutrida de ensueños.

Entonces, muy despacio, le tomó a Jeanne la mano, se la besó y, arrodillándose al lado de la cama como ante un altar, le susurró con una voz tan tenue como el aliento:

–¿Querrá usted amarme?

Jeanne, tranquilizada de súbito, alzó de la almohada la cabeza velada por nubes de encaje y sonrió:

–Si ya le amo, amigo mío.

Él se llevó a la boca los finos y menudos dedos de su mujer y, con la voz alterada por esa mordaza de carne, preguntó:

–¿Quiere darme pruebas de ese amor?

Jeanne respondió, turbada de nuevo, sin entender bien qué estaba diciendo, pero acordándose de las palabras de su padre:

–Suya soy, amigo mío.

Julien le cubrió la muñeca de besos húmedos e, incorporándose despacio, se fue acercando al rostro de su mujer, que esta empezaba a taparse de nuevo.

De pronto, cruzando un brazo sobre la cama, estrechó a Jeanne por encima de las sábanas, mientras que, deslizando el otro brazo bajo la almohada, la alzaba, incorporándole la cabeza. Y, en voz baja, muy baja, le preguntó:

–Entonces ¿querrá hacerme un sitito a su lado?

Jeanne sintió miedo, un miedo instintivo, y balbució:

–¡Ay, todavía no, por favor!

Julien pareció chasqueado, un poco ofendido; y añadió, sin dejar el acento suplicante, pero con brusquedad algo mayor:

–¿Por qué andar con esperas si al final acabaremos por ahí?

A ella le dolió la frase; pero, sumisa y resignada, dijo por segunda vez:

–Suya soy, amigo mío.

Él se metió entonces a toda prisa en el cuarto de aseo; y Jeanne oía con toda claridad cómo se movía, el roce de la ropa mientras se desnudaba, el ruido de unas monedas en el bolsillo, la sucesiva caída de las botinas.

Y, de súbito, Julien cruzó velozmente el cuarto, en calzoncillos y con los calcetines puestos, para ir a dejar el reloj en la repisa de la chimenea. Luego, regresó a la carrera a la estrecha dependencia contigua, anduvo aún un rato trasteando en ella, y Jeanne se volvió rápidamente de espaldas y cerró los ojos cuando se dio cuenta de que ya se acercaba a la cama.

Dio un brinco como si fuera a saltar al suelo cuando resbaló contra su pierna otra pierna fría y velluda; y, con el rostro entre las manos, despavorida, a punto de gritar de miedo y de azaramiento, se acurrucó en un extremo de la cama.

Julien la tomó en el acto en sus brazos, aunque ella le daba la espalda; y le besaba con voracidad la nuca, los encajes flotantes del tocado de noche y el cuello bordado del camisón.

Jeanne estaba inmóvil, tiesa, presa de una terrible ansiedad, sintiendo que una mano recia le buscaba el pecho, que ella ocultaba entre los codos. Jadeaba, trastornada por el contacto brutal; lo que más deseaba era escapar, correr por toda la casa, encerrarse en algún lugar, lejos de aquel hombre.

Él se había quedado quieto. Jeanne notaba su calor en la espalda. Se calmó entonces su espanto y se le ocurrió de repente que le bastaría con volverse para poder besarlo.

Julien pareció impacientarse a la postre y dijo con voz triste:

–¿Así que no quiere ser mi mujercita?

Ella preguntó a media voz, entre los dedos:

–¿Es que no lo soy ya?

Y Julien contestó con un matiz malhumorado en la voz:

–Pues claro que no, querida Jeanne, no se burle de mí.

Notó ella que se enternecía ante el tono descontento de la voz; se volvió de súbito, de cara a él, para pedirle perdón.

Julien se apoderó de ella, estrechándola por la cintura con rabia, como hambriento de su cuerpo; y le recorría con rápidos besos, con besos mordientes, con besos desatinados, el rostro entero y la parte de arriba de los pechos, aturdiéndola a caricias. Jeanne había abierto las manos y permanecía inerte bajo aquellos esfuerzos, no sabiendo ya qué hacía ella, qué hacía él, con el pensamiento tan alterado que no conseguía entender nada. Pero, de súbito, la desgarró un dolor agudo; y rompió en quejas, retorciéndose entre los brazos del hombre, mientras este la poseía sin miramientos.

¿Qué sucedió luego? Jeanne casi no conseguía recordarlo, pues había perdido la cabeza: tuvo solo la impresión de que Julien le ponía en los labios una granizada de besos breves y agradecidos.

Luego debió de hablarle, y ella debió de responderle. Luego hizo él otros intentos, que Jeanne rechazó con espanto; y, mientras luchaba, tropezó, en el pecho de Julien, con el mismo vello espeso que ya había sentido contra la pierna. Y se echó hacia atrás de puro sobrecogimiento.

Él, cansado al fin del fracaso de sus pretensiones, se quedó quieto, echado de espaldas.

Jeanne se puso a reflexionar entonces: la desesperaban hasta lo más hondo del alma la desilusionada pérdida de una embriaguez soñada, tan diferente de aquello, la ruina de una cara esperanza, el pinchazo del globo de la felicidad; y se dijo: «¡Así que es a esto a lo que él llama ser su mujer! ¡Así que es a esto! ¡Así que es a esto!».

Así estuvo mucho rato, desconsolada, dejando vagar los ojos por los tapices de la pared, por la antigua leyenda de amor que rodeaba su cuarto.

Pero, como Julien ni decía nada ni se movía, volvió despacio los ojos hacia él y se dio cuenta de que estaba dormido. ¡Dormido con la boca entreabierta y el rostro sereno! ¡Dormido!

No podía creerlo; estaba indignada, la ofendía más aquel

sueño que la anterior brutalidad; sentía que la trataba como a una cualquiera. ¿Cómo podía dormir en semejante noche? ¿Así que lo que había sucedido entre ellos no era para él nada del otro mundo? ¡Ay, habría preferido mil veces que la golpease, que volviera a violentarla, que la mortificase con odiosas caricias hasta dejarla desmayada!

Estuvo un rato sin moverse, apoyada en un codo, inclinada sobre Julien, escuchando el leve hálito que le salía de los labios y tomaba, a ratos, apariencia de ronquido.

Llegó el día, mortecino al principio, claro después, luego rosa, y luego resplandeciente. Julien abrió los ojos, bostezó, se desperezó, miró a su mujer, sonrió y preguntó:

–¿Has dormido bien, querida mía?

Jeanne se dio cuenta de que ahora la tuteaba y respondió, atónita:

–Muy bien. ¿Y usted?

Él dijo:

–¡Huy, yo de maravilla!

Volviéndose hacia ella, le dio un beso y empezó luego a charlar tranquilamente, explicándole por lo menudo proyectos de vida y propósitos de ahorro. Y esa palabra, que volvió varias veces en la conversación, asombraba a Jeanne. Lo escuchaba sin entender bien lo que le decía; lo miraba; mil ideas le cruzaban raudas por el pensamiento, rozándolo apenas.

Dieron las ocho.

–Hay que levantarse –dijo Julien–. Haríamos el ridículo si nos quedásemos en la cama.

Y fue el primero en hacerlo. Después de haberse aseado, ayudó con gentileza a su mujer en todos los menudos detalles del aseo de ella y no consintió en que llamase a Rosalie.

Antes de salir del cuarto, la detuvo:

–Sabes, ya podemos tutearnos cuando estemos solos. Aunque delante de tus padres vale más que esperemos un poco. Será lo más natural cuando volvamos del viaje de novios.

Jeanne no se presentó hasta la hora del almuerzo. Y el día transcurrió como siempre, como si no hubiera sucedido nada nuevo. Había otro hombre en la casa, y nada más.

Capítulo V

Cuatro días después llegó la berlina que los iba a conducir a Marsella.

Tras la angustia de la primera noche, Jeanne se había acostumbrado al contacto de Julien, a sus besos, a sus caricias tiernas, aunque no había menguado la repugnancia que le inspiraban sus relaciones más íntimas.

Lo encontraba guapo, lo quería; se sentía de nuevo dichosa y alegre.

Los adioses fueron breves y no hubo en ellos tristeza. Solo la baronesa parecía emocionada; cuando estaba a punto de partir el carruaje, le puso a su hija en la mano una bolsa grande y pesada como el plomo:

–Para tus gastillos de recién casada –le dijo.

Jeanne se la metió en el bolsillo; y los caballos echaron a andar.

Al caer la tarde, le dijo Julien:

–¿Cuánto te dio tu madre en esa bolsa?

Jeanne no se acordaba ya de ella y se la vació en las rodillas. De la bolsa fluyó un chorro de oro: dos mil francos. La joven palmoteó:

–Voy a hacer locuras con esto.

Y volvió a guardar el dinero.

Tras ocho días de viaje, llegaron a Marsella en medio de un terrible bochorno.

Y, al día siguiente, el Rey Luis, un paquebote pequeño, que iba a Nápoles pasando por Ajaccio, zarpó rumbo a Córcega con ellos a bordo.

¡Córcega! ¡El impenetrable monte bajo! ¡Los bandidos! ¡Las montañas! ¡La patria de Napoleón! A Jeanne se le antojaba que estaba saliendo de la realidad para entrar, despierta, en un sueño.

En cubierta, hombro con hombro, miraban pasar los acantilados de Provenza. La mar, inmóvil, de un azul rabioso, parecía coagulada, endurecida en la ardorosa luz que bajaba desde el cielo, dilatándose bajo la infinitud de un cielo tan azul que resultaba casi excesivo.

Jeanne dijo:

–¿Te acuerdas de aquel paseo en la barca del tío Lastique?

Julien, en vez de responderle, le dio un brusco y rápido beso en la oreja.

Las ruedas del vapor batían el agua, turbando su profundo sueño; y, a popa, un largo rastro de espuma, un ancho surco pálido en el que las aguas agitadas burbujeaban como el champaña, prolongaba, hasta que los ojos la perdían de vista, la estela recta del navío.

De pronto, a proa, a muy pocas brazas de distancia, brincó fuera del agua un pez gigantesco, un delfín, que volvió luego a sumergirse de cabeza y desapareció. Jeanne, sobrecogida, se atemorizó, soltó un grito y se refugió en el pecho de Julien. Luego, se echó a reír de aquel susto y empezó a mirar con ansioso interés, por si el animal aparecía de nuevo. Al cabo de unos segundos, volvió a saltar, como un enorme juguete de cuerda. Cayó de nuevo al agua y salió de ella una vez más; luego hubo dos, luego tres, luego seis, y todos parecían dar cabriolas en torno al torpe barco para escoltar a su monstruoso hermano, al pez de madera con aletas de hierro. Pasaban por la izquierda, regresaban al costado derecho del navío; y, ora todos juntos, ora turnándose, como en un juego, se elevaban por el aire, en alegre persecución, con un salto grande que describía una curva; luego, en fila, volvían a desaparecer bajo el agua.

Jeanne batía palmas y se estremecía con embelesado sobresalto cada vez que aparecían los gigantescos y flexibles nadadores. Le brincaba el corazón como si fuera uno de ellos, con un desmedido e infantil regocijo.

De súbito, desaparecieron. Los divisaron una vez más, muy lejos, en mar abierta; luego, no volvieron a verlos ya; y, por unos momentos, su marcha apenó a Jeanne.

Caía la tarde, una tarde apacible, radiante, rebosante de claridad, de paz dichosa. Ni un temblor en el aire o en el agua: y aquel ilimitado reposo de la mar y el cielo se contagiaba a las almas, embotadas, por las que tampoco cruzaba estremecimiento alguno.

El ancho disco del sol se hundía despacio, en lontananza, allá por donde estaba la invisible África, África, la tórrida comarca cuyos ardores parecían notarse ya; pero algo así como una caricia fresca, que no era, no obstante, ni tan siquiera un amago de brisa, rozó los rostros al desaparecer el astro.

No quisieron meterse en el camarote, en donde se notaban todos los fétidos olores de los paquebotes; y se tendieron ambos en cubierta, costado con costado, envueltos en sus abrigos. Julien se durmió enseguida, pero Jeanne seguía con los ojos abiertos, nerviosa ante lo desconocido de aquel viaje. El ruido monótono de las ruedas la acunaba; y contemplaba, allá arriba, en el cielo puro del sur, las legiones de estrellas, tan claras, de luz aguda, centelleante, húmeda en apariencia.

Ya amanecía casi cuando dio una cabezada. La despertó un ruido de voces. Unos marineros cantaban mientras limpiaban el barco. Jeanne zarandeó a su marido, que dormía muy quieto, y se levantaron los dos.

Jeanne paladeaba con exaltación el sabor de la bruma salada que se le metía dentro hasta llegarle a la punta de los dedos. En derredor, solo había mar. No obstante, a proa, un bulto gris, aún borroso en la luz del alba incipiente, algo así como un cúmulo de nubes muy curiosas, puntiagudas, con dientes de sierra, parecía posado en las aguas.

El bulto fue haciéndose más concreto; las formas se recortaron con mayor precisión contra el cielo cada vez más claro; apareció una prolongada línea de montañas insólitas, con cuernos: era Córcega, envuelta en una suerte de liviano velo.

Y el sol se alzó tras ella, subrayando con sombras negras todos los salientes de las crestas; luego ardieron todas las cumbres, mientras que el resto de la isla seguía envuelto en los vapores de la bruma.

El capitán, un viejecillo al que los vientos rudos y salados habían curtido, secado, encogido, acartonado y amojamado, se presentó en cubierta y, con voz que habían enronquecido treinta años de mando y desgastado los gritos lanzados durante las tempestades, le dijo a Jeanne:

–¿Nota usted cómo huele la golfa esa?

Jeanne notaba, efectivamente, una peculiar e intensa fragancia a plantas, a aromas silvestres.

El capitán añadió:

–Es el perfume de Córcega, señora; es su olor de mujer hermosa. Aunque estuviera sin venir por aquí quince años, lo reconocería a cinco millas mar adentro. Yo soy de los suyos. Y él, allá, en Santa Helena, dicen que sigue hablando de cómo huele su tierra. Somos parientes.

Y el capitán se descubrió para saludar a Córcega, para saludar, allá lejos, a través del océano, al gran emperador prisionero que era pariente suyo.

Jeanne sintió una emoción tan fuerte que estuvo a punto de echarse a llorar.

Luego, el marino alargó el brazo hacia el horizonte y dijo:

–Las Sanguinarias.

Julien, de pie junto a su mujer, la tenía cogida por la cintura; y los dos miraban a lo lejos para ver el punto indicado.

Divisaron, por fin, unas rocas en forma de pirámides que no tardó el barco en rodear para entrar en un golfo enorme y tranquilo, que circundaba una multitud de altas cumbres, cuyas laderas más bajas parecían cubiertas de musgo.

El capitán señaló la vegetación:

–El monte bajo.

Según iban avanzando, el corro de los montes parecía cerrarse a espaldas de la embarcación, que nadaba despacio por un lago de azul tan transparente que, a veces, podía verse el fondo.

Y, de súbito, apareció la ciudad, toda blanca al fondo del golfo, al filo de las olas, al pie de las montañas.

Algunos barcos italianos pequeños estaban fondeados en el puerto. Cuatro o cinco barcas vinieron a merodear en torno al Rey Luis para recoger a sus pasajeros.

Julien, que estaba reuniendo todos los bultos del equipaje, le preguntó por lo bajo a su mujer:

–Bastará con darle un franco al mozo, ¿verdad?

Llevaba ocho días haciéndole a Jeanne la misma pregunta, que siempre la hería. Respondió ella con cierta impaciencia:

–Cuando uno no está seguro de dar lo suficiente, lo que hay que hacer es dar de más.

Julien discutía continuamente con los *maîtres* y los mozos de los hoteles, con los cocheros, con los vendedores de cualesquiera mercancías. Y cuando, a fuerza de argucias, conseguía ahorrarse algo, le decía a Jeanne, frotándose las manos: «No me gusta que me roben».

La joven temblaba cuando les traían la nota, sabiendo de antemano lo que iba a comentar Julien de todos y cada uno de los apartados, humillada ante aquellos regateos, ruborizándose hasta la raíz del pelo ante las miradas despectivas del servicio, que, con la cicatera propina en la palma de la mano, seguía a su marido con la mirada.

También discutió con el barquero que los llevó a tierra.

¡El primer árbol que vio Jeanne fue una palmera!

Se hospedaron en un hotel grande y vacío que estaba en una esquina de una plaza ancha y pidieron que les dieran de almorzar.

Tras acabar el postre, cuando Jeanne se levantaba para ir a deambular por la ciudad, Julien la abrazó, susurrándole tiernamente al oído:

–¿Y si nos fuéramos un rato a la cama, rica mía?

Jeanne se quedó muy sorprendida:

–¿A la cama? Pero si no estoy cansada.

Él la atrajo hacia sí:

–Llevo dos días deseándote, ¿comprendes?

Ella se puso como la grana y balbució, avergonzada:

–¡Ay! ¿Ahora? Pero ¿qué va a decir la gente? ¿Cómo te vas a atrever a pedir una habitación en pleno día? ¡Ay, Julien, por favor!

Pero él la interrumpió:

–Pues sí que me importa a mí mucho lo que puedan decir y pensar los del hotel. Vas a ver lo poco que incomoda.

Y tocó el timbre.

Jeanne callaba ahora, con los ojos bajos; aún se le rebelaban el alma y la carne ante aquel incesante deseo del esposo al que no se plegaba sino con asco, resignada pero humillada, considerándolo bestial y degradante, algo sucio a la postre.

No tenía aún despiertos los sentidos; y su marido se portaba ahora como si Jeanne compartiese sus ardores.

Cuando acudió el mozo, Julien le pidió que los llevase a su cuarto. El hombre, un auténtico corso peludo hasta los ojos, no entendía la pretensión y aseguraba que la habitación estaría preparada para la noche.

Julien, impacientándose, le aclaró:

–No, ahora mismo. Estamos cansados del viaje y queremos descansar.

Entonces una sonrisa se abrió paso por entre la barba del criado y a Jeanne le entraron ganas de salir corriendo.

Cuando volvieron a bajar, transcurrida una hora, no se atrevía ya a pasar por delante de las personas con las que se cruzaba, convencida de que se reirían y cuchichearían a sus espaldas. En lo más hondo, le guardaba rencor a Julien por no entender sus sentimientos, por no mostrar un exquisito pudor ni poseer una instintiva delicadeza. Y notaba que había entre ellos algo así como un velo, un obstáculo; caía en la cuenta por vez primera de que dos personas nunca logran conocerse hasta el alma, hasta el fondo de los pensamientos, de que caminan juntas, enlazadas a veces, pero no fundidas, y que la entidad moral de cada ser permanece en eterna soledad mientras viva.

Pasaron tres días en aquella ciudad pequeña, oculta en lo más recóndito de su golfo azul, calurosa como un horno tras su telón de montañas, que nunca permite que la alcance el soplo del viento.

Luego, escogieron un itinerario para el viaje y, con la pretensión de que no los obligara a retroceder ningún paso dificultoso, decidieron alquilar unas monturas. Eligieron dos caballitos corsos de furibunda mirada, flacos e infatigables, y se pusieron en camino una mañana al alba. Los acompañaba un guía, jinete en una mula, que llevaba provisiones de boca, pues en ese montaraz país no se conocen los mesones.

El camino iba al principio bordeando el golfo para internarse, luego, en un valle no muy profundo que conducía hacia las altas montañas. Cruzaban con frecuencia torrentes casi secos; un remedo de arroyuelo bullía aún bajo las piedras, como un animal escondido, con tímido gorgoteo.

La inculta comarca parecía desnuda. Altas hierbas, amarillas en aquella tórrida estación, cubrían las laderas de las pendientes. A veces se cruzaban con un montañés, ora a pie, ora subido a un caballito, o también montado a horcajadas en un burro del tamaño de un perro. Y todos llevaban a la espalda las escopetas cargadas, unas armas viejas, oxidadas, temibles en sus manos.

El aire parecía espesarse con el mordiente aroma de las plantas aromáticas que cubren la isla; y el camino iba subiendo, despacio, entre los alargados repliegues de los montes.

Las cumbres de granito rosa o azul daban al anchuroso paisaje tonos mágicos; y tan gigantescas son en esta tierra las altas ondulaciones del suelo que, en las laderas menos elevadas, los bosques de altísimos castaños parecían matorrales verdes.

A veces, el guía tendía la mano hacia las escarpadas cimas y decía un nombre. Jeanne y Julien miraban, no veían nada y, luego, divisaban al fin algo gris, semejante a un montón de piedras que se hubieran desprendido del pico. Era un pueblo, una aldea de granito aferrada allá arriba, enganchada igual que un nido de pájaro, casi invisible en la montaña inmensa.

Aquel largo viaje al paso ponía nerviosa a Jeanne.

–Vamos a correr un poco –dijo.

Y espoleó el caballo. Luego, al no oír a su marido galopar a su lado, se volvió y comenzó a reír con irrefrenables carcajadas al verlo acercarse pálido, asido a las crines del animal y dando extraños botes. Su apostura, su rostro de *gallardo jinete* prestaba mayor comicidad a su torpeza y su miedo.

Avanzaron entonces con un trote lento. El camino corría ahora entre dos inacabables sotos que cubrían toda la pendiente como un manto.

Era el monte bajo, ese intrincado monte bajo formado de encinas, madroños, lentiscos, aladiernas, brezos, durillos, arrayanes y bojes, que entrelazan, enmarañándolos como cabelleras, enredaderas de clemátides, monstruosos helechos, madreselvas, cítisos, matas de romero y espliego, zarzales; y todo ello viste el lomo de las montañas con un impenetrable vellón.

Estaban hambrientos. El guía se reunió con ellos y los condujo hasta uno de esos deliciosos manantiales, tan frecuentes en los lugares escarpados: un hililllo tenue y redondo de agua helada que brota de un diminuto agujero de la roca y fluye, encauzado en una hoja de castaño que un viandante ha colocado allí para llevarse ese mínimo caudal a la boca.

Jeanne se sentía tan feliz que tenía que esforzarse mucho para no lanzar gritos de júbilo.

Siguieron caminando y empezaron a bajar, rodeando el golfo de Sagone.

Caía la tarde cuando cruzaron Cargese, el pueblo griego que fundó antaño en aquel lugar una colonia de fugitivos expulsados de su país. Unas muchachas altas y hermosas, de elegantes caderas, manos largas, cintura delgada, de porte singularmente grácil, formaban un grupo junto a una fuente. Julien les dijo a voces:

–Buenas tardes.

Y ellas respondieron con cantarina voz en la armoniosa lengua de la abandonada patria.

Al llegar a Piana, hubo que pedir hospitalidad, como sucedía antiguamente y como sigue sucediendo en las regiones remotas. Jeanne se estremecía de gozo mientras esperaba que se abriese la puerta a la que había llamado Julien. ¡Ay, aquello sí que era un viaje de verdad, con todos los imprevistos de las rutas inexploradas!

Precisamente habían ido a parar a casa de un matrimonio joven. Los recibieron igual que debían de recibir los patriarcas al huésped enviado por Dios; y durmieron en un jergón de hojas de maíz, en una casa vieja y carcomida, de cuyas maderas todas, picadas de gusanos, recorridas por las alargadas tarazas devoradoras de vigas, brotaba un susurro, como si estuvieran vivas y suspirasen.

Reanudaron el viaje al amanecer y no tardaron en detenerse frente a un bosque, un auténtico bosque de granito purpúreo. Eran picachos, columnas, pináculos, figuras sorprendentes que habían esculpido el tiempo, la carcoma del viento y la bruma del mar.

Aquellas sorprendentes rocas, que alcanzaban alturas de trescientos metros, estrechas, redondas, retorcidas, ganchudas, deformes, imprevistas, fantásticas, semejaban árboles, plantas, animales, monumentos, hombres, monjes vestidos de hábito, diablos con cuernos, desmedidas aves, toda una tribu monstruosa, una casa de fieras de pesadilla que había petrificado la voluntad de un Dios extravagante.

Jeanne no decía ya nada, con el corazón oprimido, y tomó la mano de Julien para estrechársela, pues ante aquella belleza de las cosas se adueñaba de ella un afán de amar.

Y, de pronto, al salir de aquel caos, descubrieron otro golfo que ceñía por completo una ensangrentada muralla de granito rojo. Y en la mar azul se reflejaban las rocas escarlatas.

Sin poder dar con otras palabras, enternecida de admiración, con un nudo en la garganta, Jeanne balbució:

–¡Ay, Julien!

Y dos lágrimas le brotaron de los ojos. Él la miraba, atónito, y le preguntó:

–¿Qué te pasa, rica mía?

Jeanne se secó las lágrimas, sonrió y, con voz algo trémula, repuso:

–No es nada... son los nervios... Yo qué sé... Ha sido la impresión. Soy tan feliz que todo me trastorna el corazón.

Julien no entendía aquellas reacciones nerviosas de mujer, las conmociones de esos seres vibrantes a quienes turba cualquier nimiedad, a quienes el entusiasmo afecta igual que una catástrofe, que, por una inefable sensación, padecen un trastorno, se vuelven locos de alegría o se desesperan.

Aquellas lágrimas le parecían ridículas; y, como lo único que le preocupaba entonces era lo accidentado del trayecto, dijo:

–Más vale que estés pendiente del caballo.

Por un sendero casi impracticable bajaron hasta lo hondo del golfo y, luego, giraron a la derecha para subir por el sombrío valle de Ota.

Pero el camino tenía trazas de ser pésimo y Julien propuso:

–¿Y si subiéramos a pie?

A Jeanne le pareció de perlas; estaba deseando caminar, estar a solas con su marido después de la emoción de hacía un rato.

El guía tomó la delantera con la mula y los caballos. Y ellos lo siguieron a pasitos cortos.

La montaña, hendida de arriba abajo, se entreabre en una brecha por la que se interna el sendero, recorriendo el fondo entre dos murallas portentosas. Y un caudaloso torrente corre por esta quiebra. El aire está helado, el granito parece negro, y lo que del cielo se divisa, a gran altura, asombra y aturde.

Un repentino ruido sobresaltó a Jeanne. Alzó la vista; un ave enorme salía volando de una oquedad: era un águila. Con las alas abiertas parecía buscar las dos paredes del pozo, y se remontó hasta el azul del cielo por el que se perdió.

Algo más allá, la grieta del monte se bifurca; el sendero trepa, haciendo cerradas eses, entre los dos barrancos. Jeanne, ágil y muy animada, iba delante, haciendo rodar guijarros al pisar, intrépida, inclinándose hacia el abismo. Julien la seguía, algo jadeante, mirando al suelo por temor al vértigo.

De súbito, se hallaron a pleno sol; les pareció que salían del infierno. Tenían sed; un rastro húmedo los fue guiando por entre un caos de piedras hasta un manantial mínimo que, para uso de los cabreros, manaba por la canalización de un palo hueco. El suelo que lo rodeaba estaba alfombrado de musgo. Jeanne se arrodilló para beber; y Julien la imitó.

Y, mientras ella paladeaba el frescor del agua, él la cogió por la cintura e intentó quitarle el sitio, apartándola del conducto de madera. Jeanne se resistió; los labios de ambos luchaban, se encontraban, se rechazaban. Al azar de la pugna, se hacían por turnos con el delgado extremo del tubo y lo mordían para no soltarlo. Y el hilillo de agua fría, tomado y dejado sin cesar, se quebraba y reanudaba su flujo, les salpicaba el rostro, el cuello, la ropa, las manos. Les brillaban en el pelo gotitas como perlas. Y los besos iban corriente abajo.

De pronto, Jeanne, presa de amorosa inspiración, se llenó la boca del transparente líquido y, con las mejillas henchidas como odres, dio a entender a Julien que quería calmarle la sed labio con labio.

Él tendió el cuello, sonriente, echando la cabeza hacia atrás, con los brazos abiertos; y bebió de un solo trago de aquel manantial de carne viva que derramó por sus entrañas un inflamado deseo.

Jeanne se recostaba en él con inusitada ternura; le latía el corazón; se le arqueaba la cintura; tenía la mirada más lánguida, húmeda. Susurró muy bajo:

–¡Julien... te quiero!

Y, tomando esta vez la iniciativa de aproximar el cuerpo del hombre al suyo, se tendió de espaldas y ocultó en las manos el rostro encarnado de vergüenza.

Julien se desplomó sobre ella, con un abrazo fogoso. Jeanne jadeaba de nerviosa espera; y, de súbito, gritó, mientras la esperada sensación la golpeaba como el rayo.

Tardaron mucho en alcanzar la cima de la montaña, pues Jeanne seguía vibrante y con las articulaciones doloridas. Hasta la noche, no llegaron a Evisa, a casa de un pariente del guía: Paoli Palabretti.

Era un hombre de elevada estatura, un poco cargado de espaldas, con la expresión taciturna de un tísico. Los llevó a su cuarto, un cuarto triste de piedra desnuda, aunque excepcional para esa tierra en que nada saben de lujos; y les estaba diciendo en su lengua, un dialecto corso, un refrito de francés y de italiano, cuánto se alegraba de recibirlos en su casa cuando una voz clara lo interrumpió: y una mujercita morena, de grandes ojos negros, piel de soleada calidez, cintura delgada y dientes que una continua risa dejaba siempre al aire, se abalanzó a besar a Jeanne y estrechar vigorosamente la mano de Julien, al tiempo que repetía:

–Hola, señora; hola, caballero. ¿Qué tal?

Se llevó los sombreros, los chales, lo guardó todo con un solo brazo, pues llevaba el otro en cabestrillo, y luego puso a todo el mundo en la calle, diciéndole a su marido:

–Llévatelos a dar una vuelta hasta la hora de la cena.

Al señor Palabretti le faltó tiempo para obedecer; caminando entre los dos jóvenes, les enseñó el pueblo. Arrastraba los pies y las palabras, tosía con frecuencia y repetía tras cada ataque de tos:

–Es por el aire del Val, que es muy fresco y se me ha puesto en el pecho.

Los guió por un sendero perdido, bajo unos castaños prodigiosamente grandes. De pronto, se detuvo y dijo, con su monótono tono de voz:

–Aquí fue en donde mató Mathieu Lori a mi primo, Jean Rinaldi. Fíjense, yo estaba aquí, muy cerca de Jean, cuando, a diez pasos de nosotros, apareció Mathieu. «Jean –voceó–, no vayas a Albertacce; no vayas, Jean, o te mato, ya te lo aviso.»

»Yo cogí a Jean del brazo: "No vayas, Jean, que seguro que te mata".

»Era por una chica detrás de la que andaban los dos, Paulina Sinacoupi.

»Pero Jean empezó a decir a gritos: "Voy a ir, Mathieu; y no serás tú quien me lo impida".

»Entonces, Mathieu se echó a la cara la escopeta y, antes de que pudiera yo apuntarlo con la mía, disparó.

»Jean pegó un brinco tremendo con los pies juntos, como cuando un niño salta a la comba; así mismo fue, caballero; y se me cayó encima; y a mí se me fue la escopeta de las manos y salió rodando hasta ese castaño grande de allá.

»Jean tenía la boca abierta de par en par, pero no dijo nada más; estaba muerto.

Los jóvenes miraban, atónitos, la tranquilidad del testigo de aquel crimen. Jeanne preguntó:

–¿Y el asesino?

Paoli Palabretti estuvo un buen rato tosiendo y añadió, luego:

–Se echó al monte. Lo mató mi hermano, el año siguiente. Ya saben, mi hermano, Philippi Palabretti, el bandido.

Jeanne se estremeció:

–¿El hermano de usted? ¿Un bandido?

Por la mirada del plácido corso pasó un fulgor de orgullo.

–Sí, señora. Y bien famoso que era. Acabó con seis gendarmes. Lo mataron con Nicolas Morali, cuando los acorralaron en el Niolo, después de seis días de lucha, cuando estaban a punto de morirse de hambre.

Y añadió luego, poniendo cara de resignación:

–Son cosas de esta tierra.

Y lo dijo con el mismo tono con el que decía: «Es por el aire del Val, que es muy fresco».

Regresaron luego para cenar, y la mujercita corsa los trató como si los conociera desde hacía veinte años.

Pero a Jeanne no se le iba de la cabeza una preocupación: ¿Volvería a sentir entre los brazos de Julien aquella extraña y vehemente conmoción de los sentidos que había experimentado tendida en el musgo del manantial?

Cuando se quedaron a solas en su cuarto, la atemorizaba la posibilidad de ser una vez más insensible a sus caricias. Mas no tardó en tranquilizarse; y aquella fue su primera noche de amor.

Y al día siguiente, cuando llegó la hora de marchar, no se decidía a irse de aquella humilde casa en donde le parecía que había comenzado para ella una dicha nueva.

Hizo entrar en el cuarto a la mujer de su anfitrión y, dejándole bien claro que no pretendía hacerle un regalo, insistió, llegando a enfadarse incluso, en enviarle desde París, en cuanto llegase a esa ciudad, un recuerdo, un recuerdo al que prestaba un significado casi supersticioso.

La joven corsa se negó durante un buen rato a aceptarlo. Al fin, accedió a ello:

–Está bien –dijo–, mándeme una pistolita, una que sea muy pequeña.

Jeanne abrió unos ojos como platos. La otra añadió muy bajo, hablándole casi al oído, igual que se hace para confiarle a alguien un íntimo y dulce secreto:

–Es para matar a mi cuñado.

Y, sonriendo, se quitó con presteza las vendas del brazo que tenía inútil y, enseñando la carne turgente y blanca, que atravesaba de parte a parte una herida de estilete ya casi cicatrizada, dijo:

–Si no hubiera tenido tanta fuerza como él, me habría matado. Mi marido no es celoso; él me conoce bien. Y, encima, está enfermo, ¿sabe? Y eso le templa la sangre. Además, yo soy una mujer honrada, señora; pero mi cuñado se cree todo lo que le cuentan. Tiene celos en nombre de mi marido; y estoy segura de que volverá a intentarlo. Así que, si tuviera una pistolita, estaría tranquila y tendría la seguridad de poder vengarme.

Jeanne prometió enviarle el arma, besó con ternura a su reciente amiga y se puso en marcha.

El resto del viaje no fue ya sino un sueño, un abrazo sin fin, una embriaguez de caricias. No vio nada, ni los paisajes, ni a las personas, ni los lugares en los que se detenían. Solo miraba a Julien.

Comenzó entonces la infantil y gratísima intimidad de las puerilidades amorosas, de las palabras ñoñas y deliciosas; el bautismo, con nombres mimosos, de todos los recovecos, perfiles y pliegues de los cuerpos en los que gustaban de demorarse las bocas.

Como Jeanne dormía del lado derecho, solía tener destapado el pecho izquierdo cuando se despertaba. Julien, habiéndose fijado en ello, lo llamaba «Don Juerguista»; y al otro, «Don Amador», porque la sonrosada flor que lo coronaba parecía más sensible a los besos.

La hondonada que había entre ambos se convirtió en «el paseo de mamaíta», porque Julien transitaba por él continuamente; y otra más recóndita recibió el nombre de «el camino de Damasco», en recuerdo del valle de Ota.

Al llegar a Bastia, hubo que pagar al guía. Julien rebuscó en los bolsillos y, al no hallar en ellos lo necesario, le dijo a Jeanne:

–Ya que no estás gastando los dos mil francos de tu madre, deja que los lleve yo. Estarán más seguros en mi cinturón y así me ahorraré el andar cambiando.

Y ella le dio la bolsa.

Llegaron a Livorno, visitaron Florencia, Génova, toda la Cornisa.

Una mañana en que soplaba el mistral volvieron a pisar Marsella.

Habían transcurrido dos meses desde que salieran de Los Chopos. Estaban a 15 de octubre.

Jeanne, sobrecogida por el violento viento frío que parecía llegar desde la remota Normandía, estaba triste. Julien llevaba una temporada cambiado, cansado, indiferente; y la joven estaba asustada, sin saber de qué.

Retrasó otros cuatro días el viaje de regreso, pues no podía decidirse a salir de aquella grata comarca de sol. Tenía la impresión de que ya había agotado la dicha.

Partieron por fin.

Tenían que hacer en París todas las compras necesarias para acabar de instalarse en Los Chopos; y a Jeanne la regocijaba la idea de volver cargada de tesoros gracias al regalo de mamaíta; pero lo primero que quiso comprar fue la pistola que le había prometido a la joven corsa de Evisa.

Al día siguiente de llegar a París, le dijo a Julien.

–Querido, haz el favor de devolverme el dinero de mamá porque voy a ir de compras.

Él se volvió a mirarla con cara de enfado.

–¿Cuánto necesitas?

Jeanne, sorprendida, balbució:

–Pues... lo que a ti te parezca.

–Te daré cien francos –dijo él–; y, sobre todo, no los malgastes.

Jeanne se había quedado sin saber qué decir, desconcertada y confusa:

Al fin, repuso, titubeando:

–Pero... yo... te había dado ese dinero para...

Él no le dejó acabar la frase:

–Sí, claro. Qué más dará que lo tengas tú o que lo tenga yo si el dinero es de los dos. Y ya ves que no te lo escatimo porque te estoy dando cien francos.

Jeanne cogió las cinco monedas de oro sin añadir palabra, pero no se atrevió a pedirle más y solo compró la pistola.

Ocho días después, emprendieron el regreso a Los Chopos.

Capítulo VI

Delante de la cerca blanca con pilares de ladrillo, estaban esperando la familia y el servicio. La silla de posta se detuvo y los abrazos duraron mucho. Mamaíta lloraba; Jeanne, conmovida, se secó dos lágrimas; padre, nervioso, iba y venía.

Luego, mientras bajaban el equipaje, se habló del viaje ante el fuego del salón. Las palabras fluían, abundantes, de los labios de Jeanne; y en media hora todo estaba ya contado, salvo quizá algunos detalles de poca monta, olvidados en la rapidez de la relación.

Fue, luego, la joven a deshacer sus bultos. Rosalie, muy emocionada también, la ayudaba. Concluida la tarea, cuando ya estaban en su sitio la ropa blanca, los vestidos, los objetos de aseo, la doncellita dejó sola a su señora; y Jeanne, un poco cansada, se sentó.

Se preguntó a qué iba a dedicarse ahora, buscando una ocupación para el pensamiento, una labor para las manos. No le apetecía volver al salón con su madre, que dormitaba; pensó en dar un paseo, pero el campo estaba tan triste que solo con mirarlo por la ventana se le ponía en el corazón un peso de melancolía.

Cayó entonces en la cuenta de que no tenía nada más que hacer, nunca tendría ya nada que hacer. Había pasado toda su juventud en el convento dándole vueltas al porvenir, atareada con sus ensueños. El continuo bullir de sus esperanzas le colmaba en aquel tiempo las horas, que se le iban sin sentir. Luego, recién salida de los muros austeros entre los que habían florecido sus ilusiones, su expectativa de amor se había cumplido casi enseguida. El hombre esperado, conocido, amado, desposado en pocas semanas, como suele suceder en las decisiones repentinas, la arrebataba en sus brazos sin permitir que se parase a pensar en nada.

Mas hete aquí que la dulce realidad de los primeros días iba a convertirse en la realidad cotidiana que cerraba la puerta a las esperanzas imprecisas, a las deliciosas inquietudes por lo desconocido. Sí, la espera había concluido.

Y ya no quedaba, pues, nada por hacer, ni hoy, ni mañana, ni nunca. Jeanne sentía todo aquello de forma inconcreta porque notaba algo así como una desilusión, como un lento desplome de sus sueños.

Se puso de pie y fue a pegar la frente a los fríos cristales de la ventana. Luego, tras haber estado un rato contemplando el cielo, por el que corrían oscuras nubes, se decidió a salir.

¿Era aquel el mismo campo? ¿Eran la misma hierba y los mismos árboles que en el mes de mayo? ¿Qué había sido del soleado júbilo de las hojas y de la poesía verde del césped en el que se prendía la llama de los dientes de león, sangraban las amapolas, resplandecían las margaritas, palpitaban, como colgadas de hilos invisibles, caprichosas mariposas amarillas? ¿No existía ya aquella embriaguez del aire cargado de vida, de aromas, de átomos fecundantes?

Los paseos, que habían empapado los continuos chaparrones del otoño, parecían más largos, cubiertos de una gruesa alfombra de hojas secas bajo la desmedrada tiritona de los chopos casi desnudos. Las escuálidas ramas temblaban al viento; tremolaba aún en ellas un escaso follaje a punto de desperdigarse por el aire. Y, durante todo el día, sin tregua, igual que una lluvia incesante cuya tristeza diera ganas de llorar, esas hojas postreras, completamente amarillas ahora, semejantes a anchos céntimos de oro, se desprendían, giraban, revoloteaban y caían.

Jeanne se acercó al bosquecillo. Sentíase en él la misma pesadumbre que en el cuarto de un moribundo. La muralla verde que separaba, convirtiéndolos en escondrijos, los acogedores senderos sinuosos estaba ahora dispersa por doquier. En los arbustos, enredados como un encaje de palitroques, chocaban entre sí las delgadas ramas; y parecía un doloroso suspiro de agonía el susurro de las hojas secas caídas, que la brisa impulsaba, revolvía, amontonaba en algunos lugares.

Unos pájaros muy menudos iban a saltitos de un lado para otro con un tenue piar friolero, buscando cobijo.

No obstante, protegidos tras la prieta cortina de olmos que hacía las veces de vanguardia contra el viento del mar, el tilo y el plátano, luciendo aún las galas del verano, parecían ataviados uno de terciopelo rojo, otro de seda anaranjada, pues de esos colores los habían teñido los primeros fríos atendiendo a la naturaleza de sus diferentes savias.

Jeanne iba y venía despacio por el paseo de mamaíta, bordeando la casa de labor de los Couillard. Sentía un peso que era como el presentimiento de los largos tedios de la vida monótona que estaba comenzando.

Se sentó, luego, en el talud en el que Julien le había hablado de amor por vez primera; y allí se quedó, perdida en vagos ensueños, casi sin pensar, presa de una languidez que le llegaba al corazón y un deseo de echarse y quedarse dormida para evadirse de la tristeza de aquel día.

De súbito, divisó una gaviota que cruzaba el cielo, dejándose arrastrar por una ráfaga; y se acordó del águila que había visto allá, en Córcega, en el sombrío valle de Ota. Le inmutó el corazón la fuerte sacudida que trae consigo el recuerdo de algo bueno cuando ya ha concluido; y volvió a ver de golpe la isla radiante, con su montaraz aroma, su sol que madura las naranjas y las cidras, sus montañas de sonrosadas cumbres, sus golfos azules y sus barrancos por los que corrían torrentes.

Entonces, el húmedo e ingrato paisaje que la rodeaba, con aquella lúgubre lluvia de hojas y aquellas nubes grises que arrastraba el viento, la envolvió en un desconsuelo tan denso que regresó a la casona para no romper en sollozos.

Mamaíta, embotada ante la chimenea, dormía a medias, acostumbrada a aquellos días melancólicos de los que ya no se percataba. Padre y Julien se habían ido a dar un paseo mientras charlaban de sus cosas. Y llegó la noche, dejando caer su semilla de taciturnas sombras en el amplio salón que, a ratos, iluminaba el resplandor de los reflejos del fuego.

Por las ventanas, un resto de luz dejaba aún ver, fuera, el ingrato y enlodado paisaje que clausura el año, y el cielo, de un gris sucio como si también lo maculase el barro.

No tardó en presentarse el barón, al que seguía Julien. Nada más entrar en la habitación invadida de tinieblas, llamó al servicio, diciendo a gritos:

–¡Pronto, pronto! ¡Las luces, que esto está muy triste!

Y se sentó ante la chimenea. Mientras la proximidad de las llamas hacía humear sus pies húmedos y la suciedad de las suelas se desprendía, al secarla el calor, se frotaba alegremente las manos:

–Me parece que va a helar –dijo–, el cielo se está aclarando por el norte y hay luna llena. ¡La que va a caer esta noche!

Luego, volviéndose hacia su hija, añadió:

–Qué, niña, ¿estás contenta de haber vuelto a tu tierra y tu casa, con tus ancianos padres?

Bastó aquella sencilla pregunta para trastornar a Jeanne. Se arrojó en brazos de su padre con los ojos llenos de lágrimas para darle nerviosos besos, como si tuviera algo que hacerse perdonar; pues, pese a esforzarse de corazón por estar alegre, se sentía desfallecer de tristeza. Aunque, al acordarse de la dicha que se había prometido al volver a ver a sus padres, la asombraba aquella frialdad que paralizaba su ternura, como si, cuando se ha pensado mucho, desde lejos, en los seres queridos, pero se ha perdido la costumbre de verlos de continuo, el reencuentro pusiese en el afecto algo semejante a una pausa hasta que se van reanudando las lazos de la vida en común.

La cena fue larga; hablaron muy poco mientras duró. Julien parecía haberse olvidado de su mujer.

Jeanne dejó, luego, en el salón, que el fuego la embotase, sentada enfrente de mamaíta, que dormía a pierna suelta; hubo un momento en que la espabiló la voz de los dos hombres, que estaban charlando; y se preguntó, intentando despejarse las ideas, si también iba a apoderarse de ella ese taciturno letargo de los hábitos que nada altera.

Las llamas de la chimenea, deslavazadas y rojizas durante el día, se volvían vivaces, claras, chisporroteantes. Arrojaban claros fulgores repentinos sobre la deslucida tapicería de las butacas, sobre la raposa y la cigüeña, la garza melancólica, la cigarra y la hormiga.

El barón se aproximó, sonriente, separando los dedos y estirándolos hacia las incandescentes brasas:

–¡Ay, y qué bien arde el fuego esta noche! Está helando, hijos, está helando.

Le puso, luego, a Jeanne una mano en el hombro:

–Sabes, chiquilla, esto es lo mejor del mundo: la lumbre, la lumbre en el hogar con nuestra gente alrededor. No hay nada igual. Pero lo que tenemos que hacer ahora es irnos a la cama. Debéis de estar rendidos, hijitos.

De nuevo en su cuarto, la joven empezó a preguntarse cómo

podían resultar tan diferentes dos regresos a un mismo sitio al que tan apegada le parecía estar. ¿Por qué se sentía como dolorida? ¿Por qué aquella casa, aquella comarca, que tan queridas le eran, todo cuanto le había hecho brincar el corazón hasta entonces, la afligía tanto ahora?

Mas, de pronto, se quedó mirando el reloj de sobremesa. La abejita seguía revoloteando, de izquierda a derecha, y de derecha a izquierda, con el mismo compás veloz e incesante, por encima de las flores de plata sobredorada. Un arrebato de cariño se apoderó entonces, repentinamente, de Jeanne, emocionada hasta el llanto ante aquella sencilla maquinaria que parecía dotada de vida, que le cantaba la hora y latía como un pecho.

No se había enternecido tanto, desde luego, al besar a sus padres. El corazón tiene misterios que no puede explicar razonamiento alguno.

Era la primera vez que se metía sola en la cama desde el día de su boda. Julien se había instalado en otro cuarto, pretextando cansancio. Por lo demás, ya estaban de acuerdo en que cada uno tendría su propio dormitorio.

Jeanne tardó mucho en coger el sueño, extrañada al no sentir otro cuerpo junto al suyo; había perdido la costumbre de dormir sola y la desasosegaba el rabioso viento del norte que se encarnizaba con el tejado.

La despertó, por la mañana, un fuerte resplandor que teñía su lecho de sangre: y los cristales de la ventana, que emborronaba la escarcha, estaban rojos como si todo el horizonte ardiese en llamas.

Se envolvió en una holgada bata, corrió hacia la ventana y la abrió.

Una brisa helada, saludable y punzante se coló de rondón en el cuarto, azotándole el rostro con un frío agudo que le hizo llorar los ojos; y, en medio de un cielo púrpura, el ancho disco solar, reluciente y abotagado como el rostro de un borracho, asomaba por detrás de los árboles. La tierra, que cubría la blancura de la helada, retumbaba, dura y seca ahora, bajo los pasos de los labriegos. En una sola noche, habían perdido todas las hojas las ramas de los chopos que aún conservaban algunas; y, más allá de la landa, se divisaba la larga línea verdosa de las olas salpicadas de regueros blancos.

Unas ráfagas estaban desnudando a toda prisa el plátano y el tilo. Cada vez que pasaba la helada brisa, torbellinos de hojas, que había desprendido la repentina helada, se desperdigaban al viento como una bandada de pájaros. Jeanne se levantó, se vistió y, por hacer algo, fue a ver a los aparceros.

Los Martin hicieron grandes aspavientos, y la granjera la besó en ambas mejillas; luego, no le quedó más remedio que tomarse un vasito de noyó. Fue a la otra casa de labor. Los Couillard hicieron grandes aspavientos; la granjera le picoteó las orejas con breves besos, y tuvo que beberse un vasito de casis.

Luego, volvió a la casona a almorzar.

Y el día transcurrió igual que la víspera, frío en vez de húmedo. Y los demás días de la semana fueron como esos dos; y todas las semanas del mes fueron como la primera.

No obstante, la añoranza de Jeanne por los lugares remotos se fue debilitando poco a poco. La costumbre tendía sobre su existencia una capa de resignación semejante al revestimiento de cal que algunas aguas depositan sobre los objetos. Y algo parecido al interés por mil insignificancias de la existencia cotidiana, una preocupación por las sencillas y mediocres tareas habituales, volvió a nacer en su corazón. Iba creciendo en ella una suerte de melancolía meditativa, un impreciso desencanto por el hecho de estar viva. ¿Qué habría necesitado? ¿Qué deseaba? No lo sabía. No la acuciaba necesidad mundana alguna, ninguna sed de placer, ni siquiera un impulso hacia ciertas alegrías posibles. Y, además, ¿qué alegrías eran esas? Igual que las antiguas butacas del salón, que el tiempo iba desluciendo, todo perdía poco a poco el color para ella, todo se borraba, adquiría una tonalidad apagada y taciturna.

Sus relaciones con Julien habían cambiado por completo. Parecía otro desde que habían regresado del viaje de novios, de la misma forma que un actor que ha concluido de interpretar su papel recupera su aspecto ordinario. Apenas si hacía caso a su mujer, apenas si le dirigía la palabra, incluso; cualquier vestigio de amor había desaparecido de pronto; y pocas eran las noches en que acudía a su dormitorio.

Se había puesto al frente de los bienes familiares y de la casa; revisaba los arrendamientos; metía prisa a los campesinos; reducía los gastos; y, al convertirse en un hacendado, nada le quedaba ya de su lustre y elegancia de novio.

Aunque la tenía llena de lámparas, no se quitaba nunca una chaqueta vieja de caza, de pana con botones de cobre, que había desenterrado de entre sus ropas de soltero: y, cayendo en ese descuido de quienes no necesitan ya agradar, había dejado de afeitarse, de forma tal que la barba, larga y mal arreglada, lo afeaba de forma increíble. Tenía las manos descuidadas y, después de cada comida, se bebía tres o cuatro copitas de coñac.

Cuando Jeanne probó a reprochárselo con ternura, le contestó con tanta brusquedad: «¡Mira, a mí déjame en paz!», que no volvió a atreverse a darle consejo alguno.

Se había hecho a la idea de esos cambios con una facilidad que a ella misma le causaba asombro. Julien se había convertido en un extraño, un extraño cuya alma y cuyo corazón estaban cerrados para Jeanne. Con frecuencia meditaba sobre ello, preguntándose cómo era posible que, después de haberse conocido como se habían conocido, después de haberse querido, de haberse casado en un arrebato de ternura, hubiesen llegado de súbito a aquel estado de mutuo desconocimiento, como si nunca hubieran dormido juntos.

¿Y cómo es que no sufría más de aquel abandono? ¿Así era la vida? ¿Habían cometido una equivocación? ¿No la esperaba ya nada más en el futuro?

¿Acaso habría sufrido mucho si hubiera seguido viendo a Julien apuesto, acicalado, elegante, seductor?

Era cosa decidida que, pasado el día de Año Nuevo, los recién casados se quedarían solos y padre y mamaíta irían a pasar unos cuantos meses en su casa de Ruán. El matrimonio joven no saldría aquel invierno de Los Chopos para concluir así su instalación, acostumbrarse al lugar en que iba a transcurrir su vida entera y acomodarse en él. Por lo demás, tenían unos cuantos vecinos a quienes Julien debía presentar a su mujer. Eran estos los Briseville, los Coutelier y los Fourville.

Pero la joven pareja no podía aún empezar a hacer visitas porque hasta la fecha no había habido modo de que viniese el pintor a cambiar los escudos nobiliarios de la calesa.

El barón, efectivamente, había cedido a su yerno el antiguo coche familiar; y Julien no habría accedido por nada del mundo a presentarse en las casas solariegas del vecindario sin que las armas de los Lamare figurasen junto a las de los Le Perthuis des Vauds.

Ahora bien, no había más que un hombre en toda la comarca que fuera aún especialista en heráldica; se trataba de un pintor de Bolbec, apellidado Bataille, al que recurrían por turnos todas las casas solariegas normandas para colocar tan preciados adornos en las portezuelas de los carruajes.

Por fin, una mañana de diciembre, cuando estaban acabando de almorzar, vieron que un individuo abría la cerca y avanzaba por la recta avenida. Llevaba una caja echada a la espalda. Era Bataille.

Lo hicieron pasar a la sala y le sirvieron el almuerzo como si de un caballero se tratara, pues su especialidad, sus ininterrumpidas relaciones con toda la aristocracia de la provincia, su ciencia de los escudos de armas, de las expresiones consagradas, de la heráldica, lo habían hecho semejante a un blasón de carne y hueso cuya mano no vacilaban en estrechar los miembros de la nobleza.

Mandaron traer en el acto lápiz y papel; y, mientras Bataille comía, el barón y Julien trazaban esbozos de los cuarteles de sus escudos. La baronesa, muy animada en cuanto salían a colación tales temas, opinaba; y hasta la propia Jeanne participaba en la conversación, como si se hubiera despertado de pronto en ella un misterioso interés.

Bataille, al tiempo que almorzaba, daba su opinión, tomaba el lápiz a veces, dibujaba un proyecto, citaba ejemplos, describía los coches de todos los aristócratas de la comarca, parecía traer consigo, con sus ideas, e incluso en su voz, algo así como un ambiente señorial.

Era un hombre menudo, de pelo gris y rapado, con las manos manchadas de pintura y que olía a trementina. Había quien decía que se había visto implicado antaño en un feo asunto de atentado a la honestidad; pero el aprecio generalizado de todas las familias con título había borrado hacía mucho tal mancha.

En cuanto tomó el café, lo condujeron a la cochera y quitaron el hule que tapaba el carruaje. Bataille lo examinó y luego, muy serio, dictaminó el tamaño que creía adecuado para su obra pictórica; y, tras otro intercambio de opiniones, puso manos a la obra.

Pese al frío, la baronesa mandó traer un asiento para mirar cómo trabajaba; luego, pidió un brasero porque se le quedaban helados los pies: y se puso a conversar apaciblemente con el pintor, interesándose por alianzas de las que ella no estaba enterada, por las muertes y los nacimientos recientes, completando así el árbol de las genealogías que llevaba en la memoria.

Julien se había quedado con su suegra, a horcajadas en una silla. Fumaba en pipa, escupía en el suelo, escuchaba y miraba cómo iba naciendo el polícromo dibujo de su noble estirpe.

No tardó el tío Simon, que iba al huerto con la laya al hombro, en detenerse también para contemplar el trabajo; y, como la noticia de la llegada de Bataille había cundido por las dos casas de labor, pronto se presentaron allí ambas granjeras. A pie firme a ambos lados de la baronesa, lanzaban extasiadas exclamaciones y repetían:

–Lo mañoso que tiene uno que ser para hacer dibujitos de esos.

No quedaron concluidos los escudos de ambas portezuelas antes de las once de la mañana siguiente. Todo el mundo acudió en el acto; y sacaron la calesa para poder apreciar mejor el trabajo.

Había quedado perfecto. Elogiaron a Bataille, que se marchó con su caja echada a la espalda. Y el barón, su mujer, Jeanne y Julien estuvieron de acuerdo en que el pintor era hombre muy diestro y habría llegado con toda seguridad a convertirse en un artista si las circunstancias lo hubieran permitido.

Mas, por ahorrar, Julien había realizado algunos cambios que exigían ahora nuevas modificaciones.

El anciano cochero había pasado a jardinero, pues el vizconde conducía el carruaje personalmente y había vendido los caballos de tiro para no tener que alimentarlos.

Además, como hacía falta que alguien sujetase a los animales tras bajarse del coche los amos, había convertido en lacayo a un vaquerillo llamado Marius.

Finalmente, para disponer de caballos, añadió a las cláusulas de arrendamiento de los Couillard y los Martin una que obligaba a ambos aparceros a proporcionar un caballo cada uno, un día al mes, en una fecha por él fijada, a cambio de lo cual quedaban dispensados de abastecer la casona con aves de corral.

Trajeron, pues, los Couillard un penco grande y amarillo; y los Martin, un caballejo blanco de pelaje largo. Engancharon los dos animales juntos y Marius, perdido en una librea vieja del tío Simon, condujo ante la escalinata de la mansión tan lastimoso conjunto.

Julien, que se había aseado y sacaba pecho, parecía haber recuperado algo de su pasada elegancia; pero la barba larga le daba, pese a todo, un aspecto vulgar.

Examinó el tiro, el coche y al lacayo; y le parecieron satisfactorios, ya que lo único que le importaba eran las armas recién pintadas.

La baronesa bajó de su cuarto del brazo de su marido, subió al coche con gran trabajo y se sentó, apoyando la espalda en unos almohadones. Luego llegó Jeanne. Empezó por reírse de la pareja de caballos, diciendo que el blanco era el nieto del amarillo; luego, cuando se fijó en Marius, cuya cara ocultaba un sombrero con escarapela al que solo la nariz del muchachito impedía calarse del todo, cuyas manos desaparecían en lo hondo de las mangas, cuyas piernas cubrían los faldones de la librea como si las envolviera un faldellín del que asomaban, causando extraña impresión, unos pies calzados con zapatones; y cuando vio que tenía que echar hacia atrás la cabeza para ver por dónde andaba; que alzar la rodilla para dar un paso, como si fuera a saltar un río; que moverse como un ciego para atender a las órdenes, oculto todo él, escondido en la ancha ropa, se apoderó de ella una risa incontenible, una risa inacabable.

El barón se volvió; miró, pasmado, al hombrecillo y, contagiándose en el acto, soltó la carcajada y, aunque casi no podía articular palabra, llamó a su mujer:

–¡Mi-mi-mira a Ma-Ma-Marius! ¡Qué facha tan graciosa! Pero ¡qué graciosa!

La baronesa se asomó entonces a la ventanilla y, nada más ver al muchacho, le sacudió el cuerpo tal ataque de hilaridad que toda la calesa bailaba sobre las ballestas como si fuera dando tumbos de bache en bache.

Pero Julien, demudado, les preguntó:

–¿De qué se ríen así? ¿Es que se han vuelto locos?

Jeanne, enferma, presa de convulsiones, incapaz de calmarse, se sentó en un peldaño de la escalinata. Otro tanto hizo el barón; y, dentro de la calesa, unos convulsos estornudos, semejantes a un ininterrumpido cacareo, atestiguaban que la baronesa se estaba asfixiando de risa. Y, de pronto, la levita de Marius empezó a palpitar. Debía de haber comprendido lo que sucedía, pues él también se reía con toda el alma desde lo hondo del sombrero.

Entonces Julien, exasperado, se abalanzó sobre el chiquillo y, de una bofetada, le separó la cabeza del gigantesco tocado, que salió volando hasta el césped; luego, volviéndose hacia su suegro, balbució con voz trémula de ira:

–Me parece que no es usted el más indicado para reírse. No andaríamos como andamos si no hubiera usted despilfarrado su fortuna y acabado con sus bienes. ¿Quién es el culpable de que esté usted en la ruina?

Todo el regocijo se heló y cesó en el acto. Y nadie dijo una palabra. Jeanne, a punto ahora de echarse a llorar, subió calladamente al coche y se sentó junto a su madre. El barón, sorprendido y sin habla, tomó asiento frente a las dos mujeres; y Julien subió al pescante tras haber alzado en volandas, para colocarlo a su lado, al lloroso niño cuya mejilla se estaba hinchando.

El camino fue triste y se hizo largo. Todos callaban dentro del coche. Sus tres ocupantes, taciturnos y apurados, no querían confesar lo que intranquilizaba sus corazones. Hasta tal punto los obsesionaba aquel doloroso pensamiento que se daban cuenta de que no habrían podido hablar sino de ese asunto; y preferían guardar silencio antes que sacar a colación tan penoso tema.

La calesa corría, al desigual trote de los dos caballos, orillando los corrales de las casas de labor, espantando a unas gallinas negras que escapaban velozmente para hundirse en los setos y desaparecer en ellos; a veces, la seguía, entre aullidos, un perro lobo que regresaba luego a su casa con el pelo erizado, volviéndose de vez en cuando para continuar ladrando al coche... Algún zagalón de sucios zuecos y largas piernas indolentes, que caminaba con las manos en los bolsillos, con el viento hinchándole por la espalda el blusón azul, se hacía a un lado para dejar pasar el carruaje, quitándose torpemente la gorra, que dejaba a la vista el pelo aplastado y pegado a la cabeza.

Y, entre casa de labor y casa de labor, había otras llanuras, con otras granjas en lontananza, de trecho en trecho.

Entraron, por fin, en un ancho paseo de pinos que desembocaba en la carretera. Los roderones enfangados hacían tambalearse la calesa y gritar a mamaíta. Al final del paseo, había una cerca blanca cerrada; Marius fue corriendo a abrirla, y rodearon un inmenso prado de césped hasta llegar, por un camino en arco, ante un edificio alto, grande y triste, de cerrados postigos.

La puerta principal se abrió de pronto; y un criado anciano y tullido, ataviado con un chaleco rojo a rayas negras que cubría en parte un mandil, bajó a pasitos cortos, caminando de lado, los peldaños de la escalinata. Tras inquirir cómo se llamaban los visitantes, los hizo pasar a un espacioso salón que también tenía las contraventanas cerradas, y las abrió trabajosamente. Unas fundas cubrían los muebles; el reloj de pared y los candelabros estaban envueltos en paños blancos; y era como si un aire enmohecido, un aire antiguo, helado, húmedo, empapase de tristeza los pulmones, el corazón y la piel.

Todos tomaron asiento y esperaron. Algunos pasos que se oían en el corredor de arriba anunciaban unas prisas inusitadas. Los señores de la casa, cogidos por sorpresa, se estaban vistiendo a todo correr. Tardaron mucho. Sonó una campanilla varias veces. Otros pasos bajaron una escalera y volvieron, luego, a subir.

La baronesa, aterida por el penetrante frío, estornudaba sin parar. Julien caminaba arriba y abajo. Jeanne, taciturna, seguía sentada junto a su madre. Y el barón, apoyando la espalda en el mármol de la chimenea, inclinaba la frente hacia el suelo.

Por fin giró sobre sus goznes una de las altas puertas, dando paso al vizconde y la vizcondesa de Briseville. Ambos eran de corta estatura, entecos, de ademanes saltarines, sin edad aparente; ambos se mostraban ceremoniosos y apurados. La mujer, que lucía un traje de seda rameada y se tocaba con una cofia pequeña con lazos propia de una anciana, hablaba deprisa con vocecilla agria.

El marido, enfundado en una levita pomposa, saludaba doblando las rodillas. Todo en él relucía, igual que relucen los objetos cuidados con mimo: la nariz; los ojos; los dientes en las descarnadas encías; el pelo, que parecía dado de cera; el elegante atuendo de gala.

Tras los primeros saludos y las cortesías usuales entre vecinos, nadie supo ya qué decir. Se dieron entonces parabienes mutuos, sin venir a cuento. Unos y otros albergaban la esperanza de que tan excelentes relaciones siguieran adelante. Cuando se vive en el campo, resulta muy socorrido tener a quién visitar.

Y el gélido ambiente del salón se metía en los huesos, enronquecía las gargantas. La baronesa había empezado a toser, sin que por ello se le hubieran pasado del todo los estornudos. El barón dio entonces el toque de marcha. Los Briseville insistieron:

–Pero ¿cómo? ¡Tan pronto! Quédense un ratito más.

Pero Jeanne ya se había puesto de pie, pese a las señas que le hacía Julien, al que le parecía corta la visita.

Quisieron llamar al criado para que pidiese el coche. Pero la campanilla estaba estropeada. El señor de la casa salió a toda prisa y regresó a informarles de que habían metido los caballos en la cuadra.

Hubo que esperar. Todos buscaban una frase, una palabra. Hablaron de lo lluvioso que estaba siendo el invierno. Jeanne, tiritando de angustia sin poderlo remediar, preguntó a sus anfitriones si hallaban algo en que entretenerse, allí metidos los dos solos todo el año. Pero a los Briseville los asombró la pregunta, pues andaban siempre muy atareados; escribían mucho a la noble parentela que tenían repartida por toda Francia; pasaban el día dedicados a microscópicas tareas, tan ceremoniosos entre sí como si fueran dos extraños, y charlando majestuosamente acerca de los temas más insignificantes.

Y bajo el elevado techo ennegrecido del amplio salón que no usaban y tenían envuelto en lienzos de arriba abajo, el marido y la mujer, tan menudos, tan aseados, tan finos, le parecían a Jeanne unos nobles en conserva.

Por fin pasó el coche ante las ventanas, con su desparejado tiro. Pero Marius se había esfumado. Creyendo que estaría libre hasta última hora de la tarde, debía de haberse ido a dar una vuelta por el campo.

Julien, furioso, pidió que lo mandasen volver a pie; y, tras muchos saludos por ambas partes, tomaron el camino de Los Chopos.

En cuanto se vieron dentro de la calesa, Jeanne y su padre, pese a que aún les duraba la agobiante obsesión de la brutalidad de Julien, recobraron el buen humor y comenzaron a imitar los ademanes y la forma de hablar de los Briseville. El barón remedaba al marido. Jeanne hacía el papel de la mujer; pero la baronesa, un tanto agraviada porque se mofaban de lo que ella respetaba, les dijo:

–Hacéis mal en burlaros de ellos; son personas muy como Dios manda y de muy buena familia.

Callaron para no disgustar a mamaíta; mas, pese a todo, padre y Jeanne se miraban y volvían a la carga de cuando en cuando. Él hacía un saludo ceremonioso y decía, con tono solemne:

–Debe de hacer mucho frío en su mansión de Los Chopos, señora baronesa, con ese viento del mar tan fuerte que corre por allí todo el día.

Jeanne, con gesto afectado, decía, melindrosa, con breves y rápidos movimientos de cabeza como los de un pato dentro del agua:

–¡Ay, señor barón, si es que aquí no me falta quehacer en todo el año! Y, además, tenemos tanta familia con la que mantener correspondencia. Y el señor de Briseville lo deja todo a mi cargo. Anda metido con el padre Pelle en investigaciones eruditas. Están escribiendo entre los dos la historia religiosa de Normandía.

Ahora también sonreía la baronesa, contrariada e indulgente, repitiendo:

–No está bien burlarse así de la gente de nuestra clase.

Mas, de pronto, el coche se detuvo; Julien llamaba a voces a alguien que los iba siguiendo. Entonces, Jeanne y el barón, que se habían asomado a las ventanillas, divisaron a un ser singular que parecía venir rodando hacia ellos. Con las piernas trabándosele en el flotante faldellín de la librea, cegado por el sombrero que se le venía continuamente a la cara, agitando las mangas como alas de molino, chapoteando en los grandes charcos que cruzaba como un poseso, tropezando con todas las piedras del camino, retorciéndose, brincando y cubierto de barro, Marius iba en pos de la calesa a cuanta velocidad le permitían las piernas.

No bien la hubo alcanzado, Julien, inclinándose, lo asió por el cuello de la librea, lo izó a su altura y, soltando las riendas, empezó a acribillar a puñetazos el sombrero, que, retumbando como un tambor, se le caló hasta los hombros al chiquillo. El muchacho vociferaba desde dentro, intentaba escapar, saltar del pescante, en tanto que su amo, sujetándolo con una mano, lo seguía golpeando con la otra.

Jeanne, descompuesta, balbucía:

–¡Padre! Pero... ¡padre...!

Y la baronesa, soliviantada de ira, agarraba del brazo a su marido:

–Pero, Jacques, no se lo consienta.

Entonces, de repente, el barón bajó el cristal delantero y, aferrando la manga de su yerno, le dijo con voz trémula:

–Deje usted ahora mismo de pegar al niño.

Julien se volvió hacia él, estupefacto:

–¿Es que no ve en qué estado se ha puesto la librea?

Pero el barón, metiendo la cabeza entre ambos, exclamó:

–¿Y a mí qué más me da? No se puede ser tan bruto.

Julien volvía a enfadarse:

–Tenga la bondad de dejarme en paz y no meterse en lo que no le importa.

Y ya alzaba de nuevo la mano cuando su suegro se la cogió bruscamente y lo obligó a bajarla con tanta fuerza que le dio un golpe contra la madera del pescante, diciéndole a gritos:

–Si no lo suelta ahora mismo, me bajo del coche y ya verá si soy capaz de hacérselo soltar.

Con tal violencia habló que el vizconde se calmó de pronto y, encogiéndose de hombros sin responder, dio un latigazo a los caballos, que arrancaron a trote largo.

Las dos mujeres, lívidas, no se movían; y podían oírse con toda claridad los fuertes latidos del corazón de la baronesa.

Durante la cena, Julien estuvo más agradable de lo que solía, como si nada hubiera sucedido. Jeanne, su padre y la baronesa, con aquella apacible benevolencia que se lo hacía olvidar todo enseguida, enternecidos ante tanta amabilidad, cedían al regocijo del convaleciente que nota una sensación de bienestar; y, cuando Jeanne volvió a sacar a colación a los Briseville, incluso su marido bromeó, aunque se apresuró a añadir:

–Lo cual no quita para que sean unos señores.

No hicieron ninguna otra visita, pues todos temían que saliera de nuevo a relucir el tema de Marius. Se limitaron a tomar la decisión de enviar a los vecinos unas tarjetas por Año Nuevo y esperar, para ir a verlos, a los primeros días cálidos de la siguiente primavera.

Llegó la Navidad. El párroco, el alcalde y su mujer fueron a cenar. Volvieron a invitarlos en Año Nuevo. Estas fueron todas las distracciones que alteraron el monótono correr de los días.

Padre y mamaíta iban a marcharse de Los Chopos el 9 de enero; Jeanne quería que se quedasen más tiempo, pero a Julien no parecía agradarle la idea. Y el barón, viendo la creciente frialdad de su yerno, mandó traer de Ruán una silla de posta.

La víspera de la partida, hechos ya todos los paquetes, como helaba pero el tiempo estaba despejado, Jeanne y su padre resolvieron bajar hasta Yport, adonde no habían ido desde el regreso de Córcega.

Cruzaron el bosque que Jeanne había recorrido el día de su boda, estrechamente abrazada al hombre en cuya compañera estaba en trance de convertirse para siempre; aquel era el bosque en el que había recibido la primera caricia, en que la había sobresaltado el primer escalofrío, en que había presentido el amor sensual que no había de conocer hasta el montaraz valle de Ota, junto al manantial del que habían bebido ambos, mezclando los besos con el agua.

Ya no quedaban hojas, ni plantas trepadoras, solo el ruido de las ramas y ese murmullo seco que se oye, en invierno, en los sotos desnudos de follaje.

Entraron en la aldea. En las calles vacías, silenciosas, quedaba un olor a mar, a algas y a pescado. Las grandes redes oscurecidas por el uso seguían puestas a secar, colgadas delante de las puertas o extendidas en la playa de guijarros. La mar, gris y fría, con su eterna espuma rugiente, estaba bajando y dejaba al aire, por el lado de Fécamp, las rocas verdosas del pie del acantilado. Y, a lo largo de la playa, las grandes barcas varadas de costado parecían enormes peces muertos. Caía la tarde y los pescadores llegaban en grupos hasta los cantos de la orilla, entorpecido el paso por las altas botas marineras, abrigado el cuello con una prenda de lana, llevando un litro de aguardiente en una mano y el farol de la barca en la otra. Se afanaron mucho rato junto a las embarcaciones escoradas, dejando a bordo, con calma normanda, las redes, los salvavidas, una hogaza, un tarro de mantequilla, un vaso y la botella de aguardiente de 85°. Enderezaban luego y llevaban al agua la barca, que bajaba con estruendo por los guijarros, se columpiaba unos minutos, abría las alas pardas y desaparecía en la noche con su lucecita en la punta del palo.

Y las vigorosas mujeres de los marineros, vestidas con ropas de poco abrigo bajo las que abultaban los esqueletos, se quedaban allí hasta que salía el último pescador y regresaban luego a la aldea dormida, perturbando con sus voces chillonas el pesado sueño de las calles negras.

El barón y Jeanne contemplaban, inmóviles, cómo se alejaban entre las sombras esos hombres que cada noche partían así, desafiando a la muerte para no reventar de hambre y tan pobres, empero, que nunca comían carne.

El barón, a quien exaltaba la contemplación del océano, dijo a media voz:

–Esto es algo terrible y hermoso. Y también lo es esta mar sobre la que descienden las tinieblas y cuya superficie surcan tantas vidas en peligro, ¿a que sí, Jeannette?

Ella contestó con aterida sonrisa:

–A mí que me den el Mediterráneo...

Pero su padre se indignaba:

–¡El Mediterráneo! Aceite, agua con azúcar, el agua con azulete de un barreño de colada. ¡Mira lo pavorosa que es esta mar, con sus crestas de espuma! Y piensa en todos esos hombres que se han alejado por ella y ya no se divisan.

Jeanne se avino a darle la razón con un suspiro:

–Bueno, como tú digas.

Pero aquella palabra que le había subido a los labios: «el Mediterráneo», la había vuelto a punzar en el corazón, encarrilando su pensamiento hacia las lejanas comarcas en que yacían sus sueños.

El padre y la hija, luego, en vez de regresar cruzando los bosques, fueron hacia la carretera y subieron la cuesta despacio. Casi no hablaban, entristecidos por la proximidad de la separación.

A veces, al bordear las zanjas medianeras de las casas de labor, les daba en el rostro un olor a manzanas machacadas, ese perfume a sidra recién hecha que, en esa estación, parece flotar por el aire de toda la campiña normanda; o un denso aroma a establo, esa grata y tibia fetidez que se desprende de los excrementos de las vacas. Una ventanita iluminada indicaba la vivienda, al fondo del corral.

Y a Jeanne le parecía que se le ensanchaba el alma con la comprensión de cosas invisibles; y aquellos diminutos fulgores esparcidos por el campo le proporcionaron de pronto la sensación viva del aislamiento en que viven todos los seres, pues todo los desune, todo los separa, todo los arrastra lejos de aquello que aman o desean.

Entonces, con acento resignado, dijo:

–Qué vida esta tan triste.

El barón suspiró:

–¿Qué quieres, chiquilla? Así son las cosas.

Y, al día siguiente, tras la marcha de padre y mamaíta, Jeanne y Julien se quedaron a solas.

Capítulo VII

Los naipes entraron entonces en la vida de la joven pareja. Todos los días, después de almorzar, Julien, mientras se fumaba una pipa y se echaba al coleto unas copas de coñac, que ya sumaban siete u ocho, jugaba con su mujer varias partidas de báciga. Jeanne subía, luego, a su cuarto, se sentaba junto a la ventana y, mientras la lluvia azotaba los cristales o el viento los sacudía, bordaba empecinadamente un festón en unas enaguas. A veces, cuando se cansaba, alzaba la vista y contemplaba, a lo lejos, la mar oscura salpicada de crestas blancas. Dejaba vagar por ella la mirada unos minutos y volvía luego a su labor.

Por lo demás, no tenía otra tarea, ya que Julien se había hecho cargo por completo de la casa, satisfaciendo así su necesidad de mando y su prurito de ahorro. Era de una parsimonia feroz, nunca daba propinas, limitaba la comida a lo estrictamente necesario; y sabedor de que Jeanne, al llegar a Los Chopos, había encargado al panadero que le hiciera todas las mañanas una torta normanda pequeña, suprimió ese gasto y la condenó al pan tostado.

Ella se callaba por no entrar en controversias, discusiones y enfrentamientos, pero a cada nueva muestra de la avaricia de su marido sufría como si le clavasen agujas. Criada en una familia en la que no se daba la menor importancia al dinero, ese comportamiento le parecía rastrero y aborrecible. Cuántas veces había oído decir a mamaíta: «El dinero se ha hecho para gastarlo».

Julien, ahora, le repetía:

–¿No perderás nunca la costumbre de tirar el dinero por la ventana?

Y cada vez que rascaba unos pocos céntimos de un jornal o de una factura, decía sonriente, metiéndose las monedas en el bolsillo:

–Muchos pocos hacen un mucho.

Algunos días, sin embargo, Jeanne volvía a soñar. Iba dejando poco a poco la labor y, con las manos desmadejadas y los ojos apagados, se contaba de nuevo alguna de sus novelas de niña y vagabundeaba entre deliciosas aventuras. Mas, de pronto, la voz de Julien dándole una orden al tío Simon la arrancaba al ensueño que la acunaba; y seguía con su paciente tarea, diciéndose: «Ya se acabó todo eso». Y una lágrima caía en los dedos que manejaban la aguja.

También estaba cambiada Rosalie, que antes era tan alegre y cantaba continuamente. Las mejillas redondas ya no estaban pintadas de carmín; ahora las tenía casi chupadas y, a veces, parecían sucias de tierra.

Jeanne le preguntaba con frecuencia: «¿Estás enferma, muchacha?». La doncellita respondía: «¡No, señora!». Un poco de sangre le subía a los pómulos y se marchaba enseguida.

En vez de andar deprisa, como antes, arrastraba trabajosamente los pies; y ya ni siquiera era presumida, ni compraba nada a los buhoneros que le enseñaban en vano los lazos de seda, los corsés y los múltiples artículos de perfumería que llevaban.

Y era como si la espaciosa casa sonase a hueco, tan taciturna, con la lluvia manchándole la cara de largos regueros grises.

A finales de enero, llegaron las nevadas. Se veía desde lejos cómo acudían las grandes nubes desde el norte, por encima de la mar oscura; y comenzó el blanco caer de los copos. En una noche quedó sepultada toda la llanura, y, al día siguiente, los árboles amanecieron envueltos en aquella espuma helada.

Julien, calzado con botas altas y muy desaliñado, se pasaba el día en lo hondo del bosquecillo, emboscado detrás de la cuneta que lo separaba de la landa, acechando las aves migratorias. De vez en cuando, un disparo quebraba el silencio helado de la campiña y unos cuervos negros, espantados, alzaban el vuelo desde los altos árboles y daban vueltas por los aires en bandadas.

Jeanne, muerta de aburrimiento, salía a veces a la escalinata. Llegaban desde muy lejos rumores de vida cuyo eco rebotaba en el tranquilo sueño de aquella extensión lívida y taciturna.

No oía ya luego sino el ruido, semejante a un bramido, de las lejanas olas y el inseguro e incesante resbalar de aquel polvo de agua helada que seguía bajando del cielo.

Y la capa de nieve iba creciendo sin cesar bajo la inacabable caída de la espuma prieta y liviana.

En una de aquellas pálidas mañanas, Jeanne, inmóvil, se calentaba los pies ante la chimenea de su cuarto, mientras Rosalie, cada día más cambiada, hacía la cama poquito a poco. Oyó de pronto a su espalda un doloroso suspiro. Sin volver la cabeza, pregunto:

–Pero ¿qué te pasa?

La doncella respondió como solía:

–Nada, señora.

Pero la voz le sonaba quebrada y moribunda.

Ya estaba Jeanne pensando en otra cosa cuando se dio cuenta de que no oía ir y venir a la muchacha. La llamó:

–¡Rosalie!

Nada se movió. Entonces, creyendo que había salido sin hacer ruido, dijo más alto:

–¡Rosalie!

Y ya iba a estirar el brazo para llamarla con la campanilla cuando un hondo gemido, muy próximo, la hizo ponerse de pie con un escalofrío de angustia.

La doncellita, lívida y con los ojos fuera de las órbitas, estaba sentada en el suelo con las piernas estiradas y la espalda apoyada en un larguero de la cama.

Jeanne se abalanzó hacia ella:

–¿Qué te pasa? ¿Qué te pasa?

La joven no dijo una palabra, no hizo un ademán; clavaba en su señora unos ojos espantados y jadeaba, como si notase el desgarro de un espantoso dolor. Luego, de pronto, tensó el cuerpo y se dejó caer de espaldas, ahogando entre los apretados dientes un grito de angustia.

Entonces, bajo el vestido, que se le pegaba a los muslos separados, algo se movió. Y enseguida salió de allí un ruido singular, un chapoteo, el hálito de una garganta taponada que se asfixia; luego, de pronto, ese ruido se convirtió en un prolongado maullido gatuno, un gemido frágil y ya doloroso, la primera y sufriente llamada del niño que empieza a vivir.

Jeanne comprendió de repente lo que estaba sucediendo y, desatentada, corrió hasta la escalera voceando:

–¡Julien, Julien!

Él contestó desde abajo:

–¿Qué quieres?

A Jeanne le costó mucho articular:

–Es... es que... Rosalie...

Julien echó a correr, subió los peldaños de dos en dos y, entrando bruscamente en el cuarto, le levantó de golpe la ropa a la chiquilla dejando al descubierto un horrible y diminuto trozo de carne, arrugado, encogido, pegajoso, que se movía entre dos muslos desnudos.

Se enderezó con expresión hosca y, echando del cuarto a empellones a su mujer, despavorida, le dijo:

–Esto a ti ni te va ni te viene. Vete. Mándame a Ludivine y al tío Simon.

Jeanne bajó a la cocina temblando; luego, como no se atrevía a volver a subir, se metió en el salón, en donde, desde que se habían ido sus padres, no se encendía la chimenea, y esperó ansiosamente que le llegasen noticias.

No tardó en ver que el criado salía a la carrera. Cinco minutos después, regresó con la viuda Dentu, la comadrona de la comarca.

Hubo entonces en la escalera mucho ir y venir, como si transportasen a un herido; y Julien entró a decirle a Jeanne que ya podía volver a su cuarto.

Esta tiritaba como si acabase de presenciar algún accidente espantoso. Volvió a sentarse ante la chimenea y, después, preguntó:

–¿Cómo está?

Julien, preocupado, nervioso, daba vueltas por la habitación y parecía enfurecido. Al principio, no respondió; luego, al cabo de unos segundos, se detuvo y dijo:

–¿Qué piensas hacer con esa chica?

Jeanne no comprendía la pregunta y miraba a su marido:

–¿Cómo? ¿Qué quieres decir? Pues no sé.

Y, de pronto, él gritó, como en un arrebato de ira:

–No pretenderás que tengamos un bastardo en esta casa.

Jeanne, entonces, se quedó perpleja; luego, al cabo de un prolongado silencio, dijo:

–Pero, amigo mío, podríamos dejar al niño en casa de un ama de cría.

Julien no le dejó acabar la frase:

–¿Y quién la va a pagar? Tú, ¿verdad?

Jeanne siguió cavilando otro buen rato, buscando una solución. Por fin, dijo:

–Pero el padre se hará cargo del niño; y, si se casa con Rosalie, se acabaron los problemas.

Julien, furioso y como si se le agotase la paciencia, respondió:

–El padre... el padre... ¿Acaso sabes tú quién es el padre? ¿A que no? Pues entonces...

Jeanne, muy afectada, iba reaccionando:

–Pero seguramente no dejará a la muchacha en estas condiciones. ¡Sería un cobarde! Nos enteraremos de quién es; iremos a verlo y tendrá que decirnos qué intenciones tiene.

Julien, más tranquilo, iba y venía otra vez por el cuarto:

–Hija mía, no quiere decir cómo se llama ese hombre; no me lo ha confesado a mí y tampoco te lo confesará a ti... ¿Y si él no quiere saber nada de Rosalie? No pretenderás que vivan bajo nuestro techo una madre soltera y un bastardo. ¿No te das cuenta?

Jeanne, tozuda, repetía:

–Pues entonces ese hombre es un miserable; pero ya acabaremos por enterarnos de quién es. Y tendrá que vérselas con nosotros.

Julien se había puesto muy encarnado y otra vez volvía a irritarse:

–Sí... pero... ¿y entretanto?

Jeanne, no sabiendo qué decisión tomar, le preguntó:

–Y tú ¿qué propones?

Julien se apresuró a opinar:

–Ah, pues es muy sencillo. Yo le daría algo de dinero y que se fuera al diablo con la criatura.

Pero la joven, indignada, se rebeló:

–Eso nunca. Esa muchacha es mi hermana de leche; hemos crecido juntas. Ha cometido una falta, qué le vamos a hacer.

Pero no por eso la echaré a la calle. Y, si es necesario, criaré al niño.

Entonces Julien estalló:

–¡Y menuda reputación tendremos! ¡Lo más adecuado con nuestro apellido y nuestras amistades! Todo el mundo dirá que amparamos el vicio, que damos acogida a una golfa cualquiera; y las personas como es debido no querrán volver a poner los pies en esta casa. Pero ¿cómo se te ocurre? ¡Estás loca!

Jeanne no había perdido la calma:

–No permitiré nunca que nadie eche a Rosalie. Y, si no quieres que se quede aquí, mi madre volverá a tomarla a su servicio y ya nos enteraremos de quién es el padre de ese niño.

Julien entonces salió del cuarto hecho una furia, dando un portazo y voceando:

–¡Vaya ocurrencias estúpidas que tienen las mujeres!

Jeanne subió por la tarde al cuarto de la parida. La doncellita, a la que atendía la viuda Dentu, estaba inmóvil en la cama, con los ojos abiertos, mientras su acompañante acunaba en los brazos al recién nacido.

En cuanto vio a su señora, Rosalie empezó a sollozar, ocultando la cara entre las sábanas, presa de un acceso de desesperación. Jeanne quiso darle un beso, pero ella se resistía y se cubría el rostro. Intervino entonces la viuda y se lo destapó. Rosalie se lo consintió sin dejar de llorar, aunque con menos vehemencia.

Un pobre fuego ardía en la chimenea; hacía frío; el niño lloraba. Jeanne no se atrevía a hablar del pequeño por temor a desencadenar otro arrebato. Le había cogido una mano a su doncella y repetía maquinalmente: «No será nada, no será nada». La pobre muchacha miraba de reojo a la comadrona, se sobresaltaba cuando lloraba el chiquillo; y la pena que aún tenía dentro la ahogaba y brotaba a veces en forma de un sollozo convulsivo, mientras las lágrimas que se tragaba le hacían un ruido de agua en la garganta.

Jeanne le dio otro beso y le susurró al oído, muy bajito:

–No te preocupes, hijita, que lo cuidaremos bien.

Y se fue corriendo al ver que a Rosalie volvía a darle un ataque de llanto.

Fue a verla todos los días, y todos los días Rosalie estallaba en sollozos al entrar su señora.

Dieron el niño a una vecina para que lo criara.

Julien, no obstante, desde que su mujer se había negado a despedir a la doncella casi no le dirigía la palabra, como si siguiera muy enfadado. Volvió un día a referirse al asunto, pero Jeanne se sacó del bolsillo una carta de la baronesa que pedía que enviasen inmediatamente a su casa a la muchacha si la despedían de Los Chopos. Julien, furioso, voceó:

–Tu madre está tan loca como tú.

Pero no volvió a insistir.

Quince días después, la recién parida pudo levantarse y volver al trabajo.

Entonces, Jeanne, una mañana, la obligó a sentarse, le cogió las manos y, clavando en ella una mirada penetrante, le dijo:

–Vamos a ver, muchacha, cuéntamelo todo.

Rosalie se echó a temblar y balbució:

–¿Que le cuente qué, señora?

–¿De quién es el niño?

Entonces la doncellita cayó en un espantoso estado de desesperación; e intentaba, como loca, soltarse las manos para taparse la cara.

Pero Jeanne le daba besos a pesar suyo y la consolaba:

–Es una desgracia, hijita, qué le vamos a hacer. Has sido débil. Pero lo mismo les pasa a muchas. Si el padre se casa contigo, asunto concluido. Y podremos tomarlo a nuestro servicio para que estéis juntos.

Rosalie lanzaba gemidos como si la estuvieran martirizando y, de vez en cuando, daba un respingo para soltarse y salir corriendo.

Jeanne añadió:

–Comprendo que estés avergonzada. Pero ya ves que no me enfado, que te hablo con cariño. Si te pregunto cómo se llama ese hombre es por tu bien, porque me doy cuenta, al verte tan triste, de que te tiene abandonada y quiero impedirlo. Julien irá a verlo, sabes, y lo obligaremos a que se case contigo; y, como los dos os quedaréis en esta casa, también sabremos obligarlo a que te haga feliz.

Esta vez, Rosalie hizo un esfuerzo tan brusco que se liberó a la fuerza y escapó como si se hubiera vuelto loca.

Esa noche, durante la cena, Jeanne le dijo a Julien:

–He querido convencer a Rosalie para que me dijese cómo se llama el que la sedujo y no lo he conseguido. Inténtalo tú también a ver si conseguimos obligar a ese miserable a casarse con ella.

Pero Julien se enfadó enseguida:

–Mira, no quiero volver a oír hablar de esa historia. Te has empeñado en que se quede esa chica, pues que se quede; pero deja de fastidiarme con ella.

Desde el parto parecía aún más irritable; y había tomado la costumbre de no hablarle a su mujer sino a voces, como si siempre estuviera furioso; mientras que ella, al contrario, bajaba la voz, se mostraba sumisa y conciliadora para evitar cualquier discusión; y, con frecuencia, lloraba de noche, en la cama.

Pese a tan constante irritación, su marido había reanudado hábitos amorosos olvidados desde el regreso a la casona, y era raro que pasase más de tres noches sin acudir al aposento conyugal.

No tardó Rosalie en reponerse por completo y fue estando

menos triste, aunque seguía como aturdida y asustada, igual que si la acosara un temor desconocido.

Otras dos veces salió huyendo cuando Jeanne intentaba hacerle una vez más las mismas preguntas.

También Julien empezó de pronto a mostrarse más amable; y la joven iba fiando en nuevas esperanzas, volvía a sentirse alegre a ratos; aunque, a veces, se notaba enferma y la aquejaban malestares curiosos de los que nada decía. No había llegado el deshielo y, desde hacía ya casi cinco semanas, presidía la capa de nieve, uniforme, endurecida y reluciente, un cielo despejado que semejaba, de día, un cristal azul y aparecía, de noche, cuajado de estrellas que, por el extremoso frío de los grandes espacios, hubiéranse dicho de escarcha.

Las casas de labor, aisladas en medio de sus corrales cuadrados, tras las cortinas de altos árboles que espolvoreaba la helada, parecían dormir vestidas con un camisón blanco. Ya no salían fuera ni los hombres ni los animales; solo se sabía de aquella vida retirada por las chimeneas de las chozas, cuyos delgados hilillos de humo subían rectos en el aire gélido.

La llanura, los setos, los olmos de los cercados, todo parecía muerto, como si lo hubiera matado el frío. De vez en cuando, se oía crujir los árboles, igual que si se les quebrasen los miembros de madera bajo la corteza; y, a veces, se desgajaba y caía una gruesa rama, pues la implacable helada petrificaba la savia y desgarraba las fibras.

Jeanne esperaba ansiosa que volviesen los vientos tibios, y achacaba al durísimo rigor del tiempo todas las molestias imprecisas que sentía.

A veces, no podía comer nada y todos los alimentos le daban asco; a veces, le latía el pulso atropelladamente; otras, lo poco que comía le provocaba náuseas de indigestión; y los nervios, tensos, siempre vibrantes, la obligaban a vivir en un estado intolerable de constante inquietud.

Una noche, la temperatura bajó aún más y Julien se levantó de la mesa tiritando (pues ahorraba tanto en leña que nunca estaba el comedor caliente) y, frotándose las manos, dijo a media voz:

–Esta noche se agradecerá la compañía en la cama, ¿verdad, rica mía?

Reía con la bonachona risa de antaño, y Jeanne se echó en sus brazos; pero precisamente aquella noche se sentía tan molesta, tan dolorida, con un nerviosismo tan extraño, que le suplicó muy bajo, besándole los labios, que le permitiese dormir sola. Le dijo en pocas palabras lo que le pasaba:

–Por favor, querido mío; te aseguro que no me encuentro bien. Seguro que mañana estaré mejor.

Julien no insistió:

–Como quieras, mujer; si estás enferma, debes cuidarte.

Y hablaron de otra cosa.

Jeanne se acostó temprano. Julien, de forma excepcional, mandó encender la chimenea de su propio cuarto.

Cuando le dijeron que «ya estaba el fuego fuerte», besó a su mujer en la frente y se retiró.

El frío parecía atenazar toda la casa; se colaba por las paredes, de las que brotaban ruidos leves, como escalofríos; y Jeanne tiritaba en la cama.

Dos veces se levantó para añadir leña al fuego y buscar vestidos, faldas, ropa que ya no se ponía, para echárselo todo encima. No conseguía entrar en calor con nada; tenía los pies entumecidos, mientras por las pantorrillas, e incluso por los muslos, le corrían unos calambres que la obligaban a dar continuas vueltas, a moverse, a llegar al límite del nerviosismo.

Pronto empezó a pegar diente con diente; le temblaban las

manos; sentía una opresión en el pecho; el corazón le latía con fuertes golpes sordos y, a veces, parecía detenerse; y jadeaba como si no pudiese ya pasarle el aire por la garganta.

Se adueñó de su ánimo una espantosa angustia, al tiempo que aquel frío invencible le penetraba hasta la médula. Nunca había notado nada semejante, nunca había sentido que la abandonase la vida de aquella forma, como si estuviera a punto de exhalar el último aliento.

Pensó: «Me voy a morir... me muero...».

Y, horrorizada, saltó de la cama y tocó la campanilla para que viniera Rosalie; esperó, volvió a llamar, siguió esperando, tiritando y aterida.

La doncellita no venía. Debía de estar sumida en ese primer sueño tan recio que nada puede quebrantar; y Jeanne perdió la cabeza y corrió, descalza, hacia la escalera.

Subió sin hacer ruido, a tientas, dio con la puerta, la abrió, llamó:

–¡Rosalie!

Siguió andando, tropezó con la cama, pasó las manos por encima y se dio cuenta de que estaba vacía. Vacía y helada como si nadie hubiera dormido en ella.

Sorprendida, se dijo: «Pero ¡cómo! ¡Otra vez anda rodando por ahí, con el frío que hace!».

Pero como el corazón, que se le había desbocado de repente, le brincaba hasta asfixiarla, volvió a bajar, doblándosele las piernas, para despertar a Julien.

Entró de golpe en el cuarto de su marido, azuzada por el convencimiento de que se moría y por el deseo de verlo antes de perder el conocimiento.

A la luz del fuego agonizante, vio en la almohada, junto a la cabeza de Julien, la de Rosalie.

Dio tal grito que ambos se incorporaron. Quedó un segundo inmóvil, aturdida ante aquel descubrimiento. Luego salió huyendo, regresó a su cuarto y, como él, despavorido, la estaba llamando: «¡Jeanne!», sintió un miedo atroz al pensar en verlo, en oír su voz, en escuchar sus explicaciones, sus mentiras, en tener que mirarlo a los ojos. Volvió a abalanzarse hacia la escalera y bajó por ella.

Ahora iba corriendo entre la oscuridad, con el riesgo de rodar escalones abajo, de romperse los miembros contra la piedra. Avanzaba, a impulsos de una imperiosa necesidad de escapar, de no enterarse de nada más, de no volver a ver a nadie.

Al llegar abajo, se sentó en un peldaño; seguía en camisón y descalza. Y allí se quedó, con la cabeza perdida.

Julien había saltado de la cama y se estaba vistiendo a todo correr. Jeanne volvió a ponerse en pie para escapar de él. Ya bajaba él también por la escalera, gritando:

–¡Escúchame, Jeanne!

No, no quería escuchar a nadie, ni dejar que la tocasen, ni siquiera con la yema de los dedos. Se metió a toda prisa en el comedor, corriendo como si la persiguiera un asesino. Buscaba una salida, un escondrijo, un rincón oscuro, una forma de evitar a Julien. Se acurrucó debajo de la mesa. Pero ya estaba él abriendo la puerta, con una luz en la mano, sin dejar de repetir: «¡Jeanne!». Y ella volvió a salir como una liebre, se abalanzó dentro de la cocina, le dio la vuelta dos veces, igual que un animal acorralado; y, viendo que su marido estaba otra vez a punto de alcanzarla, abrió de golpe la puerta del jardín y salió al campo.

El helado contacto de la nieve, en la que se le hundían a veces hasta la rodilla las piernas desnudas, le dio de repente una energía desesperada. No tenía frío, aunque no iba casi vestida; no sentía ya nada, pues la convulsión del alma había sido tal que le había embotado el cuerpo; y corría, tan blanca como la tierra.

Fue por el paseo grande, cruzó el bosquecillo, saltó la cuneta y echó a correr por la landa.

No había luna; las estrellas brillaban como una siembra de fuego en la oscuridad del cielo; pero, no obstante, había claridad en la llanura apagadamente blanca, heladamente quieta, infinitamente silenciosa.

Jeanne caminaba deprisa, sin pararse a recuperar el aliento, sin saber adónde iba, sin pensar en nada. Y, de pronto, se vio al filo del acantilado. El instinto la hizo pararse en seco, y se sentó en el suelo, vacía de todo pensamiento y de toda voluntad.

Del sombrío agujero que tenía delante subía, desde la mar invisible y callada, el olor salado de las algas durante la marea baja.

Jeanne estuvo allí mucho rato, con el pensamiento tan inerte como el cuerpo; luego, de súbito, empezó a tiritar violentamente, como una vela que agitase el viento. Una fuerza invisible le sacudía los brazos, las manos, los pies, haciéndolos palpitar, vibrar con precipitados respingos. Y, bruscamente, le volvió el conocimiento, lúcido y desgarrador.

Le pasaron luego ante los ojos visiones del pasado: aquel paseo con Julien en la barca del tío Lastique; lo que habían hablado; su amor naciente; el bautizo de la barca; y se remontó más aún con el pensamiento, hasta aquella noche acunada de ensueños en que había llegado a Los Chopos. ¡Y ahora! ¡Ahora! ¡Ay, su vida estaba destrozada! Nunca más habría en ella alegrías; era imposible esperar nada. Y vio el espantoso porvenir, repleto de sufrimientos, de traiciones, de desesperación. Más le valía morirse; así todo acabaría inmediatamente.

Pero se oían voces a lo lejos:

–Por aquí. Son sus pasos. ¡Pronto, pronto, por aquí!

Era Julien que la buscaba.

¡Ay! No quería volver a verlo. En el abismo, allí, muy cerca, ante ella, oía ahora un rumor, el incierto roce del mar contra las rocas.

Se puso de pie, tomando ya impulso para saltar; y, al dar a la vida el adiós de los desesperados, soltó, como un gemido, la última palabra de los moribundos, la última palabra de los soldados jóvenes destripados durante la batalla:

–¡Mamá!

De súbito, le cruzó por la cabeza el recuerdo de mamaíta; la vio, sollozante; vio a su padre de rodillas ante su cadáver ahogado; durante un segundo, sintió todo el sufrimiento de la desesperación de aquellos seres.

Volvió entonces a dejarse caer desmadejadamente en la nieve; y ya no escapó cuando Julien y el tío Simon, a los que seguía Marius con un farol, la sujetaron por los brazos para hacerla retroceder, pues estaba al borde mismo del acantilado.

Hicieron con ella lo que quisieron, pues ya no era capaz de moverse. Sintió que la llevaban en volandas; luego, que la metían en una cama, que le daban fricciones con paños muy calientes; luego, todos los recuerdos se borraron, todo conocimiento se desvaneció.

Luego, tuvo una pesadilla –¿sería una pesadilla?– igual que una obsesión. Estaba acostada en su cuarto. Era de día, pero no podía levantarse. ¿Por qué? No lo sabía. Entonces oyó un ruidito en el suelo, como si algo rascara, rozara; y, de súbito, un ratoncito gris pasaba deprisa por encima de la sábana. Otro seguía al primero, acto seguido; luego, otro, que se encaminaba hacia su pecho con rápido y menudo trotecillo. Jeanne no sentía miedo; pero quiso coger el animal y adelantó la mano sin conseguirlo.

Entonces más ratones, diez, veinte, cientos de ellos, miles de ellos, salieron de todas partes. Trepaban por las columnas, corrían por los tapices, cubrían toda la cama. No tardaron en colarse bajo las mantas. Jeanne notaba que pasaban rozándole la piel, que le hacían cosquillas en las piernas, que le bajaban y le subían por el cuerpo. Veía cómo venían desde los pies de la cama para meterse dentro, pegándosele al pecho; y se revolvía, alargaba las manos para capturar alguno, y volvía a cerrarlas, siempre vacías.

Se apoderaba de ella la exasperación, quería escapar, gritaba, y le parecía que la sujetaban para que no se moviera, que unos brazos vigorosos la rodeaban y la paralizaban; pero no veía a nadie.

Había perdido la noción del tiempo. Todo aquello debió de durar mucho, mucho.

Luego se despertó, cansada, dolorida, pero fue, no obstante, un despertar dulce. Se sentía débil. Abrió los ojos y no le causó asombro ver a mamaíta sentada en su cuarto junto a un hombre grueso al que no conocía.

¿Qué edad tenía? No lo sabía; creía que era una niña muy pequeña. Tampoco tenía recuerdo alguno.

El hombre grueso dijo:

–Mire, ya está recobrando el conocimiento.

Y mamaíta se echó a llorar. Entonces, el hombre grueso añadió:

–Vamos, tranquilícese, señora baronesa. Ya le he dicho que ahora respondo de ella. Pero no le hable de nada, de nada. Que duerma.

Y Jeanne tuvo la impresión de que pasaba durmiendo otra temporada larguísima, cayendo una y otra vez en un sueño muy pesado en cuanto intentaba pensar; y tampoco intentaba ni por asomo acordarse de nada, como si hubiera sentido un vago temor de la realidad que podía volverle al pensamiento.

Pero en una ocasión, al despertar, vio a Julien, solo junto a ella; y, de repente, lo recordó todo, como si se hubiera alzado un telón que le ocultaba su vida pasada.

Sintió un dolor espantoso en el corazón y quiso huir otra vez de él. Apartó las sábanas, saltó al suelo y se cayó, pues las piernas no eran capaces de sostenerla.

Julien se abalanzó hacia ella; y Jeanne empezó a lanzar alaridos para que no la tocase. Se retorcía, se revolcaba por el suelo. Se abrió la puerta. Acudió la tía Lison con la viuda Dentu; luego, el barón; luego, por fin, llegó mamaíta, sin aliento, como loca.

Volvieron a meterla en la cama; y, en el acto, cerró los ojos hipócritamente para no tener que hablar, para poder pensar a gusto.

Su madre y su tía la atendían, estaban pendientes de ella, le preguntaban:

–¿Nos oyes ahora, Jeanne, bonita?

Ella se hacía la sorda, no contestaba; y se dio perfecta cuenta de que acababa el día. Cayó la tarde y la viuda, que la cuidaba de noche, se acomodó junto a ella y le daba de beber de vez en cuando.

Jeanne bebía sin decir nada; pero ya no dormía. Pensaba trabajosamente, buscando cosas que se le escapaban, como si hubiera tenido agujeros en la memoria, dilatados intervalos en blanco, y huecos en los que no habían dejado huella los acontecimientos.

Poco a poco, tras grandes esfuerzos, reconstruyó todos los hechos.

Y meditó sobre ellos con tenaz obstinación.

Estaban allí mamaíta, tía Lison y el barón, así que debía de haber estado muy enferma. Pero ¿y Julien? ¿Qué había contado? ¿Estaban al tanto sus padres? ¿Y Rosalie? ¿Dónde andaba? ¿Y qué iba a hacer ahora? Se le ocurrió una idea luminosa: regresar a Ruán con padre y mamaíta, como antes. Sería viuda, y asunto concluido.

Esperó entonces, escuchando lo que decían a su alrededor, entendiéndolo perfectamente sin que se le notara, disfrutando de aquel retorno paciente y astuto de la capacidad de razonar.

Por fin, a última hora de la tarde, la dejaron a solas con la baronesa y la llamó muy bajo:

–¡Mamaíta!

Se asombró al oír su propia voz, pues le pareció cambiada. La baronesa le tomó las manos:

–¡Hija mía, mi Jeanne querida! ¿Me conoces, hija?

–Sí, mamaíta, pero no llores; tenemos mucho de lo que hablar. ¿Te ha dicho Julien por qué me escapé por la nieve?

–Sí, preciosa mía; tuviste un ataque de fiebre alta muy peligroso.

–No fue eso, mamá. La fiebre la he tenido después. Pero ¿te ha dicho por qué me entró esa fiebre y por qué me escapé?

–No, cariño.

–Porque lo encontré en la cama con Rosalie.

La baronesa creyó que seguía delirando y la acarició:

–Duerme, preciosa, tranquilízate e intenta dormir.

Pero Jeanne, obstinada, siguió diciendo:

–Ya he recuperado por completo la razón, mamaíta, ya no digo locuras como las que he debido de decir estos días de atrás. Me sentí mal una noche y entonces fui a buscar a Julien. Rosalie estaba en la cama con él. Perdí la cabeza del disgusto y salí huyendo por la nieve para tirarme por el acantilado.

Pero la baronesa repetía:

–Sí, preciosa mía, has estado muy mala.

–No es eso, mamá. Encontré a Rosalie en la cama con Julien y no quiero seguir con él. Tienes que llevarme contigo a Ruán, como antes.

La baronesa, a quien el médico había recomendado que no llevase a Jeanne la contraria en nada, respondió:

–Sí, preciosa.

Pero la enferma se impacientó:

–Ya veo que no me crees. Vete a buscar a papaíto, que él acabará por entender lo que digo.

Y mamaíta se puso de pie con mil trabajos, cogió los dos bastones y salió arrastrando los pies, para regresar pocos minutos después con el barón, que la sostenía.

Se sentaron junto a la cama y Jeanne comenzó su relato en el acto. Lo refirió todo, despacio, con voz débil y total claridad: las rarezas de carácter de Julien, sus rasgos de dureza, su avaricia y, por fin, su infidelidad.

Cuando acabó, el barón tenía la seguridad de que su hija no divagaba; pero no sabía qué pensar, qué resolución tomar ni qué responderle.

Le cogió la mano con ternura, como antiguamente, cuando la dormía contándole cuentos.

–Mira, querida mía, tenemos que obrar con prudencia. No nos precipitemos; intenta soportar a tu marido hasta que hayamos adoptado una decisión... ¿Me lo prometes?

Jeanne dijo a media voz:

–Estoy conforme, pero no me quedaré en esta casa cuando me cure.

Luego, muy bajito, añadió:

–¿En dónde está ahora Rosalie?

El barón dijo:

–No volverás a verla.

Pero Jeanne se empecinaba:

–¿En dónde está? Quiero saberlo.

Entonces, el barón tuvo que admitir que seguía en la casa; pero le aseguró que iba a marcharse.

Al salir del cuarto de la enferma, el barón, muy airado, herido en su amor de padre, fue al encuentro de Julien y le dijo de golpe:

–Señor mío, vengo a pedirle cuentas de su comportamiento

con mi hija. La ha engañado usted con su propia criada, lo cual resulta doblemente indigno.

Pero Julien se hizo el inocente, lo negó todo fogosamente, juró, puso a Dios por testigo. Y, además, ¿qué pruebas había? ¿Acaso no estaba Jeanne loca? ¿Es que no acababa de tener una fiebre cerebral? ¿No había escapado por la nieve una noche, en un ataque de delirio, al principio de su enfermedad? ¿Y era precisamente en pleno ataque, cuando andaba corriendo casi en cueros por la casa, cuando pretendía haber visto a su doncella en la cama de su marido?

Y montó en cólera; amenazó con un pleito; hizo gala de una vehemente indignación. Y el barón, confuso, se disculpó, le pidió perdón y le tendió lealmente una mano que Julien se negó a estrechar.

Cuando Jeanne supo lo que había contestado su marido, no se enfadó y dijo:

–Está mintiendo, papá, pero ya acabaremos por pillarlo.

Y estuvo dos días taciturna y ensimismada, cavilando.

Luego, el tercer día por la mañana, quiso ver a Rosalie. El barón se negó a que subiera la doncella, aseguró que ya se había ido. Jeanne no cedió; y repetía:

–Pues que vayan a buscarla a su casa.

Y ya estaba irritándose cuando llegó el médico. Se lo contaron todo para pedirle opinión. Pero Jeanne, de repente, se echó a llorar, nerviosísima, diciendo casi a voces:

–Quiero ver a Rosalie. ¡Quiero verla!

Entonces, el médico le tomó la mano y le dijo, en voz baja:

–Tranquilícese, señora; cualquier emoción podría perjudicarla porque está usted encinta.

Jeanne se quedó sobrecogida, como si la hubieran golpeado; y le pareció, en el acto, que algo se le movía por dentro. Quedó luego callada, sin escuchar siquiera lo que le decían, sumida en sus pensamientos. No pudo dormir en toda la noche; la mantenía en vela aquella idea reciente y singular de que un niño vivía allí dentro, en su vientre; y estaba triste, apenada de que ese niño fuera hijo de Julien; y preocupada, temerosa de que se pareciera a su padre. Cuando se hizo de día, mandó llamar al barón:

–Papaíto, mi decisión está tomada; quiero saberlo todo, sobre todo ahora. Lo quiero, ¿oyes? Y ya sabes que en mi estado no hay que disgustarme. Atiende. Vas a ir a buscar al señor párroco. Necesito que esté presente para que Rosalie no mienta. Luego, en cuanto llegue, la mandas subir y te quedas aquí con mamaíta. Y, sobre todo, ten cuidado de que Julien no sospeche nada.

Una hora después, entraba en el cuarto el sacerdote, que había seguido engordando y resoplaba igual que mamaíta. Se sentó al lado de esta, en una butaca, con el vientre colgándole entre las piernas separadas. Bromeó, al principio, enjugándose la frente por la fuerza de la costumbre, con el pañuelo de cuadros:

–Qué, señora baronesa, me parece a mí que no adelgazamos nada. Creo yo que somos dos buenos pies para un banco.

Luego, volviéndose hacia la cama de la enferma:

–Vaya, vaya, ¿qué me han contado, jovencita? ¿Que pronto tendremos otro bautizo? Y esta vez no bautizaremos una barca, ja, ja, ja.

Comentó, después, con tono serio:

–Será un defensor de la patria.

Luego, tras quedarse un momento pensativo:

–A menos que se trate de una excelente madre de familia. Como usted, señora baronesa –añadió, haciéndole una venia a esta.

Pero se abrió la puerta del fondo. Rosalie, despavorida, llorosa, se negaba a avanzar, aferrándose al marco de la puerta mientras el barón la empujaba. Este, perdiendo la paciencia, la hizo entrar en el cuarto de un empellón. Entonces, la muchacha se cubrió el rostro con las manos y se quedó a pie firme, sollozando.

Jeanne, nada más verla, se incorporó de golpe, se sentó, más blanca que las sábanas; y el desbocado corazón alzaba con sus latidos el fino camisón pegado a la piel. No conseguía hablar, apenas si podía respirar, se asfixiaba. Por fin, dijo con voz entrecortada por la emoción:

–No... no... no necesito preguntarte... nada. Me... me basta con verte así... con ver... cómo te... avergüenzas ante mí.

Hizo una pausa, pues le faltaba el aire, y siguió diciendo:

–Pero quiero saberlo todo... todo. He mandado llamar al señor párroco para que esto sea igual que una confesión, ¿me oyes?

A Rosalie, inmóvil, se le escapaban voces que casi eran gritos entre las manos crispadas.

El barón, del que se iba apoderando la ira, le cogió los brazos, se los apartó con violencia y, arrojándola de rodillas junto a la cama, le ordenó:

–Venga, habla... Contesta.

Rosalie se quedó en el suelo, en la postura en que suele representarse a las Magdalenas, con la cofia torcida, el delantal arrastrando por el entarimado, el rostro de nuevo oculto tras las manos, otra vez libres.

Entonces, le habló el párroco:

–A ver, hija, atiende a lo que te dicen y responde. No queremos hacerte ningún daño; pero queremos saber lo que sucedió.

Jeanne, inclinándose sobre el borde de la cama, la miraba. Y dijo:

–¿Verdad que estabas en la cama de Julien cuando os sorprendí?

Rosalie gimió a través de las manos:

–Sí, señora.

Entonces, de golpe, la baronesa se echó a llorar también, haciendo mucho ruido, como si se ahogase. Y sus convulsivos sollozos acompañaban a los de Rosalie.

Jeanne, clavándole los ojos a su doncella, preguntó:

–¿Desde cuándo venía pasando?

Rosalie balbució:

–Desde que vino el señor.

Jeanne no la entendía.

–¿Desde que vino? Así que... ¿desde esta primavera?

–Sí, señora.

–¿Desde que entró en esta casa?

–Sí, señora.

Y Jeanne, como si no le cupiesen dentro las preguntas, siguió interrogándola con voz acelerada:

–Pero ¿cómo fue? ¿Cómo te lo pidió? ¿Cómo te hizo suya? ¿Qué te dijo? ¿Cuándo cediste? ¿Y cómo? ¿Cómo pudiste entregarte a él?

Y Rosalie, ahora, había apartado las manos y contestaba, al haberse apoderado también de ella una necesidad febril de hablar, una necesidad de responder:

–Y yo qué sé. Vino a mi cuarto el día que cenó aquí la primera vez. Se había escondido en el desván. No me atreví a gritar para no meterme en líos. Se me metió en la cama; yo ni sabía lo que me hacía; y él me hizo lo que quiso. No dije nada porque el señor me gustaba.

Entonces Jeanne preguntó, en un grito:

–Así que... tu... tu hijo... ¿es suyo?

Rosalie contestó entre sollozos:

–Sí, señora.

Y las dos callaron.

Ya no se oía más que el llanto de Rosalie y el de la baronesa.

Jeanne, sucumbiendo a un terrible agobio, sintió que a ella también se le desbordaban de los ojos unas gotas que le corrieron sin ruido por las mejillas.

¡El hijo de su doncella y el suyo tenían el mismo padre! Se había esfumado su ira. Ahora sentía que la invadía una desesperación lúgubre, despaciosa, honda, infinita.

Dijo, por fin, con voz cambiada, húmeda, la voz de una mujer que está llorando:

–Cuando volvimos de... allí... del viaje... ¿cuándo empezasteis otra vez?

La doncellita, desplomada por completo en el suelo, balbució:

–Vino... la primera noche.

Cada una de aquellas palabras le retorcía el corazón a Jeanne. Así que la primera noche, la noche del regreso a Los Chopos, la había abandonado por aquella muchacha. ¡Por eso la dejaba dormir sola!

Ahora ya sabía bastante, ya no quería enterarse de nada más. Dijo a voces:

–¡Vete, vete!

Y como Rosalie, anonadada, no se movía, Jeanne recurrió a su padre:

–Que se vaya; llévatela.

Pero al párroco, que aún no había dicho nada, le pareció aquel un momento propicio para echar un breve sermón.

–Eso que has hecho está muy mal, hija mía, muy mal; y Nuestro Señor va a tardar mucho en perdonártelo. Piensa en que, si en adelante no te portas bien, lo que te espera es el Infierno. Ahora tienes un hijo y debes sentar la cabeza. No me cabe duda de que la señora baronesa hará algo por ti y de que te encontraremos un marido.

Habría seguido hablando un buen rato, pero el barón volvió a coger a Rosalie por los hombros, la puso en pie, la arrastró hasta la puerta y la arrojó, como un fardo, al pasillo.

No bien hubo regresado, más pálido aún que su hija, el párroco siguió hablando:

–¿Qué quieren ustedes? Todas son iguales por aquí. Es desesperante, pero no hay quien lo remedie y es menester mostrar cierta indulgencia ante las flaquezas naturales. Estas chicas no se casan nunca, señora baronesa, pero es que nunca, más que encintas.

Y añadió, sonriente:

–Es como una costumbre local.

Luego, con tono de indignación:

–Si hasta los niños andan en esas lides. ¡Creerá usted que me encontré el año pasado, en el cementerio, a dos críos del catecismo, una parejita! Avisé a los padres. ¿Y sabe lo que me dijeron? «¿Qué quiere, señor cura? De nosotros no han aprendido esas bellaquerías. ¡A ver qué vida! ¿Qué se le va a hacer?» Así que, señor barón, su doncella ha hecho lo mismo que las demás.

Pero el barón, presa de un temblor nervioso, no lo dejó acabar:

–¿Mi doncella? ¿Y a mí qué me importa esa? El que me indigna es Julien. Lo que ha hecho es una infamia y pienso llevarme a mi hija.

Y andaba de un lado para otro, con una exasperación que iba en aumento:

–¡Es una infamia haber traicionado así a mi hija, una infamia! Ese hombre es un cualquiera, un canalla, un miserable; y se lo voy a decir. ¡Lo abofetearé y lo mataré a bastonazos!

Pero el sacerdote, que estaba tomando rapé calmosamente, sentado junto a la llorosa baronesa, y pretendía cumplir con su cometido de pacificador, tomó de nuevo la palabra:

–Vamos a ver, señor barón, de usted para mí, su yerno ha hecho lo que todos. ¿Conoce usted a muchos maridos fieles?

Y añadió, con socarrona bonachonería:

–Mire, le apuesto lo que quiera a que usted mismo no ha sido ningún santo. A ver, con la mano en la conciencia, ¿tengo razón o no?

El barón, sobrecogido, se había detenido frente al sacerdote, que siguió diciendo:

–Pues claro que sí. Se portó usted como todos. ¡Y vaya usted a saber si no le hincó el diente a alguna criadita como esta! Le digo que todo el mundo hace lo mismo. Y su mujer no fue menos feliz ni tuvo menos cariño, ¿a que no?

El barón, consternado, se había quedado inmóvil.

Pardiez, claro que era cierto que él había hecho otro tanto, y con frecuencia además, siempre que había podido; y tampoco había respetado el hogar conyugal; y, cuando eran bonitas, nunca había hecho ascos a las criadas de su mujer. ¿Acaso era por ello un miserable? ¿Por qué juzgaba con tanta severidad el comportamiento de Julien si nunca se le había ocurrido que el suyo pudiera ser culpable?

Y la baronesa, aún asfixiada de sollozos, esbozó una sonrisa al acordarse de las canas al aire de su marido, pues pertenecía a esa raza sentimental que enseguida se enternece y se deja llevar por la benevolencia, pues opina que las aventuras amorosas forman parte de la vida.

Jeanne, desplomada en la cama, con los ojos abiertos y la mirada perdida, tendida de espaldas y con los brazos inertes, estaba sumida en dolorosas meditaciones. Se acordaba de una frase de Rosalie que le hería el alma y le entraba en el corazón como una barrena: «No dije nada porque el señor me gustaba».

También a ella le había gustado; y solo por eso se había entregado, se había vinculado de por vida, había renunciado a cualquier otra esperanza, a todos los proyectos intuidos, a todo lo desconocido del día de mañana. ¡Había caído en aquel matrimonio, en aquel agujero sin bordes que le permitieran izarse fuera, en aquella miseria, en aquella tristeza, porque, igual que a Rosalie, Julien le había gustado!

Cedió la puerta a un rabioso empellón y apareció Julien con cara feroz. Había visto, en la escalera, a la quejumbrosa Rosalie y acudía a enterarse de qué había sucedido, dándose cuenta de que tramaban algo; de que, probablemente, la doncella había hablado. Al ver al sacerdote, se quedó clavado en el sitio.

Preguntó con voz trémula pero pausada:

–¿Qué hay? ¿Qué ocurre?

El barón, tan violento hacía un rato, no se atrevía a decir nada, amedrentado por el argumento del párroco y por la posibilidad de que su yerno lo pusiera como ejemplo. Mamaíta lloriqueaba a más y mejor; pero Jeanne se había incorporado, sosteniéndose con las manos, y contemplaba, jadeante, al hombre que tan cruelmente la hacía sufrir. Balbució:

–Ocurre que ya estamos enterados de todo, que sabemos todas sus infamias desde... desde el día en que entró usted en esta casa... ocurre que el hijo de la criada es de usted... lo mismo... que el mío... que los dos van a ser hermanos...

Y, sucumbiendo al exceso de dolor que le produjo aquel pensamiento, se desplomó entre las sábanas llorando con frenesí.

Julien se había quedado con la boca abierta, sin saber qué hacer ni qué decir. El párroco intervino de nuevo.

–Vamos, vamos, no hay que disgustarse tanto, jovencita, hay que ser razonable.

Se levantó, se acercó a la cama y puso la tibia mano en la frente de la desesperada. Aquel simple contacto bastó para ablandarle los nervios; notó en el acto una languidez, como si el recio contacto de aquella mano rústica hecha a los gestos que absuelven, a las caricias que reconfortan, le hubiera aportado un inexplicable apaciguamiento.

El santo varón, que seguía de pie al lado de la cama, añadió:

–Hay que perdonar siempre, señora. Esto que le sucede es una gran desgracia; pero Dios, en su misericordia, le ha concedido la compensación de una gran dicha, ya que va usted a ser madre. Ese hijo será su consuelo. En su nombre le imploro, en su nombre la insto para que perdone a su señor esposo la equivocación que ha cometido. Será este perdón un vínculo más entre los dos, una prenda de la fidelidad que le guardará a partir de ahora. ¿Puede usted acaso permanecer apartada de corazón del hombre cuyo fruto lleva en el vientre?

Jeanne no contestaba, arrollada, dolorida, rendida ya, sin fuerzas siquiera para la ira y el rencor. Notaba los nervios sueltos, como si se los hubieran cortado poco a poco, apenas si estaba ya viva.

La baronesa, que no concebía el resentimiento y cuya alma era incapaz de un esfuerzo prolongado, cuchicheó:

–Vamos, Jeanne.

Tomó entonces el sacerdote la mano del joven y, tirando de ella para aproximarlo a la cama, la juntó con la mano de su mujer, dando luego un cachetito en ambas como para dejarlas definitivamente unidas. Y, desechando el tono profesional de los sermones, dijo, con cara de contento:

–Bueno, pues ya está. Es lo mejor, créanme.

Luego, las dos manos prendidas durante un momento se separaron deprisa. Julien, que no se atrevía a darle un beso a Jeanne, besó en la frente a su suegra, dio media vuelta, se cogió del brazo del barón, que se lo consintió, satisfecho en el fondo de que el asunto estuviera arreglado; y ambos se fueron juntos a fumar un puro.

Entonces, la enferma, anonadada, se adormiló mientras el sacerdote y mamaíta charlaban pausadamente en voz baja.

El sacerdote explicaba y desarrollaba sus opiniones; y la baronesa le daba continuamente la razón con un ademán de la cabeza. Acabó aquel por decir, a modo de conclusión:

–Pues estamos de acuerdo. Ustedes le dan a la muchacha la alquería de Barville, y yo me encargo de encontrarle un marido, un chico bueno y formal. Con una finca de veinte mil francos, ya verá que lo que sobrarán serán pretendientes. Podremos elegir a gusto.

Y la baronesa sonreía ahora, contenta; se le habían quedado en las mejillas dos lágrimas a medio camino, cuyo húmedo rastro estaba ya seco.

Y remachaba:

–Estamos de acuerdo; Barville vale como poco veinte mil francos. Pero pondremos la finca a nombre del niño y los padres tendrán el usufructo mientras vivan.

Y el párroco se levantó y estrechó la mano de mamaíta:

–No se moleste en acompañarme, señora baronesa, no se moleste. Bien sé yo lo que cuesta dar un paso.

Al salir, se cruzó con la tía Lison, que venía a ver a la enferma. Esta no se dio cuenta de nada, no le contaron nada y de nada se enteró, como de costumbre.

Capítulo VIII

Rosalie se había ido de la casa y Jeanne cumplía su tiempo de penosa preñez. Saber que iba a ser madre no le aportaba satisfacción alguna, pues la habían agobiado demasiados disgustos. Esperaba a su hijo sin la menor curiosidad y la abrumaban, además, aprensiones de inconcretas desdichas.

La primavera había llegado sin sentir. Los árboles desnudos tiritaban con el soplo aún fresco de la brisa, pero en la hierba húmeda de las cunetas, en las que se pudrían las hojas del otoño, empezaban a brotar las prímulas amarillas. Subía de toda la llanura, de los corrales de las casas de labor, de los campos empapados, un olor a humedad que tenía un regusto de fermentación. Y una muchedumbre de tallitos verdes asomaba de la tierra parda y brillaban bajo los rayos del sol.

Una mujer gruesa, recia como un castillo, había sustituido a Rosalie y sostenía a la baronesa cuando esta daba sus monótonas caminatas, recorriendo arriba y abajo su paseo, en el que el rastro del pie menos ágil estaba siempre húmedo y enfangado.

Papaíto le daba el brazo a Jeanne, que ahora estaba muy torpe y siempre indispuesta; y la tía Lison, preocupada, pendiente del acontecimiento ya próximo, iba del otro lado, cogiéndole la mano, presa de gran turbación ante aquel misterio que nunca había de sucederle a ella.

Se pasaban horas enteras paseando así, casi sin decir nada, mientras Julien recorría la comarca a caballo, pues le había entrado de repente esa nueva afición.

Nada vino ya a perturbar aquella vida taciturna. El barón, su mujer y el vizconde fueron a hacer una visita a los Fourville, con los que Julien parecía tener ya gran amistad, sin que nadie supiera con exactitud cómo había nacido esta. También hubo un intercambio de visitas protocolarias entre ellos y los Briseville, que seguían enterrados en su mansión durmiente.

Una tarde, alrededor de las cuatro, al tiempo que dos jinetes, un hombre y una mujer, entraban al trote en el patio que se extendía ante la mansión, Julien se presentó, muy animado, en el cuarto de Jeanne:

–Baja, baja, date prisa. Acaban de llegar los Fourville. Vienen sin etiqueta, como vecinos, a interesarse por tu estado. Diles que he salido, pero que no tardaré en volver. Voy a adecentarme un poco.

Jeanne bajó, extrañada. Una mujer joven, pálida y bonita, con rostro doliente, ojos exaltados y pelo de un rubio tan mate como si nunca lo hubiera acariciado un rayo de sol, presentó, muy desenvuelta, a su marido, que parecía un gigante, un ogro de gran bigote pelirrojo. Luego, añadió:

–Hemos tenido ocasión de coincidir varias veces con el señor de Lamare. Por él sabemos que no se encuentra usted nada bien. Y no hemos querido tardar más en visitarla como vecinos, sin más ceremonia. Ya ve usted que hemos venido a caballo. Tuve el gusto, además, el otro día, de recibir la visita de su señora madre y del barón.

Hablaba con soltura infinita, cordial y elegante. Jeanne se sintió atraída y se prendó de ella en el acto. «Aquí tengo una amiga», pensó.

El conde de Fourville, en cambio, parecía un oso que se hubiera metido en un salón. Tras sentarse y dejar el sombrero en la silla de al lado, estuvo un rato pensando qué hacer con las manos; se las puso en las rodillas, las apoyó luego en los brazos de la butaca y, por fin, entrelazó los dedos como si rezase.

Julien entró de golpe. Jeanne, atónita, no lo reconocía. Se había afeitado. Estaba apuesto, elegante y seductor como en los tiempos en que eran novios. Estrechó la velluda manaza del conde, al que su llegada pareció despabilar, y le besó la mano a la condesa, cuyas mejillas de marfil se sonrosaron un poco y cuyos párpados latieron repentinamente.

Julien tomó parte en la conversación. Fue amable como antaño. Había otra vez una mirada acariciadora en aquellos ojos grandes, amorosos espejos; y el pelo, tieso y sin brillo poco antes, había recuperado, por obra del cepillo y el aceite aromático, las flexibles y relucientes ondas.

Ya se disponían a irse los Fourville cuando la condesa se volvió hacia Julien:

–Mi querido vizconde, ¿quiere dar un paseo a caballo el jueves?

–Desde luego, señora condesa –respondió él a media voz, haciendo una reverencia, en tanto que ella asía la mano de Jeanne y, con voz tierna e intensa y sonrisa afectuosa, le decía:

–Ya verá, cuando esté usted repuesta, cabalgaremos los tres por toda la comarca. Será agradabilísimo. ¿Qué le parece?

Se recogió con hábil ademán la cola del traje de amazona; se posó luego en la silla de montar con ligereza de ave, mientras su marido, tras una torpe despedida, subía a su robusta montura normanda, sobre la que se mantenía aplomado como un centauro.

Cuando, tras dar la vuelta a la cerca, se hubieron perdido de vista, Julien, que parecía encantado de la vida, exclamó:

–¡Qué personas tan agradables! Esta relación nos va a resultar muy provechosa.

Jeanne, que también estaba contenta sin saber por qué, respondió:

–La condesita es deliciosa. Me parece que la voy a querer mucho. Pero el marido está en estado salvaje. ¿Dónde los conociste?

Julien, que se estaba frotando las manos muy satisfecho, dijo:

–Coincidí con ellos por casualidad en casa de los Briseville. El marido parece un poco rudo. Es un cazador empedernido; y un aristócrata de pura cepa.

Y la cena fue casi alegre, como si hubiera entrado en la casa una dicha oculta.

Y no sucedió nada nuevo hasta los últimos días de julio.

Un martes por la noche, cuando estaban sentados bajo el plátano en torno a una mesa de madera sobre la que había dos vasitos y una botella de aguardiente, a Jeanne se le escapó de pronto algo parecido a un grito y, poniéndose muy pálida, se llevó ambas manos al costado. Un dolor rápido, agudo, la había recorrido de pronto para desvanecerse acto seguido.

Pero, al cabo de diez minutos, la atravesó otro dolor más prolongado aunque menos fuerte. Le costó mucho regresar a la casa, a la que la llevaron casi en volandas su padre y su marido. El breve trayecto desde el plátano hasta su cuarto le pareció interminable; y se quejaba sin querer, pedía que le permitieran sentarse, pararse, sintiendo en el vientre el agobio de una insoportable pesadez.

No había salido aún de cuentas; el parto no estaba previsto hasta septiembre. Pero, temiendo un contratiempo, mandaron enganchar un carricoche y el tío Simon se fue al galope a buscar al médico.

Llegó alrededor de la medianoche y, nada más ver a Jeanne, reconoció los síntomas de un parto prematuro.

En la cama, los padecimientos de Jeanne se habían calmado un tanto, pero una angustia espantosa la oprimía, un desesperado desfallecimiento de todo su ser, algo semejante al presentimiento, al tacto misterioso de la muerte. Hay momentos en que esta nos roza de tan cerca que su hálito nos hiela el corazón.

El cuarto estaba abarrotado. Mamaíta se asfixiaba, desplomada en una butaca. El barón, temblándole las manos, corría de un lado para otro, traía cosas, consultaba al médico, perdía la cabeza. Julien caminaba arriba y abajo; parecía muy ajetreado, pero seguía con la cabeza fría. Y la viuda Dentu esperaba de pie junto a la cama, con cara de circunstancias, una expresión de mujer colmada de experiencia que de nada se asombra. Era su oficio cuidar enfermos, hacer de comadrona, velar a los muertos; recibía, pues, a los que llegaban y acogía su primer grito, lavando con el agua primera su carne nueva, envolviéndola en el primer lienzo; escuchaba luego, con la misma calma, la palabra postrera, el postrer estertor, el escalofrío postrero de los que se van, y se hacía cargo también de su último adecentamiento, enjugándoles con vinagre el cuerpo consumido, envolviéndolo en la última sábana; y había alcanzado, así, una inquebrantable indiferencia ante cualesquiera incidentes del nacimiento o de la muerte.

Ludivine, la cocinera, y la tía Lison se habían quedado discretamente ocultas, pegadas a la puerta del vestíbulo.

Y la enferma lanzaba de tarde en tarde un débil quejido.

Durante dos horas, pudo pensarse que el acontecimiento iba a hacerse esperar; pero, al despuntar el día, los dolores se reanudaron de súbito con gran violencia, y no tardaron en tornarse espantosos.

Y Jeanne, a la que brotaban de entre los labios gritos involuntarios, se acordaba continuamente de Rosalie, quien no había sufrido casi, quien casi no se había quejado, cuyo hijo, cuyo hijo bastardo, había salido de ella sin trabajo ni tormento.

Su conciencia, infeliz y turbada, establecía entre Rosalie y ella una incesante comparación; y maldecía a Dios, al que antaño había tenido por justo; se soliviantaba contra las culpables preferencias del destino y los criminales embustes de quienes predican la rectitud de conducta y la virtud.

La atenazaba a veces el dolor con tal violencia que todos los pensamientos se extinguían. No tenía ya fuerzas, vida, conocimiento sino para padecer.

Durante los breves ratos de apaciguamiento, no podía apartar la vista de Julien; y se apoderaba de ella otro dolor, un dolor del alma, al acordarse del día en que su doncella se había desplomado al pie de esa misma cama, con su hijo entre las piernas, el hermano de ese diminuto ser que tan cruelmente le estaba desgarrando las entrañas. Recordaba con lúcida memoria los gestos, las miradas, las palabras de su marido ante la muchacha tendida en el suelo; y ahora leía en el interior de Julien, como si en cada uno de los ademanes de este hubieran estado escritos sus pensamientos; leía el mismo fastidio, la misma indiferencia que hacia la otra mujer, la misma despreocupación de hombre egoísta al que la paternidad resulta irritante.

Sintió, en esto, una convulsión terrible, un espasmo tan cruel que se dijo: «¡Me voy a morir! ¡Me muero!». Y se le llenó el alma entonces de una rabiosa rebeldía, de una necesidad de maldecir, y de un odio exasperado hacia ese hombre que había causado su perdición y hacia el niño desconocido que la estaba matando.

Se tensó en un esfuerzo supremo por arrojar lejos de sí la carga. Y le pareció, de súbito, que todo el vientre se le vaciaba de golpe; y el sufrimiento se calmó.

La comadrona y el médico se habían inclinado sobre ella, manipulándola. Sacaron algo; y no tardó en sobresaltar a Jeanne el mismo ruido sofocado que había oído ya en una ocasión; luego, aquel grito débil y doliente, aquel frágil maullido del niño que acaba de nacer le entró en el alma, en el corazón, en todo el desvalido y agotado cuerpo; e intentó, con ademán inconsciente, tender los brazos.

Cruzó por ella un flujo jubiloso, un impulso arrebatado hacia esa dicha nueva, que acababa de florecer. Le había bastado un segundo para verse liberada, apaciguada, feliz, feliz como nunca lo había sido. El corazón y la carne se reanimaban. ¡Se sentía madre!

¡Quiso conocer a su hijo! No tenía ni pelo ni uñas, pues había llegado al mundo demasiado pronto; pero cuando Jeanne vio a esa larva moverse, cuando la vio abrir la boca, lanzar vagidos; cuando tocó a aquel engendro arrugado, gestero, vivo, la inundó un júbilo irresistible, comprendió que estaba salvada, al resguardo ya de cualquier desesperación, que allí había algo a lo que iba a querer tanto que no sabría ya hacer nada más.

No tuvo otro pensamiento, a partir de entonces, que su hijo. Se convirtió de repente en una madre fanática, tanto más exaltada cuanto que el amor la había decepcionado mucho y había visto traicionadas sus esperanzas. No consentía en que apartasen la cuna de su cama; luego, cuando pudo ya levantarse, se quedaba días enteros sentada al lado de la ventana, junto al liviano lecho, meciéndolo.

Tuvo celos del ama de cría; y cuando el diminuto ser tendía los brazos, sediento, hacia el abultado seno de venas azuladas y cogía entre los labios glotones el oscuro y fruncido retoño de carne, miraba, pálida y trémula, a la robusta y apacible campesina, deseando arrebatarle a su hijo y golpear, desgarrar con las uñas, aquel pecho del que el niño bebía con avidez.

Quiso luego bordar personalmente, para engalanarlo, ropa primorosa, de complicada elegancia. Iba el niño envuelto en una neblina de encajes; y se tocaba con espléndidos gorros. Jeanne no tenía ya otro tema de conversación; interrumpía a los demás para que admirasen un pañal, un babero o un lazo de exquisita factura. No escuchaba nada de cuanto se decía a su alrededor y se hacía lenguas de aquellos trozos de tela, a los que daba vueltas y más vueltas, alzándolos para verlos mejor; luego, de pronto, preguntaba:

–¿A que va a estar precioso con esto?

El barón y mamaíta sonreían ante aquella frenética ternura; pero Julien, cuyos hábitos alteraba y cuya preponderancia avasalladora mermaba la llegada de aquel tirano llorón y omnipotente, inconscientemente celoso de ese bosquejo de hombre que le robaba su sitio en el hogar, repetía continuamente, impaciente y furioso:

–¡Qué pesada se pone con el mocoso!

No tardó ese amor en obsesionar tanto a Jeanne que se pasaba la noche sentada al lado de la cuna, mirando dormir al niño. Como esa contemplación apasionada y enfermiza la agotaba y no descansaba ya nunca, como perdía fuerzas, adelgazaba y tosía, el médico ordenó que la separasen de su hijo.

Jeanne montó en cólera, lloró, suplicó; pero todos hicieron oídos sordos a sus ruegos. El niño pasaba todas las noches con el ama de cría; y todas las noches, la madre se levantaba descalza e iba a pegar el oído al agujero de la cerradura para asegurarse de que dormía tranquilo, de que no se despertaba, de que no necesitaba nada.

Una noche, la encontró así Julien, que regresaba tarde a casa tras haber cenado en la de los Fourville; y, a partir de ese momento, la encerraron con llave en su cuarto para obligarla a acostarse.

El bautizo se celebró a finales de agosto. El barón fue el padrino, y la tía Lison, la madrina. El niño recibió los nombres de Pierre-Simon-Paul; la familia lo llamaba Paul.

A principios de septiembre, la tía Lison se marchó sin ruido; y su ausencia se notó tan poco como su presencia.

Un atardecer, después de la cena, se presentó el párroco. Parecía violento, como si fuese depositario de un misterio. Y, tras una serie de comentarios sin ton ni son, rogó a la baronesa y a su marido que le permitiesen hablar con ellos en privado unos momentos.

Fueron los tres, andando despacio, hasta el final del paseo grande, conversando muy animadamente, mientras Julien, que se había quedado a solas con Jeanne, se extrañaba, se preocupaba, se irritaba ante aquel secreto.

Quiso acompañar al sacerdote cuando este se despidió; y se fueron juntos hacia la iglesia cuyas campanas estaban tocando el ángelus.

Hacía fresco, casi frío; y no tardaron todos en entrar en el salón. Se estaban quedando amodorrados cuando volvió de golpe Julien, encarnado y con cara de indignación.

Desde la puerta, y sin pensar en que Jeanne estaba presente, dijo a voces a sus suegros:

–¡Están ustedes locos, rediós! ¡Mira que largarle veinte mil francos a esa muchacha!

Fue tal la sorpresa que nadie le contestó. Él siguió vociferando, furioso:

–¿Cómo se puede ser tan imbécil? ¿Es que pretenden dejarnos sin un céntimo?

Entonces, el barón, que iba recuperando su talante, intentó hacerlo callar:

–¡Ya basta! Piense que su mujer está delante.

Pero Julien, dando patadas de rabia en el suelo, siguió diciendo:

–¿Y a mí qué me importa? Como si no supiera ya ella de qué se trata. Esto es un robo que va en su perjuicio.

Jeanne, sobrecogida, miraba a todos sin comprender. Balbució:

–Pero ¿qué pasa?

Entonces Julien se dirigió a ella, la puso por testigo, tratándola como a un socio que se queda también sin un beneficio esperado. Le refirió con brusquedad el complot para casar a Rosalie, el regalo de la finca de Barville, que valía por lo menos veinte mil francos. Repetía:

–Pero, mujer, si es que tus padres están locos, locos de atar. ¡Veinte mil francos! ¡Veinte mil francos! ¡Si es que han perdido la cabeza! ¡Veinte mil francos para un bastardo!

Jeanne lo escuchaba sin alterarse, sin indignarse, pasmándose ella misma de qué indiferente calma sentía ahora ante todo lo que no fuera su hijo.

El barón se ahogaba, no tenía palabras para replicar. Al fin estalló, golpeando el suelo con el pie, voceando:

–Pero ¿se da cuenta de lo que dice? Es para sublevar a cualquiera. ¿Quién tiene la culpa, vamos a ver, de que haya habido que dotar a esa madre soltera? ¿De quién es ese hijo? ¡Y ahora querría usted dejarlo abandonado!

Julien, atónito ante la violenta reacción del barón, lo miraba fijamente. Siguió diciendo, con tono más sosegado:

–Pero mil quinientos francos eran más que suficientes. Si todas esas chicas tienen hijos de solteras... ¿Qué más da que el padre sea este o el de más allá, caramba? Mientras que, si le da usted una de sus alquerías que vale veinte mil francos, además del perjuicio que nos hace, es como si le contase a todo el mundo lo que ha pasado. Podría usted haber pensado por lo menos en nuestro apellido y nuestra posición.

Y hablaba con voz severa, como hombre cargado de razón y que sabe cuáles son sus derechos. El barón, aturdido ante aquellos argumentos inesperados, se lo había quedado mirando con la boca abierta. Entonces, Julien, notando que llevaba ventaja, dijo a modo de conclusión:

–Menos mal que nada es definitivo todavía; conozco al muchacho que se casa con Rosalie; es un buen hombre y podremos llegar a un arreglo. Yo me encargo de ello.

Y se marchó acto seguido, temeroso, sin duda, de que siguiera la discusión, satisfecho del silencio de los demás, que tomaba por asentimiento.

No bien hubo salido, el barón exclamó, trémulo y con indignada sorpresa:

–¡Es que esto es el colmo! ¡El colmo!

Pero Jeanne alzó los ojos hacia el asombrado rostro de su padre y se echó a reír de pronto, con la misma risa clara que tenía antes cuando sucedía algo gracioso, repitiendo:

–Padre, padre, ¿te has fijado en cómo decía: veinte mil francos?

Y a mamaíta, que tenía el buen humor tan fácil como las lágrimas, al recordar la cara furibunda de su yerno, y sus rabiosas exclamaciones, y su vehemente negativa a que dieran a la joven que él había seducido un dinero que no era de él, dichosa también al ver a Jeanne risueña, empezaron a estremecerla unas asmáticas carcajadas que le llenaron los ojos de agua. Soltó entonces el trapo el barón, contagiado; y los tres, como en los felices días del pasado, rieron hasta ponerse malos.

Cuando se hubieron calmado un poco, Jeanne dijo, asombrada:

–Es curioso que estas cosas ya no me importen nada. Ahora lo miro como a un extraño. No puedo creerme que soy su mujer. Ya veis que sus... sus faltas de tacto me divierten.

Y, sin saber muy bien por qué, se besaron, sonriendo aún y enternecidos.

Pero, pasados dos días, después del almuerzo, cuando Julien se marchaba a caballo, un muchachote entre veintidós y veinticinco años, que lucía un blusón azul muy nuevo, de caída tiesa y mangas anchas y fruncidas abrochadas en las muñecas, entró con disimulo por la cerca, como si llevara emboscado tras ella desde por la mañana; se escurrió pegado a la zanja medianera de los Couillard, rodeó la mansión y se acercó con pasos circunspectos a las dos mujeres y al barón, que seguían sentados bajo el plátano.

Al divisarlos, se quitó la gorra; y se les acercó saludando con gestos apurados.

En cuanto los tuvo a tiro de voz, masculló:

–Con su permiso, señor barón, señora, y la compañía.

Luego, como nadie le decía nada, anunció:

–Servidor es Désiré Lecoq.

Como el nombre no le sonaba, el barón preguntó:

–¿Qué desea usted?

Entonces, el muchacho se azaró del todo, al verse ante la necesidad de explicar su caso. Balbució, ora bajando la vista hasta la gorra que tenía entre las manos, ora alzándola hacia lo más alto del tejado de la mansión:

–Pues es que el señor cura me ha dicho dos palabras del asunto este...

Calló luego, por temor a hablar de más y comprometer así sus intereses.

El barón, que no sabía a qué se estaba refiriendo, le preguntó:

–¿Qué asunto? No entiendo qué me quiere decir.

El otro entonces, bajando la voz, se decidió:

–El asunto ese de la criada de ustedes... de la Rosalie.

Jeanne, adivinando quién era, se levantó y se alejó, con su hijo en brazos. Y el barón dijo:

–Acérquese.

Y le señaló luego la silla que su hija acababa de dejar vacía.

El campesino se sentó en el acto, diciendo a media voz:

–Se agradece.

Y se quedó esperando como si no tuviera ya nada más que añadir. Al cabo de un silencio bastante prolongado, rompió a hablar por fin alzando los ojos hacia el cielo azul:

–Muy bueno que hace para la estación, pero a lo que ya está sembrado no le aprovecha mucho la bonanza.

Y volvió a callarse.

El barón estaba perdiendo la paciencia y entró de golpe en materia con tono seco:

–¿Así que es usted el que se va a casar con Rosalie?

El hombre se puso enseguida nervioso, al ver alterados sus hábitos de cazurrería normanda.

–Pues según y conforme: puede ser que sí y puede ser que no. Según y conforme.

Pero al barón lo estaban irritando tantos rodeos:

–¡Por vida de...! Conteste a las claras: ¿viene usted para eso, sí o no? ¿Se queda con ella, sí o no?

El hombre, perplejo, no alzaba ya la vista, que tenía clavada en sus pies:

–Pues me quedo con ella si es como dice el señor cura. Pero si es como dice el señor Julien, no me quedo.

–¿Y qué le ha dicho el señor Julien?

–El señor Julien me ha dicho que me darán mil quinientos francos; y el señor cura que veinte mil. Me interesa por veinte mil, pero no me interesa por mil quinientos.

Entonces, la baronesa, que seguía hundida en su butaca, empezó a reírse poquito a poco al ver la ansiedad del rústico. El campesino la miró de reojo, con cara de descontento, pues no se le alcanzaba a qué venía tan buen humor, y esperó.

El barón, al que molestaba aquel regateo, cortó por lo sano:

–Le dije al señor cura que le daba la alquería de Barville de por vida, para que pase luego al niño. Vale veinte mil francos. Cuando yo digo una cosa, dicha queda. ¿Estamos de acuerdo sí o no?

El hombre sonrió con expresión humilde y satisfecha y, repentinamente locuaz, dijo:

–Pues siendo así, no digo que no. Si me lo estaba pensando, era nada más por eso. Cuando el señor cura me lo explicó, enseguida me pareció bien, ya lo creo, y además bien contento de darle ese gusto al señor barón, porque creo yo que al señor barón no se le olvidará el favor que le hago. Porque es lo que yo digo: cuando la gente se hace favores, tarde o temprano se vuelve a encontrar y es agradecida. Pero el señor Julien vino a verme; y ya solo me hablaba de mil quinientos francos. Y me dije: «Ésto hay que aclararlo». Y aquí me tiene. Que no es que no me fiara, pero quería enterarme bien. Porque las cuentas claras, señor barón, que luego vienen las enemistades...

Hubo que interrumpirlo; el barón le preguntó:

–¿Para cuándo quiere usted la boda?

Entonces, al hombre, de pronto, le volvió la timidez y pareció apurado. Por fin, dijo, titubeando:

–¿Y no me haría usted antes un papelito?

Esta vez, el barón se enfadó:

–Pero, diantre, ya haremos el contrato de matrimonio. No hay papel más seguro que ese.

El campesino se empecinaba:

–Pero, en lo que se hace o no se hace, ya me podía dar un papelito, que eso nunca está de más.

El barón se puso de pie para poner punto final al asunto:

–Conteste si quiere o no quiere, y ahora mismo. Y si ya no le conviene, dígalo, porque tengo otro pretendiente.

Entonces, el miedo a aquel competidor alarmó al taimado normando. Se decidió, tendió la mano como si estuviera comprando una vaca:

–Choque esos cinco, señor barón. Trato hecho. Capón el que se desdiga.

El barón le dio la mano y voceó luego:

–¡Ludivine!

La cocinera se asomó a la ventana:

–Traiga una botella de vino.

Brindaron para celebrar el trato. Y el muchacho se fue con paso más animado.

No le dijeron a Julien nada de esa visita. El contrato se redactó con gran sigilo; y luego, tras las amonestaciones, la boda se celebró un lunes por la mañana.

En la iglesia, una vecina caminaba detrás de los recién casados con el arrapiezo en brazos, como si este fuera una firme promesa de prosperidad. Nadie mostró extrañeza alguna en la comarca: todos envidiaban a Désiré Lecoq. Había nacido con buena estrella, decían sonriendo con picardía, pero sin asomo de enfado.

Julien organizó un terrible escándalo que abrevió la estancia de sus suegros en Los Chopos. Jeanne los vio marchar sin excesiva tristeza. Había hallado en Paul una inagotable fuente de dicha.

Capítulo IX

Como Jeanne ya se había repuesto por completo del parto, quedó decidido que devolverían la visita a los Fourville y harían también acto de presencia en la casa solariega del marqués de Coutelier.

Julien acababa de comprar otro coche en una subasta, un faetón del que podía tirar un caballo solo, para, de esta forma, poder hacer dos salidas mensuales.

Mandó engancharlo un día despejado de diciembre y, tras dos horas de camino por las llanuras normandas, empezaron a bajar hacia un valle pequeño de pendientes boscosas, en cuya hondonada había campos de cultivo.

No tardaron en sustituir los prados a los sembrados, y tras los prados vino una zona pantanosa cubierta de altos juncos, secos en esa estación, cuyas largas hojas, semejantes a cintas amarillas, sonaban con sibilante susurro.

De súbito, al revolver de un repentino recodo del valle, apareció el castillo de La Vrillette, que apoyaba uno de los costados en la pendiente boscosa y, por el otro lado, bañaba la muralla en un anchuroso lago cuya orilla frontera servía de remate a un bosque de elevados pinos que trepaba por la ladera opuesta del valle.

Hubo que cruzar un vetusto puente levadizo y pasar bajo una ancha portalada Luis XIII antes de entrar en el patio de armas, en el que se alzaba una elegante morada de la misma época, con paredes ribeteadas de ladrillo y que enmarcaban unas torrecillas con cubierta de pizarra.

Julien le explicó a Jeanne todas y cada una de las partes del edificio, como visitante habitual que lo conocía a fondo. Hacía los honores de la mansión, se extasiaba ante su belleza:

–Pero ¡mira qué portalada! ¡No me dirás que no tiene grandeza una construcción como esta! Toda la fachada del otro lado da al lago, con una escalinata que baja hasta el agua y es digna de un rey; y, al pie de esa escalinata, tienen amarradas cuatro barcas, dos para el conde y dos para la condesa. Allí, a la derecha, donde está la cortina de álamos, ahí acaba el lago, y empieza el río, que llega hasta Fécamp. La región está a rebosar de caza, y al conde le encanta salir de cacería. Esta sí que es una verdadera residencia señorial.

Se había abierto la puerta de entrada en la que apareció la pálida condesa, que salía al encuentro de los visitantes, sonriente, con vestido de cola como una castellana de antaño. Era el vivo retrato de la hermosa Dama del Lago; se notaba que había nacido para vivir en aquella mansión de cuento.

De las ocho ventanas del salón, cuatro daban al estanque y al sombrío bosque de pinos que trepaba por la loma fronteriza.

Entre la vegetación de tonos oscuros, el lago aparecía hondo, adusto y lúgubre; y, cuando soplaba el viento, los gemidos de los árboles eran como la voz del pantano.

La condesa le cogió a Jeanne ambas manos, como si se tratase de una amiga de la infancia; le hizo tomar asiento y se quedó a su lado, en una silla baja, mientras Julien, que en los cinco últimos meses había ido recuperando por completo la olvidada elegancia, charlaba y sonreía, tierno e íntimo.

La condesa y él hablaron de los paseos que daban a caballo.

Ella se burlaba un poco de la forma de montar de Julien, y lo llamaba «el caballero Trompicones»; y él, también risueño, la había apodado «la reina Amazona». Sonó un disparo bajo las ventanas y Jeanne soltó un breve grito. Era el conde, que acababa de matar una cerceta.

Su mujer lo llamó en el acto. Se oyó un ruido de remos, el tropezar de una embarcación contra la piedra, y el conde entró, gigantesco, con botas altas y llevando en pos dos perros empapados, pelirrojos como él, que se echaron en la alfombra, delante de la puerta.

En su casa, parecía más a sus anchas y encantado de ver a los visitantes. Mandó añadir leña al fuego y pidió vino de Madeira y galletas. Y, de pronto, exclamó:

–Se quedan ustedes a cenar. No se hable más.

Jeanne, a quien nunca se le iba su hijo de la cabeza, no quería aceptar la invitación. El conde insistía y, al obstinarse ella en la negativa, Julien hizo un brusco ademán de impaciencia. A Jeanne le dio entonces miedo que se le volviera a despertar el humor avieso y guerrero; y, aunque la atormentaba el pensamiento de no ver a Paul hasta el día siguiente, se avino a quedarse.

La tarde fue agradabilísima. Empezaron por ir a ver los manantiales. Brotaban al pie de una roca cubierta de musgo, formando una cubeta de agua transparente en perpetuo movimiento, como si hirviera; dieron, luego, un paseo en barca surcando auténticos senderos trazados en una selva de juncos secos. El conde remaba, sentado entre sus dos perros, que alzaban el hocico para olfatear el aire; y cada una de las sacudidas de los remos levantaba la gran barca y la propulsaba hacia delante. Jeanne dejaba, a veces, la mano metida en el agua fría; y disfrutaba de aquella gélida frescura que, desde los dedos, le llegaba al corazón. A popa, en la punta de la barca, Julien y la condesa, envuelta en chales, sonreían con esa perpetua sonrisa de las personas felices a las que la dicha no deja nada por desear.

Caía la tarde con largos y helados escalofríos, hálitos del norte que pasaban entre los juncos marchitos. El sol se había hundido tras los pinos; y entraba frío solo con mirar el cielo rojo, salpicado de nubecillas escarlata de curiosas formas.

Regresaron al amplio salón en el que ardía un gigantesco fuego. Nada más cruzar la puerta, la sensación de calor y agrado ponía de buen humor. Entonces el conde, muy alegre, tomó a su mujer en sus brazos de atleta y, alzándola hasta sus labios, como si fuera una niña, le plantó en las mejillas dos sonoros besos de hombre satisfecho.

Y Jeanne, sonriente, miraba a aquel gigante bondadoso, al que había quienes tomaban por un ogro solo con verle los bigotes. Y pensaba: «Cuánto solemos equivocarnos con todo el mundo». Volvió entonces la mirada, casi sin proponérselo, hacia Julien y lo vio de pie en el marco de la puerta, espantosamente pálido y con los ojos clavados en el conde. Inquieta, se acercó a su marido y le preguntó en voz baja:

–¿Estás enfermo? ¿Qué te pasa?

Él respondió con acento airado:

–Nada. Déjame en paz. He cogido frío.

Cuando pasaron al comedor, el conde pidió permiso para dejar entrar a los perros; y estos acudieron en el acto y se apostaron, sobre los cuartos traseros, a izquierda y derecha de su amo, que les daba, continuamente, trozos de su plato y les acariciaba las largas orejas sedosas. Los animales alargaban la cabeza, movían el rabo y se estremecían de contento.

Después de cenar, cuando Jeanne y Julien se disponían a irse, el señor De Fourville los obligó a quedarse un rato más para una pesca con antorchas.

Los hizo apostarse, junto con la condesa, en la escalinata que bajaba hacia el lago; y se montó en su barca con un lacayo que llevaba un esparavel y una antorcha encendida. La noche era clara y de frío punzante, bajo un cielo cuajado de oro.

La antorcha hacía reptar bajo el agua estelas ígneas, extrañas y movedizas; arrojaba danzantes fulgores sobre los juncos; alumbraba la cortina de pinos. Y, de pronto, al girar la barca, una sombra colosal, fantástica, una sombra masculina, se irguió sobre el telón de fondo de la linde iluminada del bosque. La cabeza sobrepasaba con mucho los árboles, se perdía en el cielo; y los pies se hundían en el lago. Luego, el ser desmesurado alzó los brazos como para asir las estrellas. Aquellos brazos enormes se elevaron de repente, para bajar a continuación; y, acto seguido, se oyó un leve ruido de agua azotada.

La barca volvió a virar despacio, y el prodigioso fantasma pareció recorrer la orilla del bosque, que la luz, al girar, iluminaba; luego, se lo tragó el invisible horizonte, hasta que, de pronto, de menor tamaño pero más nítido, volvió a aparecer, con los mismos gestos singulares, en la fachada del castillo.

Y el vozarrón del conde dijo a gritos:

–¡Gilberte, he cogido ocho!

Los remos golpearon el agua. Ahora, la sombra gigantesca estaba de pie, inmóvil contra la muralla, pero iba mermando poco a poco: cada vez era menos alta, menos ancha; como si la cabeza descendiera y el cuerpo adelgazase. Y cuando el señor De Fourville subió los peldaños de la escalinata, precediendo siempre al lacayo que llevaba la antorcha encendida, la sombra ya se había reducido hasta coincidir con las proporciones del conde, cuyos ademanes repetía fielmente.

Llevaba en la red ocho peces grandes, que coleaban.

Cuando Jeanne y Julien emprendieron el camino de regreso,

bien envueltos en abrigos y mantas que les habían prestado, Jeanne dijo casi sin querer:

–¡Qué buenazo es el gigantón del conde!

Y Julien, que llevaba las riendas, repuso:

–Sí, pero no siempre sabe comportarse en público.

Ocho días después, fueron a visitar a los Coutelier, que pasaban por ser la familia más aristocrática de toda la provincia. Sus posesiones de Reminil lindaban con el populoso burgo de Cany. El palacio nuevo, edificado durante el reinado de Luis XIV, se cobijaba en un soberbio parque amurallado. En un altozano, podían verse las ruinas del castillo antiguo. Unos lacayos vestidos de librea introdujeron a los visitantes en una imponente estancia, en cuyo centro, sobre un pedestal semejante a una columna, había una inmensa copa de la manufactura de Sèvres. En la peana, una carta autógrafa del rey, que protegía un cristal, instaba al marqués Léopold-Hervé-Joseph-Germer de Varneville de Rollebosc de Coutelier a aceptar aquel don de su soberano.

Mirando el real presente estaban Jeanne y Julien cuando entraron los marqueses. La mujer, que llevaba el cabello empolvado, era amable por oficio y afectada por puro afán de aparentar condescendencia. El marido, un individuo grueso que se peinaba el pelo cano recogiéndolo en lo alto de la cabeza, ponía en los ademanes, en la voz, en cuanto hacía, una altivez que pregonaba su importancia.

Pertenecían a esa categoría de personas aferradas a la etiqueta cuyas opiniones, sentimientos y palabras parecen ir siempre subidos en zancos.

Todo se lo decían ellos, sin esperar a que los demás les respondiesen; sonreían con cara de indiferencia; parecía que estaban siempre cumpliendo con el cometido que les imponía su ilustre cuna: recibir cortésmente a la aristocracia de poca monta de los alrededores.

Jeanne y Julien, envarados, se esforzaban por agradar; no sabían cómo marcharse, aunque prolongar la visita los hacía sentirse violentos. Pero la marquesa se encargó de poner el punto final con naturalidad y sencillez, rematando en el momento preciso la conversación con la cortesía de una reina que despide a sus interlocutores.

Durante el regreso, Julien dijo:

–Si te parece bien, aquí se acabaron las visitas. A mí con los Fourville me basta.

Y Jeanne estuvo de acuerdo.

Transcurría despacio diciembre, ese mes oscuro, ese agujero sombrío en lo más hondo del año. Volvía, como el año anterior, la vida recluida. Pero Jeanne no se aburría, siempre pendiente de Paul, al que Julien miraba de refilón, con ojos intranquilos y descontentos.

Con frecuencia, cuando la madre tenía al niño en brazos y lo mimaba con esa frenética ternura que prodigan las mujeres a sus hijos, se lo tendía al padre, diciéndole: «Pero ¡dale un beso, hombre, que parece que no lo quieres!». Julien rozaba con los labios, poniendo cara de asco, la cabeza pelona del chiquillo, arqueando el cuerpo igual que si no quisiera toparse con las manecitas revoltosas y crispadas. Luego, se iba de golpe, como si lo impulsara a alejarse un sentimiento de repugnancia.

El alcalde, el médico y el párroco venían a cenar de vez en cuando; y otras veces venían los Fourville, con los que tenían cada vez más trato.

El conde parecía encariñadísimo con Paul. Lo tenía en las rodillas hasta que concluía la visita, o incluso durante tardes enteras. Lo cogía con delicadeza con sus manazas de coloso; le hacía cosquillas en la punta de la nariz con las guías de los largos bigotes; y lo besaba luego con apasionados arrebatos, como hacen las madres. Su matrimonio estéril era para él un sufrimiento continuo.

Marzo fue despejado, seco y casi cálido. La condesa Gilberte volvió a mencionar los paseos a caballo que podían hacer los cuatro juntos. Jeanne, un poco cansada de las largas veladas, de las largas noches, de los días largos, iguales y monótonos, accedió, encantada con esos proyectos. Y estuvo una semana muy entretenida haciéndose un traje de montar.

Empezaron luego las salidas. Iban siempre de dos en dos; la condesa y Julien delante; el conde y Jeanne detrás, a una distancia de cien pasos, charlando tranquilamente, como dos amigos, pues del trato de sus almas honradas y sus corazones sencillos había nacido la amistad. La otra pareja hablaba en voz baja con frecuencia, estallaba a veces en fuertes carcajadas, se miraba de pronto como si sus ojos tuvieran que decirse cosas que callaban sus bocas; y, de golpe, salían ambos al galope, a impulsos de un deseo de huir, de ir más lejos, muy lejos.

Luego, Gilberte pareció volverse de humor irritable. Su arrebatada voz llegaba a veces, en alas de la brisa, a los oídos de los dos jinetes rezagados. El conde sonreía entonces y le decía a Jeanne:

–Mi mujer se levanta muchos días con el pie izquierdo.

Un atardecer, cuando iban de regreso, la condesa empezó a pinchar a su yegua, espoleándola y sujetándola luego con bruscos tirones; oyeron varias veces que Julien le repetía:

–¡Tenga cuidado! Pero ¡tenga cuidado! Se le va a desbocar.

La condesa contestó:

–Mejor. No es asunto suyo.

Y lo dijo con tanta claridad y dureza que las palabras retumbaron con nitidez en la campiña como si estuvieran suspendidas en el aire.

El animal se encabritaba, daba coces, babeaba. De repente, el conde, preocupado, voceó con toda la fuerza de sus recios pulmones:

–¡Ten cuidado, Gilberte!

Entonces, como por desafío, en uno de esos arranques nerviosos femeninos que nada puede contener, la condesa asestó, entre las orejas, un brutal golpe de fusta a su montura; esta se tensó, rabiosa, maneó, dio un brinco formidable y salió a la carrera llanura adelante con todo el brío de las vigorosas patas.

Cruzó, primero, un prado; luego, abalanzándose entre los sembrados, iba pulverizando los terrones húmedos y corriendo tan deprisa que apenas si podían vislumbrarse ni a la amazona ni al caballo.

Julien, estupefacto, se había quedado en el sitio, llamando con desesperación:

–¡Señora condesa, señora condesa!

Pero el conde soltó algo semejante a un gruñido y, encorvándose sobre el cuello de su recio caballo, lo impulsó hacia delante con todo el cuerpo. Y lo hizo salir disparado a tal velocidad, animándolo, arrastrándolo, sacándolo de quicio con la voz, los gestos, la espuela, que el gigantesco jinete parecía llevar en vilo entre los muslos el pesado animal y alzarlo en el aire como si fuera a salir volando. Avanzaban ambos con inconcebible rapidez, corriendo ciegamente hacia delante, en línea recta. Jeanne veía en lontananza las dos siluetas, la de la mujer y la del marido, que se alejaban, se alejaban, se tornaban más pequeñas, se difuminaban, desaparecían, de la misma forma que dos aves que se persiguen, se pierden y se desvanecen en el horizonte.

Entonces Julien se acercó, con su montura aún al paso, diciendo a media voz con cara iracunda:

–Hoy parece que se haya vuelto loca.

Y los dos fueron tras sus amigos, a los que se había tragado ahora una ondulación de la llanura.

Al cabo de un cuarto de hora, vieron que regresaban; y no tardaron en reunirse con ellos.

El conde, encarnado, sudoroso, reía, contento, triunfante, sujetando con inflexible puño el caballo tembloroso de su mujer. Ella estaba pálida, con el rostro doliente y crispado; y se apoyaba con una mano en el hombro de su marido, como si estuviera a punto de desfallecer.

Jeanne comprendió aquel día que el conde estaba perdidamente enamorado de su mujer.

Luego, durante el mes siguiente, la condesa pareció alegre como nunca se la había visto. Venía con mayor frecuencia a Los Chopos, reía sin cesar, besaba a Jeanne con arrebatada ternura. Era como si un misterioso arrobo hubiera descendido sobre su vida. Su marido, feliz también, no apartaba la vista de ella e intentaba continuamente tocarle la mano o el vestido, con redoblada pasión.

Un atardecer, le dijo a Jeanne:

–En estos momentos, vivimos en plena dicha. Nunca había sido Gilberte tan encantadora. Ya no está nunca ni de mal humor, ni enfadada. Noto que me quiere. Hasta ahora, no había tenido seguridad de ello.

También Julien parecía cambiado, más contento, sin impaciencias, como si la amistad entre las dos familias hubiera traído a ambas paz y gozo.

La primavera fue singularmente precoz y calurosa.

Desde las dulces mañanas hasta los sosegados y tibios ocasos, el sol hacía germinar toda la superficie de la tierra. Era una repentina y poderosa eclosión simultánea de todas las simientes, uno de esos irresistibles brotes de savia, uno de esos renacimientos entusiastas que se dan a veces en la naturaleza en años privilegiados en los que podría creerse que el mundo está rejuveneciendo.

Ante aquella fermentación de vida notaba Jeanne una inconcreta turbación. Pasaba por súbitas languideces al ver una florecilla en la hierba, por gratas melancolías, por horas de ensoñador desmadejamiento.

Sintió, luego, que se apoderaban de ella enternecidos recuerdos de los primeros tiempos de su amor; no era que le volviera al corazón un renuevo de afecto hacia Julien, eso ya estaba acabado, y bien acabado, para siempre, sino que la carne toda, al acariciarla las brisas, al calar en ella los aromas de la primavera, sentía la misma turbación que si alguna invisible y tierna llamada la solicitase.

Le agradaba estar sola para rendirse al calor del sol mientras la recorrían de arriba abajo sensaciones de goces imprecisos y serenos que no traían consigo pensamiento alguno.

Una mañana en que se hallaba en ese estado soñoliento le cruzó de pronto por la cabeza una visión, una visión fugaz de aquel rincón soleado entre el follaje sombrío que había en el bosquecillo próximo a Étretat. Allí era donde había sentido por vez primera que se le estremecía el cuerpo con la proximidad de aquel joven que a la sazón la amaba; allí era en donde había expresado él por vez primera, entre balbuceos, el tímido deseo de su corazón; allí también era donde Jeanne había creído alcanzar de golpe con la mano el radiante porvenir de sus esperanzas.

Y quería volver a ver ese bosque, ir a él en una suerte de peregrinación sentimental y supersticiosa, como si regresar a aquel paraje pudiera traer algún cambio al derrotero de su vida.

Julien se había ido al alba, no sabía adónde. Mandó, pues, ensillar el caballito blanco de los Martin, en el que montaba ahora a veces; y se fue.

Era uno de esos días tan apacibles que nada se mueve en

lugar alguno, ni una brizna de hierba, ni una hoja; todo parece haberse inmovilizado hasta el fin de los tiempos, como si el viento hubiese muerto. Hasta podría pensarse que los insectos han desaparecido.

Una paz ardorosa y soberana descendía desde el cielo, insensiblemente, como un vaho áureo, Y Jeanne avanzaba, dichosa, al paso de su caballejo, que la acunaba. De vez en cuando, alzaba la vista para contemplar alguna nubecilla blanca, mínima como un pellizco de algodón, como un copo de vapor en suspenso, olvidado allá arriba, que se hubiera quedado solo en medio del cielo azul.

Bajó hasta el valle que va a desembocar en la mar entre los grandes arcos del acantilado conocidos como las puertas de Étretat, y, muy despacio, llegó al bosque. Llovía la luz a través del follaje poco frondoso aún. Caminando sin rumbo por los senderos, Jeanne buscaba el lugar aquel y no lo hallaba.

De súbito, al cruzar un paseo largo, divisó al final de este dos caballos ensillados y atados a un árbol y los reconoció en el acto: eran los de Gilberte y Julien. La soledad estaba empezando a pesarle; se alegró de aquel encuentro imprevisto y puso su montura al trote.

Al llegar a la altura de los pacientes animales, que parecían acostumbrados a esas prolongadas esperas, llamó en voz alta. Nadie le contestó.

Un guante femenino y las dos fustas yacían en la hierba pisoteada. Los dos jinetes tenían, pues, que haberse sentado allí para alejarse luego, dejando sus caballos.

Esperó un cuarto de hora, veinte minutos, sorprendida, sin entender qué podían estar haciendo. Como había desmontado y estaba quieta, apoyada en el tronco de un árbol, dos pajarillos se dejaron caer en la hierba muy cerca de ella, sin percatarse de su presencia; uno se movía con viveza, giraba a saltitos en torno al otro, con las alas enhiestas y palpitantes, saludando con la cabeza y piando; y, de súbito, se aparearon.

Jeanne se quedó tan sorprendida como si nada supiera de tales cosas; luego, se dijo: «Es verdad, ya estamos en primavera»; y se le vino luego a la cabeza otra idea, una sospecha. Volvió a mirar el guante, las fustas, los dos caballos abandonados; y se subió al suyo bruscamente con un irresistible deseo de salir huyendo.

Ahora galopaba camino de Los Chopos. El pensamiento estaba en marcha, razonando, reuniendo los acontecimientos, relacionando las circunstancias. ¿Cómo no lo había adivinado antes? ¿Cómo era posible que no se hubiera dado cuenta de nada? ¿Cómo no había comprendido las ausencias de Julien, la vuelta a su pasada elegancia y, más adelante, la mejoría de su carácter? Se acordaba también de los bruscos ataques de nervios de Gilberte, de sus extremosos mimos, y, desde hacía una temporada, de esa especie de estado de beatitud en que vivía y que tan dichoso hacía al conde.

Puso de nuevo el caballo al paso porque tenía que pensar muy en serio y el avance veloz de su montura le alteraba las ideas.

Pasada la primera conmoción, su corazón había recuperado una calma casi absoluta, sin celos y sin odio, aunque inflamado de desprecio. En Julien no pensaba casi; viniendo de él, ya no la asombraba nada; pero la sublevaba la doble traición de la condesa, de su amiga. Así que no había persona alguna que no fuera pérfida, embustera y falsa. Y unas lágrimas asomaron a sus ojos. Hay veces en que lloramos las ilusiones con la misma tristeza con que lloramos a los muertos.

Resolvió, no obstante, fingir que no sabía nada, cerrar el alma a los afectos vulgares, no amar sino a Paul y a sus padres y soportar a los demás con rostro tranquilo.

En cuanto llegó a casa, corrió hacia su hijo, se lo llevó a su cuarto y estuvo una hora entera besándolo como loca.

Julien volvió a la hora de la cena, simpatiquísimo y sonriente, lleno de amables atenciones. Preguntó:

–¿Es que no piensan venir este año padre y mamaíta?

Jeanne le agradeció tanto el detalle que casi le perdonó del todo el descubrimiento del bosque; y, al apoderarse de ella de súbito un violento deseo de volver a ver cuanto antes a los dos seres a los que más quería después de a Paul, se pasó la velada escribiéndoles para que adelantasen su venida.

Sus padres anunciaron su llegada para el 20 de mayo. Estaban a 7. Jeanne los esperó con creciente impaciencia, como si, además del cariño filial, su corazón sintiese una necesidad reciente de tratarse con corazones honrados; de conversar, abriendo el alma de par en par, con personas puras, sanas de toda infamia, cuya vida, hechos, pensamientos y deseos hubieran sido siempre totalmente rectos.

Tenía ahora la impresión de que su conciencia, tan cabal, estaba aislada en medio de todas aquellas otras conciencias flacas; y aunque había aprendido en muy poco tiempo el arte del disimulo, aunque recibía a la condesa con la mano tendida y una sonrisa en los labios, sentía que aquella sensación de vacío, de desprecio por los hombres iba creciendo y envolviéndola; y, todos los días, las noticias ordinarias de la comarca le ponían en el alma un asco cada vez mayor, una falta de estima cada vez más honda por los seres humanos.

La hija de los Couillard acababa de tener un niño y estaba a punto de celebrarse la boda. La criada de los Martin, una huérfana, estaba preñada; una niña de la vecindad, que tenía quince años, estaba preñada; una viuda, una infeliz coja y repulsiva, tan espantosamente sucia que la conocían por la Roña, estaba preñada.

Continuamente llegaban noticias de una nueva preñez, o de alguna correría de una muchacha, o de una campesina casada y madre de familia, o de un granjero rico y respetado.

Aquella ardorosa primavera parecía haber revuelto por igual la savia a los hombres y a las plantas.

Y Jeanne, cuyos sentidos apagados no conocían ya sobresalto alguno, que solo parecía acusar la impresión de los hálitos tibios y fecundos en el corazón dolorido y el alma llena de sentimentalismo, Jeanne, que soñaba exaltándose sin deseos, apasionándose por ensoñaciones y muerta a las necesidades de la carne, se asombraba ante aquella sucia bestialidad y le rebosaba una repugnancia que tomaba tintes de odio.

Ahora le parecía indignante que los seres se apareasen, como si hiciesen algo contra natura; y, si le guardaba rencor a Gilberte, no era por haberle quitado al marido, sino porque había caído también en ese fango universal.

Aquella mujer no era de la misma raza que los rústicos, que están sometidos a los bajos instintos. ¿Cómo había podido ceder y entregarse igual que esos salvajes?

El mismo día en que llegaban sus padres, Julien echó leña al fuego de su repulsión al referirle jovialmente, como algo muy natural y gracioso, que el panadero, habiendo oído ruido en el horno el día anterior, que no era día de cocer, y creyendo que iba a encontrarse con un gato merodeador, había sorprendido a su mujer «que no era precisamente pan lo que andaba metiendo en el horno».

Y añadió:

–El panadero taponó la boca del horno; y a punto estuvo la pareja de asfixiarse. Fue el niño de la panadera el que avisó a los vecinos, porque había visto a su madre meterse dentro con el herrero. –Y Julien se reía, repitiendo–: Vaya pan meloso que nos hacen comer esas buenas piezas. Si parece un cuento de La Fontaine.

Jeanne no se atrevía ya ni a tocar el pan.

Cuando la silla de posta se detuvo al pie de la escalinata y el rostro satisfecho del barón apareció en la ventanilla, la joven sintió en el pecho y en el alma una honda emoción, un tumultuoso arrebato de cariño como nunca había notado antes.

Pero quedó sobrecogida y a punto de desfallecer al ver a mamaíta. La baronesa había envejecido diez años en los seis meses de invierno. Tenía las enormes mejillas fofas y caídas, purpúreas y como henchidas de sangre; los ojos parecían sin brillo, y solo podía moverse ya si la alzaban en vilo asiéndola bajo ambos brazos; la penosa respiración era ahora sibilante, y tan trabajosa que una sensación de dolorosa angustia se apoderaba de quienes estaban a su lado.

El barón, que la había visto a diario, no era consciente de esa decadencia; y cuando ella se quejaba de sus continuos ahogos, de su creciente torpeza, le respondía:

–De ninguna manera, querida, siempre la he visto igual.

Jeanne, tras acompañarlos a su cuarto, se retiró al suyo para llorar, trastornada, desesperada. Fue, luego, a reunirse con su padre y, arrojándose sobre su pecho, con los ojos cuajados aún de lágrimas, le dijo:

–¡Ay, qué cambiada está madre! ¿Qué le pasa? Dime, ¿qué le pasa?

El barón, muy sorprendido, respondió:

–¿La ves cambiada? ¡Vaya ocurrencia! ¡Ni hablar! No me he separado ni un solo día de ella y te aseguro que no la veo mal; está como siempre.

Por la noche, Julien le dijo a su mujer:

–Tu madre no anda nada bien. La veo muy tocada. –Y, al estallar Jeanne en sollozos, perdió la paciencia–: Venga, venga, que no he dicho que esté perdida. Hay que ver lo exagerada que eres siempre. Está cambiada, y punto. Son cosas de la edad.

Al cabo de ocho días, Jeanne había dejado ya de preocuparse, pues se había acostumbrado a la nueva apariencia de su madre; era, quizá, que desechaba los temores, como siempre los desechamos, como siempre rechazamos las aprensiones, las preocupaciones inquietantes, con algo semejante a un instinto egoísta, una necesidad espontánea de gozar de tranquilidad de alma.

La baronesa, que no podía andar, solo salía ahora de casa media hora diaria. Cuando había recorrido una única vez «su» paseo, no podía ya moverse y pedía que la sentasen en «su» banco. Y, si se sentía incapaz de acabar ese trayecto, decía:

–Basta. Hoy, con esta hipertrofia mía, no me tienen las piernas.

Ya no se reía casi nunca; solo sonreía con las cosas que la habrían hecho estremecerse de risa el año anterior. Pero, como seguía teniendo muy buena vista, se pasaba los días volviendo a leer *Corinne* o las *Meditaciones* de Lamartine; pedía luego que le trajeran el cajón «de los recuerdos». Se lo vaciaba entonces en las rodillas, que cubrían las antiguas cartas tan caras a su corazón, lo dejaba en una silla que tenía al lado e iba volviendo a meter, una a una, sus «reliquias», tras haberles pasado revista, despacio, a todas. Y cuando estaba sola, sola por completo, besaba algunas, de la misma forma que se besan en secreto los cabellos de los muertos amados.

A veces, Jeanne entraba de repente y se la encontraba llorando, llorando con lágrimas de tristeza. Exclamaba:

–¿Qué te pasa, mamaíta?

Y la baronesa, tras un prolongado suspiro, contestaba:

–Mis reliquias tienen la culpa. ¡Salen a flote cosas que fueron tan buenas y ya se acabaron! Y, además, hay personas de las que casi no te acordabas y de repente te vuelven a la cabeza. Te parece que las estás viendo, que las estás oyendo, y es una impresión espantosa. Ya lo sabrás dentro de unos años.

Cuando el barón entraba durante esos momentos de melancolía, decía a media voz:

–Jeanne, querida mía, hazme caso y quema las cartas que recibas, todas las cartas, las de tu madre, las mías, todas. No hay nada más terrible, cuando se es viejo, que volver a meter las narices en la juventud de uno.

Pero Jeanne también guardaba su correspondencia e iba preparando su «caja de las reliquias», pues obedecía al hacerlo, aunque era muy diferente de su madre, a algo así como un instinto hereditario de sentimentalismo soñador.

Pasaron unos días y el barón tuvo que ausentarse para un asunto de negocios.

Estaban teniendo una primavera soberbia. Tras los apacibles ocasos, venían noches suaves, cuajadas de estrellas; tras los días radiantes, atardeceres serenos; y tras los esplendorosos amaneceres, otros días radiantes. No tardó mamaíta en encontrarse mejor de salud; y Jeanne, echando al olvido los amores de Julien y la perfidia de Gilberte, se sentía casi completamente dichosa. Toda la campiña estaba en flor y perfumada; y la anchurosa mar, siempre tranquila, relucía al sol desde por la mañana hasta por la noche.

Una tarde, Jeanne cogió a Paul en brazos y se fue a campo traviesa. Con una ternura infinitamente dichosa, ora miraba a su hijo, ora la hierba salpicada de flores que bordeaba el camino. A cada minuto, besaba al niño, estrechándolo con pasión contra el pecho; luego, al pasar rozándola algún sabroso olor campestre, se sentía desfallecer y se anonadaba en un infinito bienestar. Empezó, luego, a soñar en el porvenir del niño. ¿Qué sería? A veces deseaba que se convirtiera en un gran hombre, famoso, poderoso; y otras lo prefería modesto, a su lado, devoto, tierno, con los brazos siempre abiertos para su mamá. Cuando lo amaba con su corazón egoísta de madre, quería que fuera siempre su hijo, nada más que su hijo; pero cuando lo amaba con su apasionado raciocinio, ambicionaba que llegase a ser alguien en la vida.

Se sentó al filo de una cuneta y se puso a mirarlo. Le parecía que no lo había visto nunca. Y se quedó, de pronto, atónita, ante el pensamiento de que aquel ser tan pequeño crecería, caminaría con paso firme, tendría barba en las mejillas y hablaría con voz tonante.

Alguien la llamaba de lejos. Alzó la cabeza. Era Marius, que venía en su busca. Pensó que la estaría esperando una visita y se puso de pie, molesta por la interrupción. Pero el chiquillo se acercaba a todo correr; y, cuando estuvo lo bastante cerca, gritó:

–Señora, la señora baronesa, que se ha puesto muy mala.

Jeanne sintió como si una gota de agua fría le bajase por la espalda; y echó a andar a zancadas, con la cabeza aturdida.

Vio, desde lejos, que un grupo se agolpaba bajo el plátano. Echó a correr y, al apartarse la gente, divisó a su madre tendida en el suelo, con dos almohadas bajo la cabeza. Tenía la cara negra y los ojos cerrados; y el pecho, que llevaba jadeando veinte años, no se movía ya. El ama le quitó a la joven el niño de los brazos y se lo llevó.

Jeanne, descompuesta, preguntaba:

–¿Qué ha pasado? ¿Cómo se ha caído? Que vayan a buscar al médico.

Y, al darse la vuelta, vio al párroco, que había venido sin que nadie supiera quién lo había avisado. Brindó sus cuidados, se mostró muy solícito, al tiempo que se alzaba las mangas de la sotana. Pero ni el vinagre, ni el agua de colonia, ni las fricciones tuvieron efecto alguno.

–Habría que desnudarla y acostarla –dijo el sacerdote.

El colono Joseph Couillard estaba allí, y también el tío Simon y Ludivine. Con la ayuda del padre Picot, quisieron llevarse a la baronesa; pero, al alzarla, la cabeza se le iba para atrás; y, si tiraban del vestido, este se desgarraba, pues el peso de aquel cuerpo tan voluminoso era tremendo y resultaba muy difícil moverlo.

Entonces Jeanne empezó a lanzar gritos de espanto. Volvieron a dejar en el suelo aquella mole fofa.

Hubo que traer una butaca del salón; y, cuando hubieron sentado en ella a la baronesa, al fin fue posible trasladarla. Peldaño a peldaño, subieron la escalinata y, luego, la escalera. Al llegar al dormitorio, la pusieron en la cama.

Precisamente en el momento en que la cocinera le estaba quitando la ropa, tarea que no parecía acabarse nunca, se presentó, muy oportuna, la viuda Dentu, igual que había sucedido con el sacerdote, como si hubieran «olido la muerte», según dijeron los criados.

Jacques Couillard salió a galope tendido a avisar al médico; y cuando el párroco se disponía a ir a buscar los santos óleos, la viuda le cuchicheó al oído:

–No se moleste, señor cura, que yo entiendo de esto. Está ya difunta.

Jeanne, como loca, imploraba, no sabía qué hacer, qué intentar, a qué remedio recurrir. El sacerdote, por si acaso, dio la absolución.

Estuvieron esperando dos horas junto a aquel cuerpo violáceo y sin vida. Jeanne, postrada ahora de rodillas, sollozaba, devorada de angustia y dolor.

Cuando se abrió la puerta y apareció el médico, le pareció que entraba la salvación, el consuelo, la esperanza. Y se abalanzó hacia él, contándole, con balbuceos, cuanto sabía del accidente:

–Estaba dando un paseo, como todos los días... se encontraba bien... se encontraba muy bien... Había almorzado un caldo y dos huevos... Se cayó de repente... Se puso negra, como la está usted viendo... y no ha vuelto a moverse... Lo hemos intentado todo para que volviera en sí... todo...

Dejó de hablar, sobrecogida al ver la discreta seña que le hacía la viuda al médico para indicarle que todo estaba rematado y bien rematado. Entonces, negándose a entender, le hizo a este ansiosas preguntas, repitiendo:

–¿Es grave? ¿Usted cree que es grave?

El médico dijo, al fin:

–Mucho me temo que... que... todo haya acabado ya. Tiene usted que ser valiente, muy valiente.

Y Jeanne se arrojó sobre el cuerpo de su madre con los brazos abiertos.

En ese momento volvía Julien. Se quedó atónito, visiblemente contrariado, sin grito alguno de dolor ni desesperación aparente, pillado de improviso de forma tan repentina que no le dio tiempo a componer oportunamente el rostro y el talante debidos. Dijo a media voz:

–Ya me lo esperaba yo; notaba que esto no iba a durar mucho.

Luego, sacó el pañuelo, se secó los ojos, se arrodilló, se santiguó, masculló algo y, poniéndose de pie, quiso también incorporar a su mujer. Pero esta tenía abrazado el cadáver y lo besaba, casi tendida encima de él. Hubo que llevársela a la fuerza. Parecía haber perdido la razón.

Al cabo de una hora, le permitieron volver. No quedaba esperanza alguna. El aposento estaba convertido ahora en cámara mortuoria. Julien y el sacerdote hablaban en voz baja cerca de una ventana. La viuda Dentu, sentada confortablemente en una butaca, como mujer hecha a los velatorios y que se siente en su casa en cualquier hogar en que haya entrado la muerte, parecía estar echando ya una cabezada.

Caía la noche. El párroco se acercó a Jeanne, le tomó las manos, le dio ánimos, volcando sobre aquel corazón inconsolable el untuoso flujo de los consuelos eclesiásticos. Le habló de la fallecida, la elogió con palabras de sacerdote y, triste con esa falsa tristeza del clérigo para quien los cadáveres son una bendición, se ofreció a pasar la noche orando junto al cuerpo.

Pero Jeanne, entre convulsas lágrimas, se negó a ello. Quería estar sola, completamente sola durante esa noche de despedida. Julien se acercó:

–Pero eso no puede ser. Nos quedaremos los dos.

Ella decía que no con la cabeza, incapaz de pronunciar palabra. Al fin, pudo responder:

–Es mi madre, mi madre. Quiero velarla sola.

El médico dijo a media voz:

–Deje que haga lo que quiera. La viuda puede quedarse en la habitación de al lado.

El sacerdote y Julien accedieron, acordándose de sus camas. Luego, el padre Picot se arrodilló también, rezó una plegaria, se incorporó y salió, diciendo: «Era una santa», con el mismo tono en que decía: *«Dominus vobiscum»*.

Entonces, el vizconde preguntó con voz normal:

–¿Vas a cenar algo?

Jeanne no contestó, pues no se daba cuenta de que le estaba hablando. Julien volvió a decir:

–Deberías tomar algo para reponer fuerzas.

Ella le contestó con expresión ausente:

–Manda a alguien ahora mismo a buscar a papá.

Y Julien salió para enviar a Ruán a un hombre a caballo.

Jeanne quedó sumida en algo semejante a un dolor quieto, como si estuviera esperando la hora de quedarse por última vez a solas con su madre para dejarse arrastrar por la marea alta de un pesar y una añoranza desesperados.

Las sombras habían ido invadiendo la habitación, echando sobre la muerta un velo de tinieblas. La viuda Dentu rondaba con los tenues pasos que le eran habituales, buscando y colocando objetos invisibles con los silenciosos ademanes de quien vela a un enfermo. Encendió, luego, dos velas que colocó sin ruido en la mesilla de noche de la cabecera de la cama, que cubría una servilleta blanca.

Jeanne parecía no ver nada, no sentir nada, no percatarse de nada. Esperaba el momento de quedarse sola. Julien volvió a entrar. Había cenado y le preguntó otra vez:

–¿No quieres tomar nada?

Su mujer dijo que no con la cabeza.

Se sentó, con aspecto más resignado que triste, y permaneció en silencio.

Los tres se mantenían mutuamente apartados, quietos en sus asientos.

A ratos, la viuda se quedaba dormida y roncaba un poco; luego, se despertaba de golpe.

Julien se puso, por fin, de pie y, acercándose a Jeanne, le preguntó:

–¿Quieres quedarte sola ya?

Ella le tomó la mano, con involuntario arrebato:

–¡Ay, sí! ¡Dejadme!

Su marido la besó en la frente, diciendo a media voz:

–Vendré a verte de vez en cuando.

Y salió en compañía de la viuda Dentu, que se llevó la butaca a la habitación de al lado.

Jeanne cerró la puerta y fue, luego, a abrir de par en par las dos ventanas. Le dio en el rostro la tibia caricia de una noche de siega. Habían cortado la víspera la hierba del prado, cuyos haces estaban en el suelo, bajo el claro de luna.

Aquella dulce impresión le dolió, la apenó como una burla.

Volvió al lado de la cama, cogió una de las manos inertes y frías y se puso a contemplar a su madre.

No estaba ya hinchada, como en el momento del ataque; ahora, parecía dormir, más apaciblemente de lo que nunca había dormido; y la pálida llama de las velas, que temblaba a veces al paso de una ráfaga, le cambiaba continuamente de sitio las sombras de la cara y le prestaba vida, como si se estuviera moviendo.

Jeanne la contemplaba con avidez; y, desde lo más hondo de su lejana niñez, acudía una multitud de recuerdos.

Se acordaba de cuando mamaíta iba a verla a la sala de visitas del convento; de cómo le tendía la bolsa de papel llena de bollos; de una plétora de detalles nimios, de acontecimientos sin importancia, de mimos, de palabras, de entonaciones, de ademanes familiares; de cómo se le arrugaban los ojos cuando se reía; de cómo suspiraba hondo, sin resuello, cuando acababa de sentarse.

Y Jeanne seguía en el mismo sitio, mirándola, repitiendo, como atontada: «Está muerta». Y se percató de todo el horror de esa frase.

¿Así que aquella mujer tendida ahí, mamá, mamaíta, la baronesa Adélaïde, estaba muerta? ¡No volvería a moverse! ¡No volvería a reírse! ¡No volvería a cenar sentada enfrente de papaíto! ¡No volvería a decir: «Buenos días, Jeannette»! ¡Estaba muerta!

La meterían en una caja, clavarían la tapa y la enterrarían; y todo habría acabado. No volverían a verla. ¿Era posible? ¿Cómo? ¿Jeanne no tendría nunca más a su madre? Ese rostro amado, tan conocido, visto nada más abrir los ojos, querido nada más abrir los brazos, ese gigantesco desaguadero adonde va el cariño, ese ser único, la madre, más importante para el corazón que cualquier otro ser, había desaparecido. Solo le quedaban ya a Jeanne unas pocas horas para contemplar su cara, esa cara inmóvil y sin pensamiento; y, luego, nada; luego, nada más; solo un recuerdo.

Cayó de rodillas, presa de un espantoso ataque de desesperación; y aferrando con las manos crispadas la ropa de cama, retorciéndola, con la boca pegada al lecho, gritó con voz desgarradora, ahogada entre las sábanas y las mantas:

–¡Ay mamá, mi pobrecita mamá, mamá!

Luego, como sentía que se volvía loca, tan loca como aquella noche en que huyó entre la nieve, se incorporó y fue a la ventana en busca de un poco de frescor, deseando beber un aire nuevo que no fuera el aire de aquel lecho, el aire de aquella muerta.

La hierba segada, los árboles, la landa, la mar a lo lejos descansaban en una paz silenciosa, dormidos bajo el tierno hechizo de la luna. Algo de aquella apaciguadora dulzura se le metió dentro a Jeanne, que empezó a llorar suavemente.

Volvió luego junto a la cama y se sentó, tomando de nuevo en la suya una de las manos de mamaíta, como si la hubiera estado velando porque estaba enferma.

Había entrado un insecto de gran tamaño, atraído por la llama de las velas. Rebotaba contra las paredes como una pelota, iba y venía por la habitación. Su revoloteante zumbido distraía a Jeanne, que alzaba la vista para verlo; pero lo único que conseguía divisar era su sombra errando por el techo blanco.

Luego, dejó de oírlo. Le llamó entonces la atención el tenue tictac del reloj de sobremesa y otro ruidito, un roce casi imperceptible mejor dicho. Era el reloj de mamaíta que seguía andando, olvidado en el vestido tirado en una silla, a los pies de la cama. Y, súbitamente, una confusa comparación entre la muerta y la maquinaria que no se había detenido reanimó el agudo dolor del corazón de Jeanne.

Miró la hora. Eran apenas las diez y media; y le dio un miedo horrible aquella noche que tenía que pasar allí entera.

Otros recuerdos le iban volviendo, los de su propia vida: Rosalie, Gilberte, las amargas desilusiones de su corazón. Así que todo era solo miseria, pena, desdicha y muerte. Todo era engaño, todo mentira, todo traía consigo sufrimiento y llanto. ¿Dónde hallar un poco de reposo y de gozo? En otra vida, seguramente. Cuando el alma quedase libre del calvario de la tierra. ¡El alma! Se puso a pensar en ese misterio insondable, cayendo de golpe en certidumbres poéticas que desaparecían acto seguido al desplazarlas otras hipótesis no menos imprecisas. ¿Dónde estaba ahora el alma de su madre? ¿El alma de aquel cuerpo inmóvil y helado? Muy lejos, quizá. ¿En algún lugar del espacio? Pero ¿dónde? ¿Se había esfumado como un ave invisible que escapa de la jaula?

¿Había vuelto a Dios? ¿O se había desperdigado al azar de las creaciones nuevas, mezclándose con las semillas a punto de germinar?

¿Estaba quizá muy cerca? ¡En aquella habitación, rondando aquella carne inanimada que había abandonado! Y, de repente, Jeanne creyó sentir que la rozaba un hálito, como si fuera el contacto con un espíritu. Sintió miedo, un miedo atroz, tan violento que no se atrevía ya a moverse para mirar a su espalda. Le golpeaba el corazón con tanta fuerza como cuando se es presa del espanto.

Y, de pronto, el invisible insecto reanudó el vuelo y empezó a dar vueltas, topando con las paredes. Jeanne se estremeció de pies a cabeza; luego, repentinamente tranquilizada al reconocer el zumbido del alado animal, se puso de pie y se volvió. Cayó su mirada sobre el secreter con cabezas de esfinge, el mueble de las reliquias.

Y se le ocurrió una idea tierna y singular: leería, en aquella postrera velada, como si leyera un libro piadoso, las cartas viejas con las que tan encariñada estaba la muerta. Le pareció que cumpliría así con un deber exquisito y sagrado, un tributo de auténtico amor filial, que, en el otro mundo, complacería a mamaíta.

Eran las antiguas misivas de sus abuelos, a los que Jeanne no había conocido. Quería tenderles los brazos por encima del cuerpo de su hija, ir en su busca en aquella noche fúnebre, como si ellos también estuvieran padeciendo, formar algo así como una cadena misteriosa de ternura entre los que habían muerto antaño, la que acababa de desaparecer, al llegarle también la hora, y la propia Jeanne, que aún seguía en este mundo.

Se levantó, bajó la tabla del secreter y sacó del cajón de abajo unos diez paquetes pequeños de papeles amarillentos, atados en orden y colocados unos junto a otros.

Los dejó todos en la cama, entre los brazos de la baronesa, por una especie de refinamiento sentimental, y empezó a leer.

Se trataba de esas epístolas añejas que aparecen en los muebles de familia antiguos, esas epístolas con aroma de otro siglo.

La primera empezaba: «Queridita». Otra: «Mi nenita preciosa». Luego, venían: «Pequeña mía», «Monina», «Mi hija adorada»; después: «Querida muchachita», «Querida Adélaïde», «Querida hija», según que fueran dirigidas a la pequeñuela, a la muchacha o, corriendo el tiempo, a la mujer joven.

Y todas rebosaban de apasionadas y pueriles ternuras, de mil detalles íntimos, de esos trascendentales y sencillos acontecimientos del hogar, que tan poca cosa parecen a los indiferentes: «Padre está con gripe; nuestra buena Hortense se ha hecho una quemadura en un dedo; se ha muerto el gato Tragarratas; han cortado el abeto que estaba a la derecha de la cerca; madre ha perdido el libro de misa al volver de la iglesia y cree que se lo han robado».

Se hablaba también en ellas de personas a las que Jeanne no conocía, aunque se acordaba vagamente de haber oído sus nombres hacía mucho, cuando era pequeña.

La enternecían aquellos detalles que le parecían revelaciones, como si hubiera penetrado de súbito en la vida pasada, secreta, en la vida del corazón de mamaíta. Miraba el cuerpo yaciente; y, de pronto, empezó a leer en voz alta, a leerle a la muerta, como si quisiera distraerla, consolarla.

Y el cadáver, inmóvil, parecía dichoso.

Iba arrojando las cartas, una a una, a los pies de la cama; y se le ocurrió que habría que meterlas en la caja, igual que se meten flores.

Desató otro paquete. Era una letra distinta. Empezó a leer: «No puedo ya vivir sin tus caricias. Te quiero tanto que me voy a volver loco».

Nada más. Ninguna firma.

Dio la vuelta a la hoja, sin entender qué era aquello. En las señas ponía, desde luego: «Baronesa Le Perthuis des Vauds».

Abrió entonces la siguiente: «Ven esta noche, en cuanto él se vaya. Dispondremos de una hora. Te adoro».

Otra decía: «Me he pasado la noche delirando, deseándote en vano. Tenía tu cuerpo en mis brazos, tu boca bajo mis labios, tus ojos bajo los míos. Y me entraban luego unas ganas rabiosas de tirarme por la ventana al pensar que a aquella misma hora estabas durmiendo a su lado, que te tenía a su disposición...».

Jeanne, desconcertada, no comprendía.

¿Qué era aquello? ¿Para quién y de quién eran esas palabras de amor?

Siguió leyendo, encontrándose con más y más declaraciones apasionadas, con citas a las que acompañaban recomendaciones de prudencia y, siempre, al final, estas cinco palabras: «Sobre todo, quema esta carta».

Abrió, por fin, una nota sin importancia, una simple aceptación de una invitación a cenar, pero escrita con la misma letra y firmada: «Paul d'Ennemare», del que el barón hablaba llamándolo: «El bueno de mi viejo amigo Paul», y cuya mujer había sido la mejor amiga de la baronesa.

Entonces, una duda afloró en el pensamiento de Jeanne, para convertirse acto seguido en una certidumbre. Aquel hombre había sido amante de su madre.

Y, de pronto, perdiendo la cabeza, lanzó lejos de sí con un respingo aquellos papeles infames, igual que habría arrojado lejos un animal venenoso que se le hubiera subido encima, corrió hacia la ventana y rompió en un llanto violentísimo que le arrancaba involuntarios gritos, desgarrándole la garganta; luego, en un quebrantamiento de todo el ser, se desplomó al pie de la pared y, tapándose el rostro para que nadie oyese sus gemidos, sollozó, sumida en una insondable desesperación.

Tal estado de ánimo podría quizá haberle durado toda la noche; pero un ruido de pasos en la habitación de al lado la hizo enderezarse de un brinco. ¿Sería ya su padre? ¡Y todas las cartas estaban tiradas encima de la cama y por el suelo! ¡Bastaría con que abriera una y se enteraría de todo! ¡Su padre se enteraría de todo!

Se abalanzó hacia las viejas hojas amarillentas, las de los abuelos y las del amante, y las que no había desdoblado, y las que estaban aún atadas dentro de los cajones del secreter, y, agarrándolas a puñados, las fue arrojando, en un montón, a la chimenea. Cogió, luego, una de las velas que ardían encima de la mesilla de noche y prendió fuego a aquel cúmulo de cartas. Se alzó una gran llamarada, que iluminó la habitación, el lecho y el cadáver con un resplandor fuerte y tembloroso, proyectando en negro sobre la cortina blanca, al fondo de la cama, el estremecido perfil del rostro rígido y el contorno del cuerpo enorme bajo la sábana.

Cuando no quedó sino un montón de cenizas en el hogar, volvió a sentarse al lado de la ventana abierta, como si no se atreviera ya a quedarse cerca de la muerta, y se echó a llorar de nuevo, con la cara entre las manos y lamentándose con acento doliente, un acento de desconsolada queja:

–¡Ay, mi pobrecita mamá! ¡Ay, mi pobrecita mamá!

Se le ocurrió entonces una idea atroz. ¿Y si resultaba que mamaíta no estaba muerta? ¿Y si solo estaba dormida con un sueño letárgico? ¿Y si, de repente, se incorporaba y hablaba? ¿El haberse enterado de ese espantoso secreto mermaría al amor filial de Jeanne? ¿Besaría a su madre con la misma devoción? ¿La querría con el mismo afecto sagrado? No. ¡No podría ser! Y aquel pensamiento le desgarró el corazón.

La noche se desvanecía; las estrellas iban palideciendo; era la hora fresca que anuncia el día. La luna, muy baja, estaba a punto de hundirse en la mar, a cuya superficie toda prestaba un tono nacarino.

E invadió a Jeanne el recuerdo de aquella noche que había pasado en la ventana el día en que llegó a Los Chopos. ¡Qué lejos estaba! ¡Cómo había cambiado todo! ¡Qué diferente le parecía ahora el futuro!

Y el cielo se volvió de color de rosa, un rosa alegre, mimoso, adorable. Jeanne contempló, sorprendida esta vez como si estuviera presenciando un fenómeno extraño, aquel radiante florecer del día, preguntándose cómo era posible que en una tierra sobre la que se alzaban auroras así no existieran ni la alegría ni la felicidad.

Se sobresaltó al oír el ruido de una puerta. Era Julien, que le preguntó:

–¿Qué? ¿No estás demasiado cansada?

Ella balbució que no, contenta de no verse ya sola.

–Ahora, vete a descansar –dijo Julien.

Jeanne besó despacio a su madre, con un beso lento, pesaroso y doliente; luego, se fue a su cuarto.

El día transcurrió entre esas tristes tareas que impone una muerte. El barón llegó a última hora de la tarde. Lloró mucho.

El entierro fue al día siguiente.

Tras apoyar por última vez los labios en aquella frente helada, tras haber compuesto por última vez el cuerpo y haber visto cómo clavaban la tapa de la caja, Jeanne se retiró. Estaban a punto de llegar los invitados.

Gilberte fue la primera en aparecer, y se arrojó entre sollozos en brazos de su amiga.

Por la ventana se veían llegar los coches, que giraban en la verja y se acercaban al trote. Y retumbaban las voces en el gran vestíbulo. Mujeres vestidas de negro entraban despacio en el dormitorio, mujeres a las que Jeanne no conocía. La marquesa de Coutelier y la vizcondesa de Briseville la besaron.

Se dio cuenta, de súbito, de que la tía Lison pasaba discretamente detrás de ella. Y la abrazó cariñosamente, con lo que a la solterona estuvo a punto de darle un vahído.

Entró Julien de luto riguroso, elegante, atareado, satisfecho de la afluencia. Habló en voz baja con su mujer para pedirle un consejo. Añadió, en tono confidencial:

–Ha venido toda la nobleza; va a ser un entierro estupendo.

Y se alejó, saludando, muy serio, a las señoras.

La tía Lison y la condesa Gilberte se quedaron solas con Jeanne durante la ceremonia fúnebre. La condesa la besaba continuamente, repitiendo:

–¡Pobrecita mía! ¡Pobrecita mía!

Cuando el conde de Fourville regresó para recoger a su mujer, iba llorando como si hubiera perdido a su propia madre.

Capítulo X

Fueron muy tristes los días que siguieron; esos días sombríos en que la falta de la familiar presencia de un ser que se ha ido para siempre parece haber vaciado la casa; esos días en que todos y cada uno de los encuentros con los objetos que solía usar la persona muerta hacen sufrir como otras tantas cuchilladas. A cada instante, un recuerdo nos golpea el corazón, hiriéndolo. Esa era su butaca; esa, su sombrilla, que se ha quedado en el vestíbulo; ese, su vaso, que la doncella no ha recogido. Y por todas las habitaciones andan rodando cosas: sus tijeras, un guante, el libro cuyas hojas ajaron sus torpes dedos, y mil pequeñeces que adquieren un sentido doloroso porque recuerdan mil hechos nimios.

Y nos persigue su voz; creemos estar oyéndola; querríamos escapar a donde fuera, librarnos de la obsesión del fantasma que ronda por la casa. Y no es posible huir porque hay otras personas que también se quedan y también sufren.

Y oprimía, además, a Jeanne el recuerdo de lo que había descubierto. Aquel pensamiento la agobiaba; su corazón destrozado no hallaba cura. Con aquel secreto horrible se hacía aún mayor la soledad en que ahora estaba; al perder lo último en que había creído, había perdido la última confianza.

Padre se fue, pasado algún tiempo, pues necesitaba moverse, cambiar de aires, salir de la negra pena en que se hundía cada vez más.

Y la casona, que ya tenía costumbre de ver desaparecer de vez en cuando a uno de sus dueños, recuperó su vida tranquila y metódica.

Y, luego, Paul cayó enfermo. Jeanne enloqueció, estuvo doce días sin dormir, casi sin comer.

Se curó; pero a Jeanne no se le pasó el espanto de pensar que su hijo podía morir. ¿Qué haría ella entonces? ¿Qué iba a ser de ella? Y, poco a poco, se le fue metiendo en el corazón una inconcreta necesidad de tener otro hijo. No tardó en soñar con ello, presa de nuevo del antiguo deseo de ver a su lado a dos pequeñuelos, un niño y una niña. Y el deseo se convirtió en obsesión.

Pero, desde la aventura de Rosalie, vivía separada de Julien. Y ni tan siquiera un acercamiento parecía posible en la situación en que se hallaban. Julien tenía otro amor; Jeanne lo sabía. Y, solo con pensar en volver a soportar sus caricias, se estremecía de asco.

Se habría resignado, no obstante, a hacerlo, pues el anhelo de volver a ser madre la acosaba. Pero se preguntaba de qué modo podrían reanudarse sus abrazos conyugales. Habría muerto de humillación antes de dejar traslucir sus intenciones; y Julien parecía tenerla olvidada.

Quizá habría renunciado a la idea; pero empezó a soñar, todas las noches, con una niña. Y la veía jugando con Paul debajo del plátano; y, a veces, sentía como una comezón de levantarse e ir, sin decir palabra, a reunirse con su marido al cuarto de este. Dos veces llegó incluso a deslizarse hasta su puerta; y, luego, dio marcha atrás deprisa, con el corazón latiéndole de vergüenza.

El barón se había ido; mamaíta estaba muerta; Jeanne no tenía ahora a nadie a quien consultar, a quien poder confiar sus secretos íntimos.

Resolvió entonces ir a ver al padre Picot para referirle, bajo secreto de confesión, los dificultosos proyectos que albergaba.

Llegó cuando este estaba leyendo el breviario en un jardincillo plantado de árboles frutales.

Tras unos minutos de charla, en que hablaron de esto y de lo de más allá, balbució, ruborizándose:

–Querría confesarme, padre.

El sacerdote, atónito, se subió las gafas para mirarla bien y, luego, se echó a reír:

–No creo yo que tenga usted pecados muy grandes sobre la conciencia.

Jeanne se azaró del todo y siguió diciendo:

–No, pero tengo que pedirle un consejo, un consejo tan... tan... penoso que no me atrevo a decírselo así como así.

Él perdió, en el acto, la expresión bonachona y adoptó un aspecto sacerdotal:

–Muy bien, hija mía, la oiré en confesión. Vamos a la iglesia.

Pero Jeanne lo detuvo, titubeante, pues, de pronto, algo parecido a un escrúpulo le impedía sacar a colación aquellos asuntos un sí es no es vergonzosos en el recogimiento de una iglesia vacía.

–Bien pensado, no... señor párroco... puedo... puedo... si le parece bien, decirle aquí a lo que he venido. Mire, sentémonos allí, en esa glorieta suya tan agradable.

Se dirigieron a ella con pasos lentos. Jeanne buscaba cómo expresarse, cómo empezar. Se sentaron.

Entonces, como si se estuviera confesando, comenzó a decir:

–Padre... –titubeó; luego, repitió–: Padre... –Y se calló, completamente azarada.

El sacerdote esperaba, con las manos cruzadas sobre el vientre. Al verla tan apurada, la animó:

–Vamos a ver, hija mía, parece como si no se atreviera usted a hablar. Venga, valor.

Jeanne se decidió, igual que un cobarde se arroja al peligro:

–Padre, querría otro hijo.

Él no respondió, pues no entendía lo que quería decirle. Jeanne entonces se explicó, perdiendo las palabras, aturullada.

–Ahora estoy sola en la vida; mi padre y mi marido no se llevan bien; mi madre ha muerto, y... y...

Añadió, muy bajo, estremecida:

–¡El otro día, estuve a punto de perder a mi hijo! ¿Qué habría sido de mí entonces?

Calló. El sacerdote, desconcertado, la miraba.

–Vayamos al grano.

Jeanne repitió:

–Querría otro hijo.

Él sonrió entonces, hecho a las zafias bromas de los campesinos, que no se andaban con muchos miramientos en su presencia, y contestó, moviendo la cabeza con gesto pícaro:

–Pues me parece que eso es algo que solo depende de usted.

Jeanne alzó hacia él la cándida mirada; luego, tartamudeando de confusión:

–Es que... es que... mire usted... desde aquello... aquello... que ya sabe usted... de esa criada... mi marido y yo vivimos... vivimos separados por completo.

Esa revelación asombró al sacerdote, acostumbrado a las promiscuidades y los usos carentes de pundonor del campo; luego, de pronto, creyó adivinar qué deseaba en realidad la joven. La miró de reojo, con gran benevolencia, simpatizando con su desamparo:

–Sí, lo comprendo muy bien. Entiendo que esa... esa viudedad le resulte difícil de sobrellevar. Es usted una mujer joven y sana. Es natural, vamos, de lo más natural.

Otra vez sonreía, llevado por su procacidad de cura de pueblo; y le daba a Jeanne suaves palmaditas en la mano:

–Los mandamientos se lo permiten a usted, se lo aconsejan

incluso. Está usted casada, ¿no? Pues no será para escardar cebollinos, digo yo.

Ahora era Jeanne quien no comprendía aquellas insinuaciones; pero, en cuanto las hubo entendido, se puso como la grana, sobresaltada, con lágrimas en los ojos.

–Ay, señor párroco, pero ¿qué dice? ¿Qué se le ha ocurrido pensar? Yo le juro que... le juro que...

Y la ahogaron los sollozos.

El cura, sorprendido, la consolaba:

–Vamos, vamos, no pretendía disgustarla. Estaba bromeando un poco: las personas buenas se lo pueden permitir. Pero cuente conmigo; puede contar conmigo. Hablaré con su señor marido.

Jeanne no sabía ya qué contestar. Ahora quería rechazar aquella intervención, por temer que resultase torpe y perjudicial; pero no se atrevía. Y se fue a toda prisa, tras haber dicho, entre balbuceos:

–Le quedo muy agradecida, señor párroco.

Transcurrieron ocho días. Jeanne vivía presa de un angustiado desasosiego.

Una noche, durante la cena, Julien la miró de forma muy particular, con un pliegue sonriente en los labios que ella solo le había visto cuando estaba de humor guasón. Se portó incluso con ella con lo que parecía una galantería imperceptiblemente irónica; luego, mientras caminaban por el ancho paseo de mamaíta, le dijo bajito al oído:

–Por lo visto, nos hemos reconciliado.

Ella no respondió. Miraba, en el suelo, una especie de línea recta, casi invisible ahora, pues la hierba había vuelto a crecer. Era el rastro del pie de la baronesa, que se estaba borrando, como se borra un recuerdo. Y Jeanne notaba el corazón crispado, inundado de tristeza; se sentía perdida en la vida, alejada por completo de todos.

Julien siguió diciendo:

–Qué más quiero yo. Pero me daba miedo contrariarte.

El sol se ponía, el aire era suave. Un deseo de llorar oprimía a Jeanne, una de esas necesidades de expansionarse con un corazón amigo, una necesidad de abrazarse a alguien susurrándole las penas. Un sollozo le subía a la garganta. Abrió los brazos y se desplomó contra el pecho de Julien.

Y lloró. Él, sorprendido, como no podía verle la cara, que ella ocultaba en su pecho, le miraba el pelo. Pensó que todavía estaba enamorada de él y le dio, en el moño, un beso condescendiente.

Regresaron, luego, a la casa sin decir palabra. Julien la siguió hasta su cuarto y pasó la noche con ella.

Y sus antiguas relaciones se reanudaron. Julien cumplía con ellas como con un deber que, no obstante, no le desagradaba; Jeanne las soportaba como una necesidad repulsiva y penosa, resuelta a acabar con ellas para siempre en cuanto sintiera que estaba otra vez encinta.

Pero no tardó en notar que las caricias de su marido parecían diferentes a las de antes. Eran quizá más refinadas, pero menos completas. La trataba como amante discreto y no ya como marido despreocupado.

Jeanne se extrañó, puso atención y pronto se dio cuenta de que todos los débitos conyugales concluían antes de que ella pudiera quedar fecundada.

Entonces, una noche, boca contra boca, susurró:

–¿Por qué no te entregas ya a mí por entero, como antes?

Él rió con sorna:

–Toma, pues para no dejarte preñada.

Jeanne se sobresaltó:

–¿Por qué no quieres otro hijo?

Julien se quedó estupefacto:

–¿Cómo? Pero ¿qué dices? ¿Te has vuelto loca? ¿Otro hijo? Ni hablar. Ya hay más que de sobra con uno para andar por ahí piando, dando trabajo a todo el mundo y costando dinero. ¡Otro hijo! ¡No, muchas gracias!

Jeanne lo rodeó con los brazos, lo besó, lo envolvió en amorosa ternura y le dijo, muy bajo:

–Te lo suplico, hazme madre otra vez.

Pero él se enfadó, como si lo hubiera ofendido:

–La verdad es que has perdido la cabeza. Ten la bondad de ahorrarme tus necedades.

Jeanne calló, pero se prometió que lo forzaría por la astucia a darle la dicha con la que soñaba.

Intentó, entonces, prolongar sus abrazos, simulando un ardiente delirio, encadenándolo a ella con ambos brazos, crispados en arrebatos fingidos. Recurrió a todos los subterfugios; pero Julien era siempre dueño de sí mismo y no perdió el control ni una sola vez.

Entonces, cada vez más atormentada por su encarnizado deseo, fuera de sí, dispuesta a enfrentarse a todo, a atreverse a todo, fue a ver otra vez al padre Picot.

Acababa este de almorzar; estaba muy encarnado, pues tenía siempre palpitaciones después de las comidas. No bien la vio entrar, exclamó, deseando saber el resultado de sus negociaciones:

–¿Y bien?

Jeanne, resuelta ahora y sin tímidos pudores, contestó en el acto:

–Mi marido no quiere tener más hijos.

Él la miró con mucho interés, dispuesto a hurgar con curiosidad de sacerdote en esos misterios de la cama que tan grata le hacían la tarea de confesor. Preguntó:

–¿Cómo es eso?

Entonces, pese a la determinación que la impulsaba, Jeanne se turbó al explicar:

–Pues... pues... se niega a hacerme madre.

El cura la entendió; estaba al tanto de esas cosas. Y empezó a hacerle preguntas, pidiendo detalles precisos y minuciosos, con golosería de hombre que ayuna.

Quedó luego pensativo por unos instantes; y, con voz tranquila, como si estuviera hablando de la cosecha, que se anunciaba buena, le trazó a Jeanne un plan de conducta hábil, atendiendo a todos y cada uno de los pormenores:

–No hay más que un medio, querida niña, y es que le haga usted creer que ya está preñada. Dejará de controlarse y usted quedará preñada de verdad.

Jeanne se ruborizó hasta las pestañas; pero, resuelta a todo, insistió:

–¿Y... si no me cree?

El párroco, que conocía a fondo los medios de conducir y sujetar a los hombres, respondió:

–Anuncie su embarazo a todo el mundo; dígalo en todas partes. Y él también acabará por creérselo.

Añadió luego, como para absolverse de esa estratagema:

–Está usted en su derecho. La Iglesia no tolera las relaciones entre hombre y mujer más que con vistas a la procreación.

Jeanne siguió el astuto consejo y, quince días más tarde, le anunció a Julien que le parecía que estaba embarazada. Este dio un respingo:

–¡No puede ser! ¡No es cierto!

Jeanne le comunicó en el acto el motivo de sus sospechas. Pero Julien se tranquilizó:

–¡Bah! Vamos a esperar un poco, y ya verás...

A partir de entonces, le preguntaba todas las mañanas:

–¿Qué?

Y ella contestaba siempre:

–No, todavía no. Me extrañaría mucho no estar encinta.

Ahora era él quien andaba preocupado, tan rabioso y desconsolado como sorprendido. Y decía una y otra vez:

–Es que no entiendo nada, pero lo que se dice nada. ¡Que me aspen si sé cómo ha podido pasar esto!

Al cabo de un mes, Jeanne anunciaba la noticia a todo el mundo, menos a la condesa Gilberte, pues se lo impedía algo parecido a un pudor complejo y lleno de delicadeza.

Desde la primera voz de alarma, Julien no se le había vuelto a acercar; luego, se resignó, aunque rabiando y diciendo: «¿Y a ese quién le habrá mandado venir?». Y volvió a frecuentar el dormitorio de su mujer.

Lo que había previsto el sacerdote se cumplió al pie de la letra. Jeanne quedó embarazada.

Entonces, rebosante de un delirio de alegría, cerró la puerta de su cuarto todas las noches, prometiendo castidad eterna a la imprecisa divinidad a la que adoraba, en un arrebato de agradecimiento.

De nuevo se sentía casi dichosa, asombrándose de la rapidez con que se había dulcificado su dolor tras la muerte de su madre. Había creído que nunca se iba a consolar; y hete aquí que, cuando apenas habían transcurrido dos meses, aquella llaga en carne viva se iba cerrando. No le quedaba ya sino una tierna melancolía, como si una gasa de pena velase su vida. No le parecía posible que ocurriera ya acontecimiento alguno. Sus hijos crecerían y la querrían; y ella envejecería en paz, contenta, sin hacer caso de su marido.

A finales del mes de septiembre, el padre Picot vino a hacer una visita de cumplido, ataviado con una sotana nueva que no tenía aún más que ocho días de manchas; y presentó a su sucesor, el padre Tolbiac. Era un sacerdote muy joven, flaco, de corta estatura, que hablaba con mucho énfasis y en cuyos ojos, hundidos y rodeados de oscuras ojeras, se leía un alma violenta.

Acababan de nombrar al anciano párroco deán de Goderville.

Esa partida apenó sinceramente a Jeanne. Aquel rostro bonachón iba unido a todos sus recuerdos de juventud. Él la había casado, él había bautizado a Paul y enterrado a la baronesa. No podía imaginarse Étouvent sin el abultado viente del padre Picot pasando junto a los corrales de las casas de labor; y estaba encariñada con él porque era alegre y espontáneo.

Pese a aquel ascenso, no parecía alegre. Decía:

–Me cuesta mucho, señora condesa. Llevo aquí dieciocho años. Ya sé que el municipio da poco de sí y no vale gran cosa. Los hombres no son muy piadosos que digamos y las mujeres, pues, mire usted, las mujeres se portan muy mal. Las muchachas no pasan por la iglesia para casarse más que si han ido antes en peregrinación a Santa María de la Panza y la flor de azahar se cotiza bien poco en la comarca. Pero qué le vamos a hacer, yo estaba muy a gusto aquí.

El nuevo párroco hacia gestos de impaciencia y se ponía encarnado. Dijo con brusquedad:

–Todo eso va a tener que cambiar conmigo.

Parecía un niño enrabietado, tan frágil y tan flaco, con aquella sotana rozada ya, pero limpia.

El padre Picot lo miró de reojo, como hacía cuando estaba de buen humor, y siguió diciendo:

–Mire usted, padre, para impedir esas cosas tendría usted que aherrojar a sus parroquianos, y tampoco le serviría de gran cosa.

El menudo sacerdote contestó, muy seco:

–Ya veremos.

Y el cura viejo sonrió tomando rapé:

–Los años lo irán calmando, padre, y la experiencia también; si no, echará usted de la iglesia a los últimos fieles que quedan, y nada más. Los de esta tierra creen en Dios pero son atravesados; mire usted bien lo que hace. A fe mía que, cuando veo que llega al sermón una muchacha que me parece algo rellenita, me digo: «Aquí me traen un parroquiano nuevo»; e intento casarla. No podrá usted impedir que pequen, ¿sabe?, pero sí puede ir a ver al joven e impedir que abandone a la madre. Cáselos, padre, cáselos y no se meta en lo demás.

El cura nuevo respondió con aspereza:

–No somos de la misma opinión; para qué andar insistiendo.

Y el padre Picot siguió lamentándose de cuánto iba a echar de menos aquella aldea, la mar que veía desde las ventanas del presbiterio, los valles estrechos como embudos a los que iba a leer el breviario mientras miraba pasar los barcos a lo lejos.

Los dos sacerdotes se despidieron. El anciano besó a Jeanne, que estuvo a punto de echarse a llorar.

Ocho días después, volvió el padre Tolbiac. Habló de las reformas que estaba acometiendo como hubiera podido hacerlo un príncipe que tomase posesión de un reino. Rogó, luego, a la condesa que no faltase a los oficios del domingo y comulgase en todas las fiestas de guardar.

–Usted y yo –decía– somos la cabeza de la comarca; debemos gobernarla y dar siempre ejemplo. Tenemos que estar unidos para ser fuertes y que nos respeten. Si la iglesia y el palacio van de la mano, la cabaña nos temerá y nos obedecerá.

La religiosidad de Jeanne solo se sustentaba en los sentimientos; tenía esa fe soñadora que una mujer no pierde nunca; y, si cumplía por encima con sus deberes piadosos, era sobre todo por la costumbre que le había quedado del convento, pues hacía mucho que la filosofía sediciosa del barón había acabado con sus creencias.

El padre Picot se conformaba con lo poco que Jeanne podía darle y nunca la reñía. Pero su sucesor, tras no verla en la misa del domingo anterior, acudió, preocupado y severo.

Ella no quiso romper con el presbiterio y prometió lo que le pedía, dispuesta a no complacerlo con su asiduidad más que las primeras semanas.

Pero, poco a poco, fue tomando la costumbre de ir a la iglesia y cayó bajo la influencia de aquel sacerdote frágil, íntegro y dominante. Era de talante místico y a Jeanne le gustaban su exaltación y sus fervientes entusiasmos. Hacía vibrar en ella esa cuerda poéticamente piadosa que llevan todas las mujeres en el alma. En aquella intratable austeridad, aquel desprecio por el mundo y sus sensualidades, aquella repugnancia por lo que preocupa a los hombres, aquel amor por Dios, aquella juvenil y huraña falta de experiencia, aquella dureza en el hablar, aquella voluntad inflexible veía Jeanne el reflejo de cómo debían de ser los mártires; y la mujer doliente y ya desengañada se dejaba seducir por el rígido fanatismo de ese niño, ministro del Cielo.

Él la conducía hacia el Cristo que consuela, mostrándole cómo los píos gozos de la religión apaciguarían todos sus sufrimientos; y ella se arrodillaba en el confesionario para humillarse, sintiéndose pequeña y débil ante aquel sacerdote que aparentaba quince años de edad.

Pero no tardaron todos los campesinos en aborrecerlo.

Severamente inflexible consigo mismo, mostraba hacia los demás una implacable intolerancia. Había algo, sobre todo, que desbocaba en él la ira y la indignación: el amor. Trataba en sus sermones con arrebatada violencia cuanto con el amor se relacionaba, recurriendo a palabras crudas, como suelen hacer los eclesiásticos, apedreando al rústico auditorio con parrafadas fulminantes en contra de la concupiscencia; y temblaba de furia, daba patadas en el suelo, mientras las imágenes que evocaba en sus enfurecidos arrebatos le obsesionaban el pensamiento.

Los mozalbetes y las muchachas se miraban de reojo, con socarronería, de un lado a otro de la nave de la iglesia; y los campesinos viejos, que gustan siempre de andar de broma con esos temas, censuraban la intolerancia del cura joven al salir de misa, durante el camino de regreso a la casa de labor, caminando entre el hijo, con su blusón azul, y la mujer, con su mantón negro. Y toda la comarca andaba revolucionada.

La gente comentaba por lo bajo la severidad del párroco en el confesionario, las duras penitencias que imponía; y, como se empecinaba en no absolver a las muchachas que habían pecado contra la castidad, empezaron las guasas. Los días de fiesta, había risas en misa mayor cuando algunas jóvenes se quedaban en los bancos en vez de ir a comulgar con las demás.

No tardó el sacerdote en acechar a los enamorados para estorbar sus encuentros, de la misma forma que un guarda persigue a los furtivos. Salía a hostigarlos, las noches de luna llena, a lo largo de las cunetas, detrás de los pajares y entre las matas de juncos marinos, en la ladera de las pendientes poco elevadas.

Sorprendió en una ocasión a una pareja que no se separó al verlo; iban los dos jóvenes abrazados por la cintura y caminaban, besándose, por un barranco lleno de piedras.

El cura les dijo a gritos:

–¡Ya está bien, so pelgares!

Y el muchacho, volviéndose, le contestó:

–Métase en sus cosas, señor cura, que las nuestras ni le van ni le vienen.

Entonces el sacerdote empezó a coger piedras y a tirárselas, como si fueran perros.

Ellos echaron a correr, entre risas; y, el domingo siguiente, el cura los acusó en plena iglesia, llamándolos por sus nombres.

Todos los jóvenes del país dejaron de ir a misa.

El párroco cenaba en la mansión todos los jueves y acudía, con frecuencia, entre semana, a charlar con su penitente. Jeanne se exaltaba tanto como él, opinaba de las cosas inmateriales recurriendo a todo el añejo y enrevesado arsenal de las controversias religiosas.

Recorrían ambos el ancho paseo de la baronesa, hablando de Cristo, de los Apóstoles, de la Virgen y de los Padres de la Iglesia, igual que si fueran conocidos suyos. Se detenían a veces para plantearse cuestiones trascendentales que los llevaban a místicas divagaciones: Jeanne se extraviaba por consideraciones poéticas que subían al cielo como cohetes; el sacerdote, menos inconcreto, planteaba argumentos de procurador obsesionado con una única idea fija y que pretende demostrar matemáticamente la cuadratura del círculo.

Julien trataba al párroco nuevo con mucho respeto y repetía continuamente: «Me gusta a mí el cura este; no se casa con nadie». Y se confesaba y comulgaba a más y mejor, dando ejemplo con prodigalidad.

Ahora iba casi todos los días al castillo de los Fourville; salía a cazar con el marido, que ya no podía vivir sin él, y montaba a caballo con la condesa, aunque lloviera o hubiera temporal. El conde decía:

–¡Qué empecinados están con sus paseos a caballo! Pero le sientan bien a mi mujer.

El barón regresó a mediados de noviembre. Estaba cambiado, envejecido, mustio, sumido en una negra tristeza que le había calado hasta el pensamiento. Y, nada más llegar, pareció aún más encariñado con su hija, como si aquellos pocos meses de taciturna soledad hubiesen exacerbado su necesidad de afecto, de confianza y de ternura.

Jeanne no le contó sus nuevas ideas, su intimidad con el padre Tolbiac y su fervor religioso; pero, la primera vez que el barón vio al sacerdote, este le inspiró una vehemente enemistad.

Su hija le preguntó, por la noche:

–¿Qué te ha parecido?

Y el barón respondió:

–Ese hombre es un inquisidor. Debe de ser muy peligroso.

Luego, cuando los campesinos, con los que tenía amistad, le refirieron la severidad del cura joven, su violencia y aquellos visos de persecución para reprimir las leyes y los instintos innatos, el odio se adueñó de su corazón.

Él era de la raza de los antiguos filósofos que rendían culto a la naturaleza; lo enternecía ver las uniones de los animales; vivía arrodillado ante una suerte de Dios panteísta y se irritaba con el concepto católico de un Dios de aspiraciones burguesas, de iras jesuíticas y de venganzas propias de un tirano, un Dios que le empequeñecía lo que de la creación podía atisbarse, esa creación fatal, ilimitada, todopoderosa, que es a un tiempo vida, luz, tierra, pensamiento, planta, roca, hombre, aire, animal, estrella, Dios, insecto; que crea porque es creación, porque es más fuerte que una voluntad, más anchurosa que un razonamiento; que genera sin propósito, sin motivo y sin fin, por doquier y bajo todas las formas, por todo el espacio infinito, al albur de las necesidades del azar y de la vecindad de los soles que calientan los mundos.

En la creación estaban contenidos todos los gérmenes; y el pensamiento y la vida se desarrollaban en ella igual que las flores y los frutos en los árboles.

Consideraba, pues, el barón que la reproducción era la soberana ley común, el acto sagrado, respetable, divino que consuma la recóndita y constante voluntad del Ser Universal. Y se lanzó, de alquería en alquería, a una ferviente campaña en contra del sacerdote intolerante y perseguidor de la vida.

Jeanne, desconsolada, rezaba al Señor, imploraba a su padre; pero este le respondía siempre:

–Hay que combatir a los hombres así; tenemos ese derecho y ese deber. No son humanos. –Y repetía, agitando la melena blanca–: No son humanos; no entienden nada, nada de nada. Actúan sumidos en un sueño fatal; son antifísicos. –Y voceaba «¡Antifísicos!» como si lanzase una maldición.

El cura se daba perfecta cuenta de en dónde estaba el enemigo; pero, como tenía gran empeño en no perder el control de la casa solariega y de su joven dueña, contemporizaba, convencido de la victoria final.

Lo tenía obsesionado, además, una idea fija: había descubierto, por casualidad, los amores de Julien y Gilberte y quería acabar con ellos a toda costa.

Fue un día a ver a Jeanne y, tras una larga charla mística, le pidió que se uniera a él para luchar contra el mal que existía en el seno de su propia familia, para acabar con ese mal y salvar a dos almas en peligro.

Jeanne no le entendió y le pidió aclaraciones. Él le contestó:

–Aún no es venida la hora. Volveré a visitarla pronto.

Y se marchó de repente.

El invierno tocaba a su fin por aquellos días; un invierno podrido, como suelen decir los campesinos, húmedo y cálido.

El sacerdote volvió pocos días después y habló con palabras encubiertas de una relación indigna entre personas que deberían ser irreprochables. A lo que él decía, cualquiera que estuviera al tanto de esos hechos tenía la obligación de atajarlos como fuera. Se engolfó, luego, en consideraciones de altos vuelos y, después, cogiéndole la mano a Jeanne, la instó a que abriera los ojos, a que lo comprendiera y lo ayudase.

Ella ya lo había entendido, pero no decía nada, espantándose al pensar en cuántos acontecimientos desagradables podían ocurrirle a su hogar, tranquilo ahora; y fingió que no sabía a qué se refería el sacerdote. Él entonces se dejó de vacilaciones y habló con toda claridad.

–Es un penoso deber el que voy a cumplir, señora condesa, pero no tengo más remedio. Mi ministerio me obliga a no dejar a usted en la ignorancia de algo que puede impedir. Sepa, pues, que su marido mantiene una amistad criminal con la señora de Fourville.

Jeanne agachó la cabeza, resignada y sin fuerzas.

El sacerdote añadió:

–Y ahora ¿qué piensa usted hacer?

Jeanne balbució entonces:

–¿Y qué quiere usted que haga yo, padre?

Él respondió con violencia:

–Interponerse en esa pasión culpable.

Jeanne se echó a llorar y dijo, con voz consternada:

–Pero si ya me engañó antes con una criada. Pero si es que no me escucha; ya no me quiere; me maltrata en cuanto manifiesto algún deseo que a él no le conviene. ¿Qué puedo hacer yo?

El párroco, sin responderle directamente, exclamó:

–¡Así que lo tolera usted! ¡Así que se resigna! ¡Hay un adulterio bajo su techo y usted consiente en ello! ¡Se está cometiendo un crimen ante sus ojos y usted aparta la vista! ¿Es eso ser una esposa, una cristiana, una madre?

Jeanne sollozaba:

–¿Qué quiere usted que haga?

Él respondió:

–Cualquier cosa menos permitir esa infamia. Cualquier cosa, le digo. Abandone a su marido. Huya de este hogar mancillado.

Jeanne dijo:

–Pero si no tengo dinero, padre; y, además, no me queda ya coraje alguno; y, además, ¿cómo voy a irme sin pruebas? Ni siquiera tengo derecho a ello.

El sacerdote se puso de pie, trémulo:

–Atiende a los consejos de la cobardía, señora. Pensaba yo que era usted de otra manera. Es usted indigna de la misericordia divina.

Jeanne se prosternó ante él:

–¡No me abandone, se lo suplico, aconséjeme!

El párroco le dijo con voz tajante:

–Ábrale los ojos al señor de Fourville. A él es a quien corresponde acabar con esa relación.

Al oír esto, el espanto se apoderó de Jeanne:

–Pero ¡si los mataría, padre! Y eso sería delatar. ¡Ay, no, eso nunca!

Él, entonces, alzó la mano como para maldecirla, arrebatado de ira:

–Siga con su vergüenza y con su crimen, pues es usted más culpable que ellos. ¡Es la esposa consentidora! Ya no tengo nada más que hacer aquí.

Y se marchó, tan furioso que le temblaba todo el cuerpo.

Jeanne fue en pos de él, como loca, a punto de ceder, comenzando a hacerle promesas. Pero el sacerdote seguía enardecido y caminaba con pasos veloces, sacudiendo rabiosamente el gran paraguas azul casi tan alto como él.

Divisó a Julien, de pie junto a la cerca, dirigiendo una poda;

giró entonces a la izquierda para cruzar por la casa de labor de los Couillard; e iba repitiendo:

–¡Déjeme, señora, no tengo ya nada que decirle!

En medio del corral, se topó con una aglomeración de chiquillos, los de la casa y los del vecindario, agolpados alrededor de la caseta de la perra Mirza y contemplando algo con curiosidad, con atención intensa y muda. En medio del grupo, el barón, con las manos a la espalda, miraba con igual curiosidad. Parecía un maestro de escuela. Pero, al ver desde lejos al cura, se fue para no tener que encontrarse con él, saludarlo y dirigirle la palabra.

Jeanne decía, suplicante:

–Deme unos días, padre, y vuelva a verme. Le diré lo que haya estado en mi mano hacer y lo que tenga previsto, y ya veremos.

Estaban llegando junto al grupo de niños; y el párroco se acercó, para ver qué los tenía tan interesados. Era la perra, que estaba pariendo. Ante la caseta, bullían alrededor de la madre cinco cachorros, y esta los lamía con ternura, tendida de costado y dolorida. En el momento en que el sacerdote se agachaba, el animal se tensó, se echó y apareció un sexto perrito. Toda la chiquillería, entonces, llena de regocijo, rompió en gritos, mientras aplaudía: «¡Otro! ¡Otro!». Para esos niños era aquel un juego, un juego natural en el que no entraba impureza alguna. Contemplaban esos nacimientos igual que si hubieran mirado como caían del árbol unas manzanas.

El padre Tolbiac se quedó, al principio, atónito; luego, se apoderó de él una furia irresistible; enarboló el enorme paraguas y empezó a dar golpes a diestro y siniestro, con todas sus fuerzas, alcanzando a los niños en la cabeza. Los pilluelos, medrosos, escaparon a todo correr; y el sacerdote se vio de pronto ante la perra parturienta que intentaba incorporarse. Pero ni siquiera la dejó ponerse de pie y, perdiendo la cabeza, empezó a apalearla a más y mejor. El animal, atado con la cadena, no podía escapar y lanzaba espantosas quejas retorciéndose bajo los golpes. El paraguas se rompió; y, entonces, al verse con las manos vacías, el cura se le subió encima, pateándola con frenesí, machacándola, aplastándola. Le hizo expulsar el último cachorro, que salió disparado bajo aquella presión, y remató, con un taconazo sañudo, el cuerpo ensangrentado que aún se retorcía en medio de los recién nacidos que, ciegos y sordos, gañían buscando ya las mamas.

Jeanne había salido huyendo; pero el sacerdote notó, de repente, que alguien lo cogía por el pescuezo; un cachete lo destocó y el barón, indignado, lo llevó en vilo hasta la cerca y lo arrojó a la carretera.

Cuando el señor Le Perthuis regresó, vio a su hija, de rodillas, sollozando entre los cachorritos y recogiéndolos en la falda. Se acercó a grandes zancadas, mientras decía a voces:

–Así, así es como se porta el de la sotana. ¿Te convences ahora?

Los granjeros habían acudido, todo el mundo miraba el animal despanzurrado; y la tía Couillard opinó:

–¿Cómo puede nadie ser así de salvaje?

Entretanto, Jeanne había recogido los siete perritos y decía que los iba a criar.

Probaron a darles leche; tres se murieron al día siguiente. Entonces, el tío Simon recorrió la comarca en busca de una perra que estuviera amamantando. No encontró ninguna, pero volvió con una gata, asegurando que valdría lo mismo. Así que mataron otros tres cachorros y entregaron el que quedaba a esa nodriza de raza diferente, que lo adoptó acto seguido y le tendió las mamas, echándose sobre un costado.

Para que no consumiera a su madre adoptiva, lo destetaron a los quince días y Jeanne se encargó personalmente de alimentarlo con biberón. Le había puesto de nombre Totó. Pero el barón se lo cambió por su cuenta y lo llamó Matanza.

El sacerdote no volvió, pero, el domingo siguiente, lanzó desde el púlpito imprecaciones, maldiciones y amenazas contra la mansión, diciendo que las llagas se cauterizan con un hierro al rojo, lanzando anatemas al barón, a quien le importaron un comino, y refiriéndose, con una alusión velada, aún poco atrevida, a los actuales amores de Julien, lo que irritó muchísimo al vizconde, aunque el temor a un escándalo espantoso atenuó su ira.

Entonces, de prédica en prédica, el sacerdote siguió anunciando su venganza, pronosticando que la hora de Dios estaba próxima y que todos sus enemigos sucumbirían.

Julien escribió al arzobispo una carta respetuosa, pero firme. Amenazaron al padre Tolbiac con un escarmiento y se calló.

Ahora se lo veía dando largas caminatas solitarias, a zancadas y con aspecto exaltado. Gilberte y Julien se lo encontraban continuamente durante sus paseos a caballo; ora lo divisaban a lo lejos, como una mota negra, en el punto más alejado de una llanura o al filo del acantilado, ora leyendo el breviario en algún valle estrecho en que se disponían a internarse. Entonces daban media vuelta para no pasar a su lado.

Había llegado la primavera, reavivando su cariño, arrojándolos a diario en brazos del ser amado, a veces acá, a veces acullá, en cualquier cobijo al que los condujeran sus cabalgatas.

Como las hojas de los árboles eran aún poco tupidas, la hierba estaba húmeda, y no podían, como en pleno verano, esfumarse entre los sotos, elegían las más de las veces para ocultar sus abrazos la cabaña trashumante de un pastor, que llevaba abandonada desde el otoño en lo alto de la cuesta de Vaucotte.

Allí estaba, aislada sobre sus altas ruedas, a quinientos metros del acantilado, en el punto preciso en que comenzaba la empinada pendiente que bajaba hasta el valle. Nadie podía sorprenderlos, porque dominaban toda la llanura; y los caballos, atados a los varales, esperaban a que se hartasen de besos.

Pero un día, cuando salían de aquel refugio, divisaron al padre Tolbiac sentado, casi oculto, entre los juncos marinos de la costa.

–Tendremos que dejar los caballos en el barranco –dijo Julien–, si no, podrían, por su culpa, descubrirnos desde lejos.

Y tomaron la costumbre de dejar atados a los animales en un recoveco del valle repleto de maleza.

Luego, un atardecer, cuando volvían a La Vrillette para cenar en compañía del conde, se toparon con el párroco de Étouvent, que salía del castillo. Se hizo a un lado para cederles el paso y los saludó rehuyendo la mirada.

Los atenazó la preocupación, aunque no tardó esta en disiparse.

Pero una tarde muy ventosa (era a principios de mayo), estaba Jeanne leyendo junto al fuego cuando divisó de pronto al conde de Fourville que se acercaba a pie y tan deprisa que pensó que había sucedido una desgracia.

Se apresuró a bajar a recibirlo y, cuando lo tuvo delante, creyó que se había vuelto loco. Iba tocado con una gorra gruesa y forrada de piel que solo llevaba en sus tierras; vestía un blusón de caza y estaba tan pálido que el bigote pelirrojo, que no solía destacar en la encendida cara, parecía una llama. Y tenía unos ojos desorbitados, que miraban a todos lados como vacíos de pensamiento.

Dijo, balbuciendo:

–Mi mujer está aquí, ¿verdad?

Jeanne, perdiendo la cabeza, contestó:

–No, hoy no la he visto.

Entonces, el conde se sentó como si no lo sostuvieran las piernas. Se quitó la gorra y se secó la frente con el pañuelo, varias veces, con gesto maquinal; se puso luego de pie con un respingo y se acercó a la joven, tendiéndole ambas manos, abriendo la boca, a punto de hablar, de confiarle algún dolor espantoso; se detuvo luego, la miró fijamente y dijo, como si estuviera delirando:

–Pero si es su marido... usted también...

Y salió huyendo, en dirección al mar.

Jeanne corrió tras él, para detenerlo, llamándolo, implorándolo, con el corazón encogido de terror, pensando: «¡Lo sabe todo! ¿Qué va a hacer? ¡Ay, con tal de que no los encuentre!».

Pero no conseguía darle alcance, y él no le hacía caso. Avanzaba en línea recta, sin vacilar, sabiendo adónde iba. Cruzó la cuneta y luego, salvando los juncos marinos con zancadas de gigante, se dirigió al acantilado.

Jeanne, de pie en el talud plantado de árboles, estuvo mucho rato siguiéndolo con la mirada; luego, al perderlo de vista, volvió a la casa, atormentada por la angustia.

El conde, tras girar a la derecha, había echado a correr. El oleaje era fuerte; las densas nubes, negrísimas, acudían con enloquecida velocidad y pasaban; tras ellas, llegaban otras. Y todas y cada una asaeteaban la costa con un rabioso chaparrón. El viento silbaba, gemía, corría a ras de la hierba; acamaba las cosechas recién brotadas; llevaba consigo, como si fueran copos de espuma, unas grandes aves blancas, a las que arrastraba lejos, tierra adentro.

Los sucesivos aguaceros azotaban el rostro del conde; le empapaban las mejillas y el bigote, por los que resbalaba la lluvia; le saturaban los oídos de estruendo y el corazón de tumulto.

A lo lejos, frente a él, el valle de Vaucotte abría su honda garganta. Nada se veía por allí cerca, a no ser una cabaña de pastor, junto a un aprisco vacío. Dos caballos estaban atados a los varales de la casa con ruedas. ¿Había acaso algo que temer con tamaña tormenta?

No bien los divisó, el conde se arrojó al suelo; empezó luego a arrastrarse, avanzando con las manos y las rodillas, semejante a un monstruo con aquel corpachón manchado de barro y aquella gorra de piel de alimaña. Reptó hasta la cabaña solitaria y se escondió debajo para que no lo vieran por las rendijas de los tablones.

Su presencia intranquilizó a los caballos. El conde cortó despacio las riendas con la navaja que llevaba abierta en la mano y, al llegar una borrascosa ráfaga, los animales escaparon, acosados por el granizo que fustigaba los alares del tejado de la casa de madera y la hacía tambalearse sobre las ruedas.

El conde se puso entonces de rodillas, arrimó un ojo a la parte de abajo de la puerta y miró lo que sucedía dentro.

Ahora estaba quieto; parecía esperar algo. Pasó un rato bastante largo; y, de súbito, el conde se puso de pie, cubierto de barro de arriba abajo. Corrió con saña el cerrojo que cerraba desde fuera el postigo y, asiendo los varales, empezó a sacudir la caseta, como si quisiera hacerla pedazos. Luego, de repente, ocupó el lugar de la caballería, doblegando la elevada estatura en desesperado esfuerzo, tirando como un buey, jadeando; y arrastró hacia la empinada cuesta la casa viajera, junto con los que dentro de ella estaban.

Sus ocupantes gritaban, dentro, daban puñetazos en el tabique, no entendían qué estaba sucediendo.

Cuando el conde llegó al comienzo de la pendiente, soltó la liviana morada, que empezó a bajarla, rodando.

Corría de forma cada vez más precipitada, arrastrada en loca carrera cuya velocidad iba en aumento; bajaba a brincos y tropiezos, como un animal, golpeando el suelo con los varales.

Un mendigo viejo, acurrucado en una cuneta, vio cómo le pasaba, de un salto, por encima de la cabeza; y oyó que alguien lanzaba dentro del cajón de madera unos gritos espantosos.

De golpe, la cabaña perdió una rueda, que le arrancó un encontronazo; cayó de costado y empezó a bajar como una pelota, igual que se despeñaría desde la cima de un monte una casa desarraigada. Luego, al llegar al borde del último barranco, dio un salto, describió una curva y, cayendo al fondo, se cascó como un huevo.

No bien se hubo destrozado contra el suelo de piedras, el mendigo viejo que la había visto pasar bajó a pasitos entre los espinos; su campesina cautela lo disuadió de acercarse al cajón despanzurrado y fue hasta la casa de labor más próxima a contar el accidente.

Acudieron varias personas al lugar, apartaron los restos destrozados y vieron dos cuerpos. Estaban malheridos, molidos, ensangrentados. El hombre tenía una brecha en la frente y el rostro aplastado. A la mujer le colgaba la mandíbula, que un golpe había desprendido. Y los miembros quebrados tenían la misma flacidez que si no hubiera ya huesos bajo la carne.

No obstante, los reconocieron; y estuvieron largo rato deliberando acerca de las causas de aquella desgracia.

–Pero ¿qué andaban haciendo metidos en esta barraca? –dijo una mujer.

Entonces el viejo pordiosero contó que, al parecer, se habían refugiado allí dentro para guarecerse de un chubasco y la furia del viento debía de haber volcado y despeñado la cabaña. Y explicó que él también había acudido a cobijarse en ella, pero, al ver los caballos atados a los varales, se había dado cuenta de que el sitio estaba cogido.

Y añadió, con cara de satisfacción:

–Si no llega a ser por eso, la espicho yo.

Una voz dijo:

–¿Y no habría valido más?

Entonces el buen hombre se enfureció:

–¿Y por qué iba a haber valido más? ¿Porque soy un pobre y ellos unos ricos? Pues ahí los veis ahora...

Y, tembloroso, desharrapado, chorreando agua, sórdido con aquella barba enredada y aquella larga melena que se le salía del sombrero sin copa, señalaba los dos cadáveres con el extremo del corvo bastón; y sentenció:

–En esto somos todos iguales.

Pero habían ido llegando más campesinos, que miraban de soslayo, con ojos inquietos, taimados, medrosos, egoístas y cobardes. Pensaron, luego, qué había que hacer; y decidieron llevar los cuerpos a las dos casas solariegas, con la esperanza de cobrar una recompensa. Engancharon, pues, dos carretas. Pero se presentó otra dificultad. Unos querían limitarse a cubrir de paja el fondo de los carruajes; otros opinaban que era más decoroso poner unos colchones.

La mujer que había hablado antes dijo a voces:

–Pero es que se llenarán todos de sangre y habrá que lavarlos con lejía.

Entonces, un granjero grueso y de cara bienhumorada repuso:

–Anda, pues se lo cobramos. Cuanto más hagamos, más les cobraremos.

El argumento pareció definitivo.

Y las dos carretas, de ruedas altas y sin ballestas, arrancaron al trote; una tiró a la derecha y la otra a la izquierda, transportando, entre las sacudidas y los tumbos de todos los baches de los hondos roderones, los despojos de aquellos seres que, tras haberse fundido en amorosos abrazos, ya no volverían a encontrarse nunca.

El conde, nada más ver cómo rodaba la cabaña por la empinaba pendiente, había salido huyendo entre los aborrascados aguaceros con toda la rapidez que le permitían las piernas. Siguió corriendo durante varias horas, cruzando los caminos, saltando por encima de los taludes, abriendo agujeros en los setos; y, sin saber cómo, llegó a su casa a la caída de la tarde.

Los criados lo estaban esperando, asustados, y le anunciaron que los dos caballos acababan de regresar sin jinetes, pues el de Julien había seguido al otro.

Entonces, el señor de Fourville se tambaleó y dijo, con voz entrecortada:

–Habrán tenido un accidente con este tiempo tan malo. Que todo el mundo salga a buscarlos.

Él también volvió a salir; pero, en cuanto ya no pudieron verlo, se ocultó bajo una zarza, vigilando la carretera por la que iba a volver, muerta, o moribunda, o quizá inválida, desfigurada para siempre, la mujer a la que aún amaba con salvaje pasión.

No tardó en pasar ante él una carreta que transportaba una carga muy poco usual.

Se detuvo ante el castillo, y entró luego en su recinto. Sí, ahí llegaba, era Ella; pero una atroz angustia clavó al conde en el sitio, un espantoso miedo a saber, un terror ante la verdad; y ya no se movió, agazapado como una liebre, sobresaltándose al menor ruido.

Esperó una hora, dos quizá. La carreta no salía. Se dijo que su mujer estaba agonizando; y al pensar en volver a verla, en encontrarse con su mirada, lo invadió un horror tal que temió, de pronto, que lo descubriesen en aquel escondrijo y lo obligasen a entrar en la casa para asistir a esa agonía; y volvió a escapar, hasta llegar al centro del bosque. Entonces, de súbito, se le ocurrió que quizá necesitaba ayuda, que, con toda seguridad, no había nadie que pudiera atenderla; y regresó, corriendo como un loco.

Al llegar, se encontró con el jardinero y le preguntó a voces:

–¿Qué ha pasado?

El hombre no se atrevía a responder. Entonces, el señor de Fourville, dijo, casi en un alarido:

–¿Está muerta?

Y el criado balbució:

–Sí, señor conde.

Notó un tremendo alivio. Se le metió por la sangre, por los músculos trémulos, una repentina calma; y subió con paso firme los peldaños de la gran escalinata.

La otra carreta se había encaminado a Los Chopos. Jeanne la divisó de lejos, vio el colchón, intuyó que encima de él yacía un cuerpo, y lo comprendió todo. Tan sobrecogida quedó que se desplomó, sin conocimiento.

Cuando volvió en sí, su padre le estaba sosteniendo la cabeza mientras le humedecía las sienes con vinagre. Preguntó, vacilante:

–¿Sabes que...?

Ella susurró:

–Sí, padre.

Pero, cuando quiso ponerse de pie, se encontraba tan enferma que no lo consiguió.

Esa misma noche dio a luz a una niña muerta.

Ni vio ni supo nada del entierro de Julien. Solo notó, al cabo de uno o dos días, que otra vez estaba allí la tía Lison; y, durante las febriles pesadillas que volvían una y otra vez, intentaba empecinadamente acordarse de cuándo se había ido la solterona de Los Chopos, en qué momento, en qué circunstancias. No podía recordarlo ni siquiera en sus horas de lucidez; de lo único que estaba segura era de que había vuelto a verla después de morirse mamaíta.

Capítulo XI

Estuvo tres meses sin salir de su cuarto; se había quedado tan débil y tan pálida que todo el mundo creía, y decía, que estaba perdida. Poco a poco, fue reviviendo. Papaíto y tía Lison no se separaban de ella; los dos se habían instalado en Los Chopos. A Jeanne le quedó, de aquella conmoción, una dolencia nerviosa; desfallecía al menor ruido y las causas más nimias le ocasionaban prolongados síncopes.

Nunca había pedido detalles acerca de la muerte de Julien. ¿Qué más le daba? ¿No sabía ya acaso bastante? Todo el mundo pensaba que había sido un accidente, pero ella no se engañaba; y llevaba guardado en el corazón aquel secreto que la atormentaba: la certidumbre del adulterio y la espantosa visita del conde el día de la catástrofe.

Y hete aquí que ahora le invadían el alma recuerdos enternecidos, dulces y melancólicos, de las breves dichas amorosas que, en otro tiempo, le había dado su marido. La sobresaltaban continuamente los inesperados despertares de su memoria; volvía a ver a Julien tal y como había sido durante los días del noviazgo, y, también, tal y cómo lo había querido en aquellas únicas horas de pasión florecidas al sol de Córcega. De la tumba cerrada nacía ahora un creciente distanciamiento que amenguaba todos los defectos, hacía desvanecerse todas las asperezas; e incluso las infidelidades iban perdiendo importancia. Y Jeanne, al apoderarse de ella algo así como una imprecisa gratitud póstuma hacia el hombre que la había estrechado en sus brazos, perdonaba los sufrimientos pasados para no acordarse ya sino de los momentos dichosos. Luego, el tiempo, que seguía corriendo, y los meses, que se iban amontonando, tendieron un velo de olvido sobre todas las reminiscencias y todos los dolores, como si sobre ellos se fuera acumulando el polvo; y Jeanne se entregó por entero a su hijo.

Se convirtió este en el ídolo, en la única preocupación de los tres seres que lo rodeaban; y reinaba sobre ellos como un déspota. Llegó incluso a haber algo parecido a los celos entre los tres esclavos: Jeanne miraba, nerviosa, cómo el niño besaba con toda el alma al barón tras cabalgar subido en su rodilla. Y la tía Lison, a la que también daba de lado, como la había dado de lado siempre todo el mundo, aquel amo y señor, que todavía no hablaba pero la trataba a veces como a una criada, se iba a llorar a su cuarto, comparando las insignificantes caricias que ella mendigaba y no siempre obtenía con los abrazos que Paul reservaba para su madre y su abuelo.

Pendientes solo del niño, pasaron dos años tranquilos, en los que no sucedió casi nada. Al comienzo del tercer invierno, decidieron ir a vivir a Ruán hasta la primavera. Y toda la familia emigró. Pero, al llegar a la vieja casa, cerrada y húmeda, Paul tuvo una bronquitis tan grave que llegaron a temer que fuera una pleuresía; y los tres miembros de la familia, despavoridos, dictaminaron que el pequeño no podía prescindir del aire de Los Chopos, adonde volvieron a llevarlo en cuanto se hubo curado.

Comenzaron entonces unos años monótonos y dulces.

Juntos siempre alrededor del niño, ora en su cuarto, ora en el salón grande, o en el jardín, se embelesaban con sus balbuceos, sus dichos graciosos, sus gestos.

Su madre lo llamaba, mimosamente, Polito; y él decía Pollito, con lo que todos se reían muchísimo. Se le quedó el mote de Pollito y nadie lo llamó ya de otra manera.

Como crecía muy deprisa, una de las ocupaciones más apasionantes de los tres miembros de la familia, a los que el barón llamaba «las tres madres», consistía en medirlo.

Hacían con una navaja en el zócalo de madera, junto a la puerta del salón, una serie de muescas que marcaban, de mes en mes, los progresos del crecimiento. Esa escala, bautizada «la escala de Pollito», ocupaba un lugar de considerable importancia en la existencia de todos los de la casa.

Apareció luego un nuevo elemento que pasó a desempeñar un papel de gran alcance en la familia: el perro Matanza, al que ya no hacía caso alguno Jeanne, que solo pensaba en su hijo. Ludivine le daba de comer y vivía, solitario y siempre encadenado, en un tonel viejo, delante de la cuadra.

Paul lo descubrió una mañana y empezó a decir a voces que quería ir a darle un beso. Lo dejaron acercarse, con infinitos temores. El perro le hizo fiestas al niño, y este puso el grito en el cielo cuando pretendieron separarlo de él. Entonces soltaron a Matanza y lo instalaron en la casa.

Se convirtió en el compañero inseparable de Paul, en el amigo de cada instante. Se revolcaban juntos por el suelo, dormían juntos en la alfombra. No tardó Matanza en pasar la noche en la cama de su camarada, que no consentía en dejarlo ni a sol ni a sombra. Jeanne se lamentaba a veces, pensando en las pulgas; y tía Lison sentía rencor hacia aquel perro que se quedaba con una parte tan grande del afecto del pequeño, un afecto que, en su opinión, el animal le robaba a ella, que tanto lo anhelaba.

En muy escasas ocasiones, intercambiaban algunas visitas

con los Briseville o los Coutelier. Solo el alcalde y el médico interrumpían con regularidad la soledad de la antigua mansión. Jeanne, tras la muerte de la perra y las sospechas que le había inspirado el párroco en la espantosa muerte de la condesa y de Julien, no había vuelto a pisar la iglesia, airada con un Dios que podía tener ministros como aquel.

El padre Tolbiac lanzaba de vez en cuando anatemas aludiendo directamente a la mansión, por la que rondaba el Espíritu del Mal, el Espíritu de la Rebeldía Eterna, el Espíritu del Error y la Mentira, el Espíritu de la Iniquidad, el Espíritu de la Corrupción y la Impureza, apelaciones todas que se referían al barón.

Por lo demás, muy pocos fieles frecuentaban su iglesia; y, cuando bordeaba los campos en los que los labriegos iban tras el arado, estos no detenían el trabajo para hablar con él, ni se desviaban de su recorrido para saludarlo. Lo tenían, además, por brujo porque había expulsado al demonio del cuerpo de una mujer poseída. Se rumoreaba que sabía invocaciones misteriosas que acababan con los maleficios, que, según él, no eran sino como bromas de Satanás. Imponía las manos a las vacas que daban la leche azul o llevaban la cola enroscada y, con unas cuantas palabras que nadie entendía, hacía aparecer las cosas perdidas.

Su pensamiento, corto de luces y fanático, se entregaba con pasión al estudio de los libros de asunto religioso que referían la historia de las apariciones del Diablo en la tierra, las diversas manifestaciones de su poder, sus variopintas y ocultas influencias, todos los recursos que poseía y las malas pasadas en que solían revelarse sus argucias. Y, como pensaba que estaba especialmente facultado para combatir ese Poder misterioso y fatal, había estudiado todas las fórmulas de exorcismos que aparecían en los manuales eclesiásticos.

Le parecía sentir continuamente cómo vagaba por la sombra

el Espíritu Malo; y en todo momento se le venía a los labios la frase latina: «*Sicut leo rugiens circuit quærens quem devoret*».

Empezó entonces a cundir un temor, pavoroso ante aquella fuerza oculta suya. Sus propios colegas, curas rurales ignorantes, para quienes Belcebú es artículo de fe y a los que perturban los minuciosos mandatos de los ritos previstos para las manifestaciones de ese poder maligno, con lo que acaban por confundir la religión con la magia, consideraban que el padre Tolbiac tenía visos de brujo; y lo respetaban tanto por el poder oscuro que le atribuían cuanto por la irreprochable austeridad de la vida que llevaba.

Cuando el sacerdote se cruzaba con Jeanne, no la saludaba.

Aquella situación preocupaba y desconsolaba a la tía Lison, cuya medrosa alma de solterona no comprendía que alguien pudiera no ir a la iglesia. Claro está que era mujer piadosa; claro está que se confesaba y comulgaba; pero nadie lo sabía ni hacía por saberlo.

Cuando se quedaba a solas, completamente a solas, con Paul, le hablaba muy bajito de Dios. Él la escuchaba con cierta atención cuando le refería las milagrosas historias de los primeros tiempos del mundo; pero, cuando le decía que había que amar mucho, mucho al buen Dios, el niño le preguntaba, a veces: «¿Y dónde está, tía?». Ella, entonces, le señalaba el cielo con el dedo: «Allí, arriba, Pollito, pero no se lo digas a nadie». Le tenía miedo al barón.

Pero, un día, Pollito le espetó:

–Dios está en todas partes, pero no está en la iglesia.

Le había contado al abuelo las misteriosas revelaciones de la tía.

El pequeño iba a cumplir diez años; su madre aparentaba cuarenta. Era fuerte, travieso, atrevido para subirse a los árboles, pero no sabía casi nada. Las clases lo aburrían y las interrumpía nada más empezar. Y, cuantas veces el barón lo tenía un rato algo más largo ante un libro, enseguida llegaba Jeanne, diciendo: «Deja que se vaya ya a jugar. No hay que cansarlo, es tan pequeño». Le seguía pareciendo un niño de seis meses o de un año. Apenas si se percataba de que andaba, corría, hablaba como un hombrecito; y vivía con el constante temor de que se cayera, de que cogiese frío, de que se acalorase al ir de un lado para otro, de que comiera demasiado y se empachase o de que comiese poco y no creciera.

Al cumplir los doce años, se presentó un problema de envergadura: el de la primera comunión.

Lise fue una mañana a hablar con Jeanne y le hizo ver que no podían dejar más tiempo al niño sin instrucción religiosa ni retrasar más el cumplimiento de sus obligaciones primordiales. Presentó toda suerte de argumentos, sacó a colación mil razones y, sobre todo, la opinión de las personas con las que se trataban. La madre, turbada, indecisa, vacilaba, afirmando que aún se podía esperar un poco.

Pero, un mes después, estando de visita en casa de la vizcondesa de Briseville, esta le dijo por casualidad:

–Su Paul hace la primera comunión este año, ¿verdad?

Y Jeanne, a la que había pillado desprevenida la pregunta, contestó:

–Sí, este año.

Aquella sencilla frase bastó para decidirla y, sin decirle nada a su padre, pidió a Lise que llevase al niño al catecismo.

Todo fue bien durante un mes; pero, una tarde, Pollito volvió con la garganta tomada. Y, al día siguiente, tosía. La madre, asustadísima, le preguntó qué había pasado y se enteró de que el párroco lo había echado de clase por mal comportamiento y había estado hasta que acabó la lección en el porche de la iglesia, en plena corriente.

Dispuso, pues, que se quedase en casa y le enseñó personalmente ese alfabeto de la religión. Pero el padre Tolbiac, pese a las súplicas de la tía Lison, se negó a admitirlo entre los comulgantes, alegando que no estaba suficientemente preparado.

Sucedió otro tanto al año siguiente. Entonces, el barón, exasperado, declaró que, para ser un hombre de bien, maldita la falta que le hacía al niño creer en aquellas simplezas, en aquel símbolo pueril de la transubstanciación; y quedó decidido que lo educarían como cristiano, pero no como católico practicante y que, al cumplir la mayoría de edad, quedaría en libertad de ser lo que más le gustara.

Poco tiempo después, fue Jeanne a hacer una visita a los Briseville, pero no se la devolvieron. Le causó extrañeza, pues bien sabía la meticulosa cortesía de sus vecinos; pero la marquesa de Coutelier la informó, con tono altanero, del motivo de aquella omisión.

Considerábase esta, debido a la posición de su marido y a su título, legítimo a más no poder, y también a su considerable fortuna, algo así como la reina de la nobleza normanda. Gobernaba, por tanto, como gobierna una reina; decía lo que le parecía; se mostraba amable o seca, según las circunstancias; amonestaba; enmendaba o daba plácemes en cuanto se le presentaba la ocasión. Habiendo ido Jeanne a verla, la dama, tras una breve charla muy fría, dijo con tono cortante:

–La sociedad se divide en dos clases de hombres: los que creen en Dios y los que no creen. Los primeros son amigos nuestros, por muy humildes que sean; a los otros, ni los tomamos en cuenta.

Jeanne, percatándose del ataque, replicó:

–Pero ¿es que no se puede creer en Dios sin ir por la iglesia?

La marquesa respondió:

–No, no se puede. Los fieles acuden a rezar a Dios a su iglesia de la misma forma que es costumbre ir a visitar a las personas a sus casas.

Jeanne, herida, repuso:

–Dios está en todas partes, señora. En lo que a mí se refiere, que creo en su bondad con toda el alma, dejo de notar su presencia cuando ciertos sacerdotes se interponen entre él y yo.

La marquesa se puso de pie:

–El sacerdote es el abanderado de la Iglesia, señora; todo el que no siga esa bandera está contra él y contra nosotros.

También Jeanne se había levantado, trémula:

–Usted, señora, cree en el Dios de un partido. Yo creo en el Dios de los hombres de bien.

Se despidió y se fue.

También los campesinos la censuraban porque Pollito no había hecho la primera comunión. Ellos no asistían a los oficios ni recibían los sacramentos, o se limitaban a comulgar por Pascua florida, ateniéndose al pie de la letra a los mandamientos de la Iglesia; pero los chicos eran otra cosa, y ninguno se habría atrevido a criar a un hijo fuera de esa ley general, porque la Religión es la Religión.

Jeanne notó esa reprobación y la indignaron en lo más hondo del alma todas aquellas concesiones, aquellos apaños de conciencia, aquel universal temor a todo, la enorme cobardía que anida en todos los corazones y, cuando se deja ver, se adorna con tantas máscaras respetables.

El barón se hizo cargo de la educación de Paul y empezó a enseñarle latín. La madre no tenía en los labios sino una recomendación: «Sobre todo, que no se canse»; y andaba rondando, inquieta, en torno al cuarto de estudio, pues papaíto le había prohibido que entrase, ya que interrumpía las clases a cada instante para preguntar: «¿Se te quedan los pies fríos, Pollito?». O: «¿Te duele la cabeza, Pollito?». O atajaba al profesor: «No le hagas hablar tanto, que se le va a resentir la garganta».

En cuanto el niño quedaba libre, bajaba a reunirse con su tía y su madre para dedicarse a la jardinería. Les había entrado una gran afición al cultivo de la tierra; y los tres plantaban árboles jóvenes en primavera, enterraban semillas cuya eclosión y crecimiento les interesaban muchísimo, podaban ramas, cortaban flores para hacer ramos.

La mayor inclinación del muchacho era el cultivo de lechugas. Tenía a su cargo cuatro extensos cuadros del huerto, en los que cultivaba con mucho mimo lechuga romana, escarola, endivia e imperial, cuantas variedades conocía de esas hojas comestibles. Cavaba, regaba, escardaba, trasplantaba, con la ayuda de sus dos madres, a las que hacía trabajar como si fuesen jornaleras. Podía vérselas arrodilladas durante horas enteras en los arriates, ensuciándose los vestidos y las manos, absortas en la tarea de introducir la raíz de los plantones en unos agujeros que hacían hundiendo un dedo en la tierra.

Pollito se iba haciendo un hombre, estaba a punto de cumplir los quince años; y la escala del salón marcaba ahora un metro con cincuenta y ocho centímetros. Pero seguía siendo muy niño de pensamiento, ignorante, inocentón, asfixiado entre aquellas dos faldas y aquel anciano bondadoso, que era de otro siglo.

Por fin, una noche, el barón habló de internados; y Jeanne, acto seguido, rompió a sollozar. La tía Lison, sobresaltada, se encogía en un rincón oscuro.

La madre argumentaba:

–¿Para qué necesita saber tantas cosas? Haremos de él un hombre de campo, un caballero terrateniente. Cultivará sus tierras, como hacen muchos aristócratas. Vivirá y envejecerá feliz en esta casa en que hemos vivido nosotros, en la que moriremos. ¿Qué más se puede pedir?

Pero el barón decía que no con la cabeza:

–¿Qué le vas a responder si un día, cuando tenga veinticinco años, viene a decirte: «Por tu culpa, por culpa de tu egoísmo de madre, no soy nadie, no sé nada. Me doy cuenta de que soy incapaz de trabajar, de labrarme un porvenir. Y, sin embargo, yo no estaba hecho para la vida oscura, humilde, a la que me ha condenado tu poco previsora ternura»?

Jeanne seguía llorando; y le decía a su hijo con tono implorante:

–Oye, Pollito, ¿verdad que nunca me reprocharás que te haya querido demasiado?

Y el niño grande, sorprendido, prometía:

–No, mamá.

–¿Me lo juras?

–Sí, mamá.

–¿A que quieres quedarte aquí?

–Sí, mamá.

Entonces, el barón subió el tono de voz y dijo con firmeza:

–Jeanne, no tienes derecho a disponer de esta vida. Lo que estás haciendo es una cobardía y, casi, un crimen: estás sacrificando a tu hijo a tu felicidad personal.

Ella se tapó la cara con las manos, sollozando a más y mejor; y balbucía, entre el llanto:

–¡He sido tan desgraciada... tan desgraciada! Y ahora que estoy tranquila con él, me lo quitan... ¿Qué será de mí... ahora... si me quedo sola?

El padre se levantó, fue a sentarse a su lado, la abrazó:

–¿Y yo, Jeanne?

Su hija se le aferró repentinamente al cuello, lo besó con violencia; luego, aún sin resuello, dijo, entre ahogos:

–Sí... tienes razón... a lo mejor... papaíto. He sido una loca, pero es que he sufrido tanto. Estoy de acuerdo en que vaya al internado.

Y entonces le tocó llorar a Paul, que no acababa de entender qué iban a hacer con él.

Sus tres madres lo besaron, le hicieron arrumacos, le dieron ánimos. Y todos subieron a acostarse con el corazón oprimido; y todos lloraron en la cama, incluso el barón, que se había estado conteniendo.

Decidieron que, a principio de curso, enviarían al muchacho al internado de El Havre. Y pasaron todo el verano mimándolo más que nunca.

Su madre lanzaba frecuentes ayes al pensar en la separación. Le preparó el ajuar como si fuera a pasar diez años viajando; luego, una mañana de octubre, tras una noche sin conciliar el sueño, las dos mujeres y el barón subieron con él a la calesa, que arrancó al trote de los dos caballos.

Ya habían hecho un viaje anterior para elegirle sitio en el dormitorio y en el aula. Con ayuda de la tía Lison. Jeanne se pasó el día colocándole las cosas en la cómoda pequeña que le correspondía. Como en aquel mueble no cabía ni la cuarta parte de lo que habían traído, fue a ver al director para que le asignase otra más. Este hizo venir al ecónomo, que argumentó que tantas mudas y tanta ropa no eran necesarias y no harían sino estorbar; y, respaldándose en el reglamento, se negó a poner otra cómoda a disposición del alumno. La madre, desconsolada, se resolvió entonces a alquilar una habitación en un hotelito próximo y encargar al dueño que fuera personalmente a llevarle a Pollito todo cuanto necesitara no bien el niño lo llamase.

Dieron, luego, todos juntos una vuelta por el espigón, mirando cómo entraban y salían los barcos.

Cayó un crepúsculo melancólico sobre la ciudad, cuyas luces iban encendiéndose poco a poco. Fueron a cenar a un restaurante. Ninguno tenía hambre; y se miraban con los ojos húmedos, mientras las fuentes desfilaban ante ellos para volver a la cocina casi intactas.

Se encaminaron, luego, despacio al internado. Por todas partes iban llegando niños de todas las estaturas, a los que acompañaban sus familias o un criado. Muchos lloraban. Se oía un murmullo de lágrimas en el amplio patio casi a oscuras.

Jeanne y Pollito estuvieron mucho rato abrazados. La tía Lison se había quedado detrás, sin que nadie se acordara de ella, con la cara hundida en el pañuelo. Pero el barón, al sentir que se enternecía, tiró de su hija para abreviar los adioses. La calesa los estaba esperando delante de la puerta; subieron los tres a ella y regresaron a Los Chopos en la oscuridad de la noche.

De vez en cuando, cruzaba un sollozo por la penumbra.

Al día siguiente, Jeanne estuvo llorando hasta el anochecer. Al otro, mandó enganchar el faetón y se fue a El Havre. Pollito parecía ya hecho a la separación. Era la primera vez en la vida que tenía compañeros; y el deseo de irse a jugar no lo dejaba estarse quieto en la silla de la sala de visitas.

Jeanne volvió un día sí y otro no; y los domingos, para las salidas. Como no sabía qué hacer durante las clases, entre recreo y recreo, se quedaba sentada en la sala de visitas, sin fuerza ni valor para alejarse del internado. El director le mandó recado de que tuviera la bondad de subir a verlo, y le pidió que no fuera con tanta frecuencia. Ella no tomó en cuenta la recomendación.

La avisó, entonces, de que si seguía molestando continuamente a su hijo, impidiendo que jugase durante las horas libres o que estudiara, al centro no le quedaría más remedio que mandarlo a casa; y enviaron una notita al barón, para ponerlo al tanto. Jeanne tuvo, pues, que quedarse bajo custodia en Los Chopos, como una prisionera.

Esperaba las vacaciones con más ansiedad que su propio hijo.

Y una inquietud incesante le turbaba el ánimo. Se puso a recorrer sin rumbo la comarca, paseando durante días enteros sin más compañía que la del perro Matanza, sumida en ensoñaciones hueras. A veces, se quedaba sentada toda una tarde mirando la mar desde lo más alto del acantilado; otras, bajaba a Yport, cruzando el bosque, repitiendo los antiguos paseos cuyo recuerdo la hostigaba. Qué lejos estaban, qué lejos, los tiempos en que recorría aquellos mismos parajes en plena juventud y ebria de sueños.

Cada vez que volvía a ver a su hijo, le daba la impresión de que llevaban separados diez años. El muchacho se hacía un hombre de mes en mes; de mes en mes, ella se hacía una anciana. Su padre parecía hermano suyo; y la tía Lison, que no envejecía, ajada ya desde los veinticinco años, parecía su hermana mayor.

Pollito estudiaba muy poco; repitió el tercer curso de bachillerato. El cuarto lo aprobó a trancas y barrancas; pero tuvo que hacer dos veces quinto; y, cuando llegó al curso de retórica, iba a cumplir los veinte.

Se había convertido en un joven alto y rubio, con patillas ya muy nutridas y una sombra de bigote. Ahora era él quien iba a Los Chopos todos los domingos. Como hacía mucho que tomaba clases de equitación, le bastaba con alquilar un caballo y, en dos horas, estaba en su casa.

Jeanne salía a su encuentro desde por la mañana, con la tía y el barón, quien, poco a poco, se iba encorvando y caminaba igual que un ancianito, con las manos a la espalda como para evitar irse de bruces al suelo.

Iban muy despacio carretera adelante, sentándose a veces al filo de la cuneta y oteando el horizonte por ver si divisaban ya al jinete. En cuanto aparecía, como un punto negro en la raya blanca, los tres miembros de la familia agitaban los pañuelos; y Paul ponía el caballo al galope para llegar junto a ellos como un huracán, con lo que Jeanne y Lison temblaban de miedo, y el abuelo se entusiasmaba y gritaba: «Bravo», con la exaltación de quien no está ya para esos trotes.

Aunque Paul le sacaba la cabeza a su madre, esta seguía tratándolo como a una criatura y aún le preguntaba:

–¿No se te quedan los pies fríos, Pollito?

Y cuando paseaba delante de la escalinata, después de almorzar, fumando un cigarrillo, abría la ventana para decirle a voces:

–No salgas sin nada a la cabeza, te lo ruego, que vas a coger un catarro.

Se estremecía de preocupación cuando su hijo se marchaba a caballo, de noche:

–Sobre todo, no corras demasiado, Pollito, hijo; sé prudente, acuérdate de tu pobre madre, que se quedaría desesperada si te sucediese algo.

Pero un sábado por la mañana recibió una carta de Paul en la que le anunciaba que al día siguiente no iría porque unos amigos habían organizado una salida y lo habían invitado.

La angustia tuvo atormentada a Jeanne todo el domingo, como si la amenazase una desdicha; el jueves, no pudo aguantar más y se fue a El Havre.

Le pareció que su hijo había cambiado, sin poder decir en qué. Estaba de muy buen humor, hablaba con voz más viril. Y, de pronto, le dijo, como si fuera lo más natural:

–Sabes, mamá, ya que has venido hoy, no voy a ir a Los Chopos el domingo que viene porque vamos a repetir la fiesta.

Jeanne se quedó sobrecogida, sin resuello, como si le hubiese anunciado que se marchaba al Nuevo Mundo; luego, cuando hubo recuperado el uso de la palabra, le preguntó:

–Ay, Pollito, ¿qué te sucede? Dime, ¿qué sucede?

Él se echó a reír y le dio un beso:

–Pues nada, mamá. Salgo a divertirme con unos amigos; es lo lógico a mi edad.

A Jeanne no se le ocurrió respuesta alguna; y, cuando se vio sola en el coche, la asaltaron unas ideas muy peculiares. No había reconocido a su Pollito, a su Pollito de antes. Por vez primera, se percataba de que había crecido; de que ya no era suyo; de que en adelante viviría por su cuenta, sin acordarse de los mayores. Le parecía que había cambiado en un día. ¿Cómo? Aquel muchacho alto y con barba que imponía su voluntad ¿era su hijo, su infeliz niñito que, tiempo atrás, le mandaba trasplantar lechugas?

Paul estuvo tres meses sin ir a ver a su familia más que de tarde en tarde, acuciado siempre por un evidente deseo de marcharse cuanto antes, intentando todas las tardes ganar una hora. Jeanne estaba espantada, y el barón la consolaba continuamente repitiéndole:

–Déjalo. El chico tiene veinte años.

Pero, una mañana, un hombre viejo y bastante mal trajeado preguntó, con acento alemán, por «la *señoga* vizcondesa». Y, tras muchos saludos ceremoniosos, se sacó del bolsillo una cartera repulsiva, al tiempo que decía:

–Tengo un papelito *paga* usted.

Le presentó, tras haberlo desdoblado, un pedazo de papel grasiento. Jeanne lo leyó, lo volvió a leer, miró al judío, leyó la hoja una vez más y preguntó:

–¿Y esto qué es?

El hombre explicó, muy obsequioso:

–Pues *ferá*. Su hijo ha necesitado algo de *dinego* y como yo sabía que es usted una buena *madge* le *pgesté* una cantidad modesta *paga* que se *fuega* apañando.

Jeanne dijo, temblorosa:

–Pero ¿por qué no me lo pidió a mí?

El judío le dio prolijas aclaraciones: se trataba de una deuda de juego que había que pagar antes de las doce del día siguiente; como Paul no era aún mayor de edad, nadie le habría prestado un céntimo; y «el *honog* del joven *habgía* quedado en *entgedicho*» si él no le hubiera hecho «ese *faforcillo* de nada».

Jeanne quería llamar al barón, pero estaba tan paralizada del susto que no podía moverse. Por fin, le dijo al usurero:

–¿Quiere tener la bondad de tocar la campanilla?

El judío vacilaba, temiendo una trampa. Dijo, entre balbuceos:

–Si *ahoga* soy *inopogtuno*, ya *folferé*.

Jeanne dijo que no con la cabeza. Llamó y esperaron ambos frente a frente, sin decir nada.

Cuando llegó su padre, enseguida se hizo cargo de la situación. El pagaré era de mil quinientos francos. Le pagó mil al hombre, diciéndole mientras lo miraba fijamente:

–Sobre todo, no vuelva por aquí.

El otro dio las gracias, saludó y se esfumó.

El abuelo y la madre salieron en el acto hacia El Havre; pero, al llegar al internado, se enteraron de que hacía un mes que Paul no aparecía por allí. El director había recibido cuatro cartas firmadas por Jeanne comunicando, primero, que el alumno estaba enfermo y dando, luego, noticias de su salud. Con cada una de las cartas, había un certificado médico. Y, por descontado, todos esos documentos eran falsos. La madre y el abuelo se quedaron aterrados; se miraban, sin decidirse a marcharse.

El director, consternado, los acompañó a la comisaría. Luego, pasaron la noche en un hotel.

Al día siguiente, localizaron al joven en casa de una mujer de vida alegre de la ciudad. El abuelo y la madre se lo llevaron a Los Chopos; y ninguno de los tres dijo una palabra durante todo el camino. Jeanne lloraba, con la cara hundida en el pañuelo. Paul miraba la campiña con expresión de indiferencia.

En ocho días se enteraron de que durante los tres meses anteriores había acumulado quince mil francos de deudas. Los acreedores no habían reclamado en un primer momento porque sabían que pronto iba a ser mayor de edad.

No se habló del asunto. Querían volver a ganárselo por las buenas. Le servían platos exquisitos, lo agasajaban, lo mimaban. Estaban en primavera: le alquilaron una barca en Yport, pese al miedo cerval que sentía Jeanne, para que pudiera hacer los paseos por mar que le apetecieran.

No dejaban a su alcance ningún caballo por temor a que se volviera a El Havre.

Andaba ocioso; se mostraba irritable, brutal a veces. Al barón lo preocupaba que no hubiera concluido sus estudios. Jeanne, aunque la aterraba la idea de una separación, se preguntaba, no obstante, qué iban a hacer con él.

Un atardecer no volvió a casa. Se enteraron de que había salido en barca con dos marineros. Su madre bajó como una loca en plena noche al puerto, sin ponerse nada a la cabeza.

Unos hombres esperaban en la playa a que regresara la embarcación.

Apareció en alta mar una lucecita, que fue acercándose entre bamboleos. Paul ya no estaba a bordo. Lo habían llevado a El Havre.

Por mucho que lo buscó la policía, fue imposible hallarlo. La muchacha que lo había escondido ya una vez también había desaparecido, sin dejar rastro, tras vender los muebles y dejar pagado el alquiler. En Los Chopos, encontraron en el cuarto de Paul dos cartas de aquella golfa, que parecía locamente enamorada de él. Aludía en ellas a un viaje a Inglaterra para el que ya había conseguido, a lo que decía, el dinero necesario.

Y los tres moradores de la mansión vivieron, callados y pesarosos, en el taciturno infierno de las torturas morales. A Jeanne, que ya tenía el pelo gris, se le puso blanco. Se preguntaba, candorosamente, por qué la suerte la castigaba así.

Recibió una carta del padre Tolbiac:

> Señora condesa:
>
> La mano de Dios le ha enviado la carga que padece. Usted le negó su hijo a Dios; y, ahora, Él se lo quita para arrojarlo en brazos de una prostituta. ¿Esta lección del Cielo no va a abrirle los ojos? La misericordia del Señor es infinita. Quizá la perdonase si acudiera usted a postrarse ante Él. Yo, que soy su humilde servidor, le abriré las puertas de su morada si viene usted a llamar a ellas.

Jeanne estuvo mucho rato con la carta en las rodillas. Quizá fuese cierto lo que decía aquel sacerdote. Y todas las incertidumbres religiosas empezaron a desgarrarle la conciencia. ¿Acaso podía Dios ser vengativo y celosamente exigente, como lo eran los hombres? Pero si no fuera exigente, nadie lo temería, todos dejarían de adorarlo. Probablemente se mostraba ante los humanos con los sentimientos característicos de estos para que los humanos lo comprendieran mejor. Y la cobarde duda que empuja hacia las iglesias a los vacilantes, a los confusos, se le metió dentro; un atardecer fue, presurosa y furtiva, al presbiterio y, arrodillándose a los pies del enteco sacerdote, le pidió la absolución.

Él le prometió un perdón a medias, ya que Dios no podía prodigar toda sus bondades a un hogar en el que residía un hombre como el barón:

–No tardará en notar los efectos de la Divina Misericordia –le afirmó.

Y, efectivamente, Jeanne recibió dos días después una carta de su hijo y, trastornada por la pena, pensó que allí estaba el principio del alivio que le había prometido el sacerdote:

> Querida mamá, no tengas preocupación por mí. Estoy en Londres, y con buena salud, pero muy necesitado de dinero. No nos queda ni un céntimo y hay días en que no comemos. La mujer que vive conmigo, a la que quiero con toda el alma, se ha gastado, para no separarse de mí, cuanto tenía: cinco mil francos. Y comprenderás que, ante todo, tengo el compromiso de honor de devolverle ese dinero. Te agradecería mucho que me adelantases unos quince mil francos, a cuenta de la herencia de papá, puesto que me falta poco para la mayoría de edad. Me sacarías de un apuro muy grande.
>
> Adiós, mamá querida; un beso muy fuerte, y otro para el abuelo y tía Lison. Espero verte pronto.
>
> Tu hijo,
>
> Vizconde PAUL DE LAMARE

¡Le había escrito! Así que no la había olvidado. No se le ocurrió pensar que si escribía era para pedir dinero. Si se le había acabado el dinero, le mandarían más. ¿Qué importancia tenía el dinero? ¡Le había escrito!

Fue, corriendo y llorando, a enseñarle la carta al barón. Llamaron a la tía Lison; volvieron a leer, punto por punto, aquel papel que traía noticias de él. Discutieron cada una de sus palabras.

Jeanne, pasando de la desesperanza más completa a una suerte de esperanzada embriaguez, defendía a Paul:

–Va a volver; ha escrito, así que va a volver.

El barón, menos exaltado, dijo:

–Todo eso está muy bien; pero nos dejó por irse con esa

mujer, así que la quiere más que a nosotros, puesto que no se lo pensó dos veces.

Un dolor repentino y espantoso le atravesó el corazón a Jeanne; y, acto seguido, prendió en ella el odio hacia aquella amante que le robaba a su hijo; un odio implacable, feroz, un odio de madre celosa. Hasta aquel momento, todos sus pensamientos habían sido para Paul, y casi no se había percatado de que lo había descarriado una desvergonzada. Pero, de pronto, el comentario del barón le recordó a esa rival, le reveló su fatídico poder; y se dio cuenta de que entre esa mujer y ella empezaba una lucha encarnizada; y, también, de que preferiría perder a su hijo antes que compartirlo con la otra.

Enviaron los quince mil francos y estuvieron otros cinco meses sin noticias.

Luego se presentó un apoderado para liquidar la herencia de Julien. Jeanne y el barón la entregaron sin poner inconveniente alguno, renunciando incluso al usufructo que correspondía a la madre. Y Paul cobró, al regresar a París, ciento veinte mil francos. Escribió entonces cuatro cartas en seis meses, dando noticias de su vida con lacónico estilo y poniendo, al final, frías expresiones de afecto: «Estoy trabajando –aseguraba–, me he forjado una posición en la Bolsa. Tengo la esperanza, mi querida familia, de poder ir un día a Los Chopos a daros un beso».

No mencionaba a su amante; y ese silencio era más significativo que si hubiera dedicado cuatro páginas a hablar de ella. A Jeanne le parecía que, tras aquellas gélidas cartas, se emboscaba, inclemente, esa enemiga eterna de las madres: la lagarta.

Los tres solitarios debatían acerca de lo que se podía hacer para salvar a Paul y no se les ocurría nada. ¿Un viaje a París? ¿Para qué?

El barón decía:

–Hay que dejar que esa pasión se vaya desgastando. Volverá a nosotros espontáneamente.

Y llevaban una vida lastimosa.

Jeanne y Lison iban juntas a la iglesia, a escondidas del barón.

Pasaron una temporada larga sin recibir noticias; luego, una mañana, una carta desesperada los sumió en el terror.

> Mi buena mamá, estoy perdido. Si no me ayudas solo me queda ya levantarme la tapa de los sesos de un tiro. Una especulación con muy buenas perspectivas acaba de salirme mal y debo ochenta y cinco mil francos. No pagarlos supone el deshonor, la ruina, la imposibilidad de emprender ya nunca nada nuevo. Estoy perdido. Te repito que prefiero levantarme la tapa de los sesos que sobrevivir a esta vergüenza. Y es posible que ya lo hubiera hecho de no ser por los ánimos que me da una mujer a la que nunca menciono y que es mi Providencia.
>
> Un beso de corazón, querida mamá. Es posible que sea el último. Adiós.
>
> PAUL

Junto con la carta, venían unos fajos de papeles que explicaban el desastre por lo menudo.

El barón respondió a vuelta de correo que iba a ver qué podían hacer. Se fue, luego, a El Havre en busca de asesoramiento; e hipotecó unas tierras para conseguir ese dinero, que le enviaron a Paul.

El joven contestó con tres cartas de entusiasmado agradecimiento y apasionado cariño, anunciando su inmediata llegada para dar un abrazo a su querida familia.

No se presentó.

Pasó un año entero.

Jeanne y el barón iban ya a salir hacia París para buscarlo y hacer un último intento cuando una nota los informó de que estaba otra vez en Londres, organizando una empresa de paquebotes de vapor, cuya razón social era: «Paul de Lamare y Cía.». Decía en esa nota: «Para mí, va a suponer la fortuna segura, la riqueza quizá. Y no corro ningún riesgo. Podéis daros cuenta de todas las ventajas del asunto. Cuando vuelva a veros, ya tendré una buena posición social. En nuestros días, no hay nada mejor que los negocios para salir adelante».

Tres meses después, la compañía de paquebotes se declaraba en quiebra y había demandas contra el director por irregularidades en las escrituras comerciales. Jeanne sufrió un ataque de nervios que le duró varias horas; luego, se encamó.

El barón volvió a ir a El Havre, se informó, se entrevistó con abogados y hombres de negocios, con procuradores, con ujieres, se enteró que el déficit de la sociedad de Lamare era de doscientos treinta y cinco mil francos y volvió a hipotecar sus posesiones. La casa solariega de Los Chopos y las dos alquerías quedaron gravadas con una suma cuantiosa.

Una tarde, cuando estaba cumplimentando los últimos requisitos en el despacho de un financiero, rodó por el suelo, víctima de una apoplejía.

Un hombre a caballo fue a avisar a Jeanne. Cuando llegó, su padre ya había muerto.

Se lo llevó a Los Chopos, tan anonadada que su dolor era, más que nada, el embotamiento de la desesperación.

El padre Tolbiac se negó a que el cuerpo entrara en la iglesia, pese a los frenéticos ruegos de ambas mujeres. Enterraron al barón a la caída de la tarde, sin ceremonia alguna.

Paul se enteró del suceso por uno de los liquidadores de la quiebra. Estaba aún escondido en Inglaterra. Escribió para disculparse por no haber hecho acto de presencia, pues no se había enterado a tiempo de la desgracia. «Por lo demás, ahora que me has sacado del apuro, querida mamá, regreso a Francia y no tardaré en ir a darte un beso.»

Jeanne vivía tan aplanada que parecía no percatarse ya nunca de nada.

Y, a finales del invierno, la tía Lison, que contaba entonces sesenta y ocho años, tuvo una bronquitis que degeneró en pleuresía; y murió dulcemente, mientras decía entre balbuceos:

–Mi pobrecita Jeanne, me voy a pedirle a Dios que se compadezca de ti.

Jeanne la acompañó al cementerio, miró cómo caía la tierra sobre la caja; y, en el momento en que se desplomaba, deseando de corazón morir también, no sufrir más, no pensar más, una robusta aldeana la alzó en sus brazos y se la llevó como si fuera un niño pequeño.

De regreso a la mansión, Jeanne, que acababa de pasar cinco noches junto al lecho de la solterona, dejó, sin resistirse, que la metiese en la cama la campesina desconocida, que la manejaba suave y autoritariamente; y cayó en un sueño fruto del agotamiento, agobiada de cansancio y pena.

Se despertó mediada la noche. Una lamparilla ardía en la repisa de la chimenea. Una mujer dormía en un sillón. ¿Quién era aquella mujer? Jeanne no la reconocía y hacía cábalas, asomándose al borde de la cama para verle bien la cara a la temblona luz de la mariposa que, en un vaso de cocina, flotaba sobre el aceite.

No obstante, le parecía haber visto ya antes aquel rostro. Pero ¿cuándo? Pero ¿dónde? La mujer dormía con sueño apacible, inclinando sobre el hombro la cabeza, con la cofia caída en el suelo. Podía tener cuarenta o cuarenta y cinco años. Era robusta, de buen color, cuadrada, fuerte. Las anchas manos le colgaban a ambos lados del asiento. El pelo se le estaba empezando a poner gris. Jeanne, sumida en esa confusión mental que acompaña el despertar tras el sueño febril que sigue a las grandes desgracias, clavaba en ella una mirada obstinada.

¡No cabía duda de que había visto antes esa cara! ¿Había sido en tiempos pasados? ¿Había sido hacía poco? No lo sabía, y esa obsesión la inquietaba, la ponía nerviosa. Se levantó sin hacer ruido para mirar a la durmiente más de cerca y se le acercó de puntillas. Era la mujer que la había recogido en el cementerio y, luego, la había metido en la cama. Recordaba todo aquello de forma confusa.

Pero ¿la había conocido antes, en otra época de su vida? ¿O era solo que creía reconocerla por el turbio recuerdo del día anterior? Y, además, ¿cómo es que estaba en su cuarto? ¿Por qué?

La mujer alzó los párpados, vio a Jeanne y se incorporó bruscamente. Las dos mujeres estaban frente a frente, tan próximas que los pechos de ambas se rozaban. La desconocida refunfuñó:

–¿Cómo? ¿Qué hace usted levantada? No, si acabará por coger algo. ¡Venga, vuélvase a la cama!

Jeanne preguntó:

–¿Quién es usted?

Pero la mujer abrió los brazos, la rodeó con ellos, la alzó en vilo y la volvió a llevar hasta la cama con la fuerza de un hombre. Y, al tiempo que la depositaba con suavidad sobre las sábanas, inclinada y casi echada sobre Jeanne, empezó a llorar y a darle frenéticos besos en las mejillas, en el pelo, en los ojos, mojándole la cara de lágrimas y balbuciendo:

–Mi señorita Jeanne, mi señorita Jeanne. ¡Pobrecita! ¿Es que no se acuerda de mí?

Y Jeanne exclamó:

–Rosalie, muchacha.

Y, echándole los brazos al cuello, la abrazó y la besó; y las dos sollozaban, estrechamente unidas, mezclando el llanto, sin poder aflojar los brazos.

Rosalie fue la primera en tranquilizarse:

–Bueno, a ver si somos sensatas –dijo– y no cogemos frío.

Y recogió las mantas, las remetió, volvió a colocar la almohada bajo la cabeza de su antigua señora, que seguía sin recobrar el resuello, presa de la tensión de los recuerdos de antaño que le habían vuelto al alma.

Por fin, preguntó:

–Pero, hija, ¿cómo es que has vuelto?

Rosalie repuso:

–Anda, como si fuera yo a dejarla así, sola, ahora que no tiene usted a nadie.

Jeanne siguió diciendo:

–Enciende una vela, mujer, para que pueda verte.

Y cuando puso Rosalie la luz en la mesilla de noche, ambas estuvieron mucho rato mirándose, sin decir palabra. Luego, Jeanne, alargando la mano hacia su antigua doncella, dijo a media voz:

–En la vida habría sido capaz de reconocerte, hija, estás muy cambiada, sabes, aunque no tanto como yo.

Y Rosalie, mirando a aquella mujer de pelo blanco, flaca y ajada, de la que se había separado cuando era joven, hermosa y lozana, contestó:

–Sí que está usted cambiada, señorita Jeanne, y más de la cuenta. Pero piense también que hace veinticuatro años que no nos vemos.

Volvieron a quedar en silencio y pensativas. Jeanne balbució al fin:

–¿Has sido feliz, por lo menos?

Y Rosalie, titubeando por temor a despertar algún recuerdo demasiado doloroso, decía, tartamudeando:

–Pues... sí... sí... señora. No me puedo quejar. Más feliz que usted ya he sido... seguro. La única pena que no se me quitó nunca fue la de no haberme podido quedar aquí...

Se calló de repente, sobrecogida por haber sacado aquel asunto a colación sin darse cuenta. Pero Jeanne le contestó suavemente:

–Qué le vamos a hacer, muchacha, no siempre hacemos lo que queremos. También tú estás viuda, ¿verdad?

Luego siguió diciendo, con una angustia temblándole en la voz:

–¿Has tenido más... más hijos?

–No, señora.

–Y ¿qué ha sido de él... de tu... tu hijo? ¿Te ha ido bien con él?

–Sí, señora, es un muchacho bueno que trabaja como el que más. Se casó hace seis meses y se queda con la granja porque yo me vuelvo con usted.

Jeanne, trémula de emoción, susurró:

–¿Así que ya no volverás a dejarme, hija?

Y Rosalie contestó con tono brusco:

–Cuente con ello, señora, ya lo tengo todo arreglado para quedarme.

Y estuvieron un rato sin decir nada.

Jeanne, sin poderlo evitar, seguía comparando la vida de ambas, pero sin amargura alguna en el corazón, resignada ya a las injustas crueldades del destino. Dijo:

–¿Cómo se portó tu marido contigo?

–Era un buen hombre, señora, buen trabajador y que supo juntar buenos dineros. Se murió del pecho.

Se apoderó entonces de Jeanne una necesidad de saber, y se sentó en la cama:

–Vamos, cuéntamelo todo, hija, toda tu vida. Me sentará bien oírte, en un día como hoy.

Y Rosalie, acercando una silla, se sentó y empezó a hablar de sí misma, de su casa, de su gente, sin ahorrar ninguno de esos detalles que tanto gustan a los campesinos, explicando cómo era su corral, riendo a veces por cosas ya antiguas que le recordaban los momentos buenos, alzando un poco la voz en su papel de ama acostumbrada a mandar. Al final, dijo:

–Huy, y menuda hacienda que tengo ahora. No me da miedo que me pueda toser nadie. –Volvió luego a azararse y añadió, más bajo–: Eso no quita para que todo lo que tengo se lo deba a usted. Así que ya sabe que no quiero sueldo. ¡De sueldo nada, de sueldo nada! Y si no le parece a usted bien, pues me marcho.

Jeanne dijo:

–¿No pretenderás servirme gratis?

–Ya lo creo que sí, señora. ¡Dinero! ¡Dinero va a darme usted a mí! Pero si tengo casi tanto como usted. ¿Sabe siquiera lo que le queda, con todos esos líos de hipotecas y esos avíos de préstamos, y esos intereses sin pagar, que crecen cada vez que vence un plazo? ¿Lo sabe? No, ¿verdad? Pues yo le aseguro que no le quedan ya ni diez mil libras de renta. Ni diez mil, ¿se entera? Pero ya le voy yo a arreglar todo como es debido. Y enseguidita, además.

Otra vez había subido la voz, enfadándose, indignándose por aquel descuido con los intereses, por aquella ruina en ciernes. Y, al ver cruzar por el rostro de su señora una incierta sonrisa enternecida, exclamó, fuera de sí:

–No hay que reírse de esas cosas, señora, porque sin dinero todos somos unos pelgares.

Jeanne volvió a tomarle las manos, las retuvo entre las suyas y dijo luego, despacio, sin poder librarse del pensamiento que la obsesionaba:

–¡Ay, si es que no he tenido suerte! Todo me salió mal. La fatalidad se encarnizó con mi vida.

Pero Rosalie negó con la cabeza:

–No diga eso, señora, no diga eso. Se casó usted mal, y punto. Y es que esas no son formas de casarse, sin conocer siquiera al pretendiente.

Y siguieron conversando lo mismo que dos viejas amigas.

Cuando salió el sol, aún estaban hablando.

Capítulo XII

Rosalie se hizo, en ocho días, con el gobierno absoluto de los asuntos y las gentes de la mansión. Jeanne, resignada, obedecía con pasividad. Débil, arrastrando las piernas igual que las arrastraba antes mamaíta, salía del brazo de su sirviente, que la paseaba despacio, le echaba sermones, la reconfortaba con palabras bruscas y tiernas, tratándola como a una niña enferma.

Siempre hablaban del pasado, Jeanne con lágrimas en la garganta, Rosalie con el sosegado tono de los campesinos impasibles. La antigua doncella sacó a colación repetidas veces el asunto de los intereses atrasados, para exigir, por fin, que Jeanne, que nada sabía de negocios, le entregase los papeles que le ocultaba por no poner a su hijo en vergüenza.

Estuvo entonces Rosalie una semana yendo a diario a Fécamp para que un notario que conocía se lo explicase todo.

Luego, una noche, tras haber acostado a su señora, se sentó a la cabecera de la cama y le dijo de pronto:

–Ahora que ya está en la cama, tenemos que hablar.

Y le expuso la situación.

Cuando todo estuviera pagado y en regla, le quedarían alrededor de siete u ocho mil francos de renta. Ni un céntimo más.

Jeanne repuso:

–Qué le vamos a hacer, hija. Siento que no llegaré a vieja, así que todo me sobra.

Pero Rosalie se enfadó:

–A usted, señora, a lo mejor. Pero ¿es que no va a dejarle nada al señorito Paul?

Jeanne se estremeció:

–No me lo menciones nunca, te lo ruego. Sufro demasiado cuando me acuerdo de él.

–Pues sí que se lo menciono porque no tiene usted razón, señora. ¿Que ahora anda haciendo locuras? Pues algún día dejará de hacerlas. Y luego se casará y tendrá hijos. Y hará falta dinero para criarlos. Atienda bien: va usted a vender Los Chopos...

Jeanne se sentó en la cama de un respingo:

–¡Vender Los Chopos! ¿Cómo se te ocurre? Eso nunca, nunca.

Pero Rosalie no se alteró:

–Y yo le digo que venderá, señora, porque no queda más remedio.

Y explicó las cuentas que había hecho, sus proyectos, sus razonamientos.

Tras vender Los Chopos y las dos alquerías incluidas en la finca a un candidato a comprador que había encontrado, se quedarían con cuatro alquerías sitas en Saint-Léonard; estas, libres ya de hipotecas, rentarían ocho mil trescientos francos. Apartarían mil trescientos al año para las reparaciones y la conservación de las propiedades; quedarían, pues, siete mil francos, de los que anualmente se gastarían cinco mil en vivir; y dejarían dos mil para una caja de pensiones.

–Todo lo demás se lo ha comido usted ya; no queda nada. Y, además, ahora la llave la voy a guardar yo, ¿me oye? Y el señorito Paul no volverá a ver ni una perra, lo que se dice ni una perra. La dejaría a usted sin un cuarto.

Jeanne, que lloraba en silencio, dijo a media voz:

–¿Y si no tiene para comer?

–Si tiene hambre, que venga a comer a nuestra casa. Siempre habrá una cama y un plato para él. ¿Cree usted que habría hecho tantas tonterías si, desde el principio, no le hubiera dado usted ni un cuarto?

–Pero tenía deudas; habría sido la deshonra para él.

–Y cuando a usted no le quede nada, ¿se cree que va a dejar de meterse en deudas? Usted se las pagó antes, bien está. Pero no le pagará ninguna más, se lo digo yo. Y ahora, señora, buenas noches.

Y se fue.

Jeanne no durmió aquella noche, con la alteración de pensar en vender Los Chopos, de irse de allí, de dejar aquella casa a la que estaba vinculada toda su existencia.

Cuando vio entrar a Rosalie en su cuarto al día siguiente, le dijo:

–Mira, hija, yo no podré nunca decidirme a marcharme de aquí.

Pero la sirvienta se enfadó:

–Pues tendrá usted que marcharse, señora. Dentro de un rato llega el notario con el señor que se ha encaprichado de la casa. Y si no vende ahora, dentro de cuatro años no tendrá usted más que una mano delante y otra detrás.

Jeanne, sin salir de su anonadamiento, repetía:

–No podré; no podré en la vida.

Una hora después, el cartero le trajo una carta de Paul que le pedía otros diez mil francos. ¿Qué hacer? Trastornada, lo consultó con Rosalie, que alzó los brazos al cielo:

–¿Qué le decía yo, señora? ¡Ay, apañados iban ustedes de no haber vuelto yo!

Y Jeanne, doblegándose a la voluntad de su doncella, contestó al joven:

> Mi querido hijo:
>
> No puedo hacer nada más por ti. Me has arruinado, e incluso me veo en la necesidad de vender Los Chopos. Pero no olvides que siempre tendré un sitio en donde acogerte cuando quieras venir a buscar refugio junto a tu anciana madre, a la que has hecho padecer mucho.
>
> JEANNE

Y cuando llegó el notario en compañía del señor Jeoffrin, expropietario de una refinería de azúcar, los recibió personalmente y los animó a que recorrieran la casa y lo vieran todo.

Transcurrido un mes, firmó la escritura de venta al tiempo que adquiría una casita burguesa sita en la aldea de Batteville, próxima a Goderville, junto al camino real de Montivilliers.

Estuvo después, hasta que cayó la noche, paseando a solas por el paseo de mamaíta, con el corazón destrozado y las ideas perdidas, despidiéndose del horizonte, de los árboles; del banco carcomido que había bajo el plátano; de todas aquellas cosas, tan conocidas que le parecía que las llevaba dentro de los ojos y del alma; del bosquecillo; del talud frente a la landa en el que se había sentado tantas veces, desde el que había visto correr hacia la mar al conde de Fourville en aquel día terrible de la muerte de Julien; de un olmo viejo y desmochado en el que solía apoyarse; de todo aquel jardín que tan familiar le era; y a todo le enviaba adioses desesperados y envueltos en sollozos.

Rosalie acudió, la tomó del brazo y la hizo volver a la mansión a la fuerza.

Un campesino alto, de veinticinco años, esperaba delante de

la puerta. La saludó con tono cordial, como si la conociera desde hacía mucho:

–¿Qué tal, señora Jeanne? ¿Cómo está usted? Mi madre me ha mandado venir para la mudanza. Necesitaría saber con qué se va a quedar usted porque me lo iré llevando a ratos para no atrasar el trabajo de la tierra.

Era el hijo de su doncella, el hijo de Julien, el hermano de Paul.

A Jeanne le pareció que el corazón le dejaba de latir; y, no obstante, habría querido besar al muchacho.

Lo contemplaba, buscando un parecido con su marido, un parecido con su hijo. Era colorado y robusto, con el pelo rubio y los ojos azules de la madre. Y, sin embargo, se parecía a Julien. ¿En qué? ¿Cómo? No acababa de caer en ello; pero, en conjunto, algo tenía de él.

El mozo añadió:

–Me vendría bien que me lo dijera usted ahora mismo.

Pero Jeanne aún no sabía qué quería conservar, ya que la casa nueva era muy pequeña; y le rogó que volviera a finales de la semana.

Entonces, empezó a pensar en la mudanza, que aportó un entretenimiento melancólico a aquella vida taciturna que nada esperaba.

Iba de habitación en habitación, buscando los muebles que le recordaban algún suceso, esos muebles amigos que son parte de nuestra vida y casi de nuestro ser, que hemos visto desde que éramos jóvenes y a los que se vinculan recuerdos de alegrías o tristezas, fechas de nuestra historia; que han sido compañeros mudos de nuestras horas dulces o sombrías; que han ido envejeciendo, deteriorándose a nuestro lado; cuya tapicería se ha abierto por algunos sitios; cuyo forro se ha rasgado; que tienen los remaches flojos y el color comido.

Los escogía uno a uno, titubeando con frecuencia, con esa misma alteración que se siente antes de adoptar decisiones de capital importancia, cambiando de opinión a cada momento, comparando las virtudes de dos butacas o las de un viejo secreter y una mesa de labor antigua.

Abría los cajones, intentaba recordar algunos hechos; luego, cuando ya había dicho para sí con carácter definitivo: «Sí, esto me lo llevo», bajaban el objeto al comedor.

Quiso conservar todos los muebles de su cuarto: la cama, los tapices, el reloj, todo.

Se quedó con algunas de las butacas y sillas del salón, aquellas cuyos dibujos le gustaban en la infancia: la raposa y la cigüeña, la zorra y el cuervo, la cigarra y la hormiga, y la melancólica garza.

Después, dando vueltas por todos los rincones de aquella casa que iba a abandonar, subió un día al desván.

Se quedó sobrecogida de asombro: era un revoltillo de objetos de todo tipo, rotos unos, otros deslucidos nada más; y algunos los habían subido allí a saber por qué, porque habían dejado de gustar, porque otros habían ocupado su lugar. Vio mil adornos antaño conocidos, que habían desaparecido de pronto sin que hubiera caído en la cuenta de ello; naderías que había utilizado; cosas sin importancia, viejas e insignificantes, que habían andado rodando a su alcance durante quince años, que había visto a diario sin fijarse en ellas; y, de repente, al volver a encontrarlas en aquel desván, junto a otras más antiguas de las que recordaba a la perfección el lugar que ocupaban al principio, cuando ella acababa de llegar, cobraban la súbita importancia de unos testigos olvidados, de unos amigos recuperados. Eran para ella como esas personas a las que hemos tratado mucho tiempo, sin que nunca se hayan dado a conocer, y que, de súbito, una noche, por un motivo nimio, se ponen a charlar interminablemente, a contar todo cuanto llevan en el alma y que nadie sospechaba.

Jeanne iba de un objeto a otro, dándole brincos el corazón y diciéndose: «Anda, esta taza de la China la rajé yo una noche, pocos días antes de la boda. ¡Mira! El farol pequeño de mamaíta; y el bastón que rompió papaíto queriendo abrir la cerca, que tenía la madera hinchada de la lluvia».

Había también en aquel desván muchas cosas que no había visto nunca, que no le traían ningún recuerdo, procedentes de sus abuelos o de sus bisabuelos, esos objetos polvorientos, como desterrados en una época que no es ya la suya, a los que parece entristecer su abandono, cuya historia, cuyas andanzas no sabe nadie, pues nadie vio nunca a quienes los escogieron, los compraron, los poseyeron, los quisieron, pues nadie conoció las manos que los manejaban con familiaridad y los ojos que los contemplaban con agrado.

Jeanne los tocaba, les daba vueltas, dejando la marca de los dedos en el polvo acumulado; y allí se quedó mucho rato, entre todas aquellas antiguallas, bajo la débil claridad que entraba por el cristal de unos cuantos ventanucos cuadrados empotrados en la techumbre.

Examinó minuciosamente unas sillas de tres patas, cavilando si le traían algún recuerdo; un calentador de cama de cobre; un brasero sin fondo, que le parecía reconocer, y un montón de utensilios inservibles.

Hizo luego un lote con todo lo que quería llevarse; y, al bajar, mandó a Rosalie que fuera a buscarlo. La sirvienta, indignada, se negaba a sacar del desván «esas guarrerías». Pero Jeanne, aunque no le quedaba ya ni un asomo de voluntad, se mostró firme en esta ocasión y no hubo más remedio que obedecerla.

Una mañana, el joven labriego, el hijo de Julien, Denis Lecoq, llegó con la carreta para hacer un primer viaje. Rosalie lo acompañó para supervisar la descarga de los muebles y colocarlos en los lugares en que tenían que ir.

Jeanne, al quedarse sola, empezó a caminar sin rumbo por las estancias de la mansión, presa de un terrible ataque de desesperación, besando con exaltados arrebatos amorosos todo lo que no podía llevarse: los grandes pájaros blancos de los tapices del salón, unos candelabros viejos, todo cuanto hallaba a su paso. Iba de una habitación a otra, como loca, llorando a raudales; luego, salió para «ir a decirle adiós» al mar.

Finalizaba septiembre; un cielo bajo y gris agobiaba el paisaje; la extensión de olas tristes y amarillentas se dilataba hasta perderse de vista. Jeanne se demoró largo rato en lo más alto del acantilado, dando vueltas en la cabeza a atormentados pensamientos. Luego, como estaba cayendo la noche, regresó; había sufrido aquel día tanto como durante sus penas mayores.

Rosalie ya había vuelto y estaba esperándola, encantada con la casa nueva, diciendo que era mucho más alegre que la casona aquella que ni siquiera estaba a orillas de una carretera.

Jeanne pasó toda la velada llorando.

Desde que sabían que la casa solariega estaba vendida, los colonos apenas si le mostraban el debido respeto y, cuando hablaban entre sí, la llamaban «la loca», sin saber muy bien por qué, probablemente porque intuían, con su instinto animal de rústicos, aquel sentimentalismo enfermizo y creciente, aquellas ensoñaciones exaltadas, todo el desbarajuste de aquella infeliz alma maltratada por la desdicha.

La víspera de la partida, Jeanne entró, por casualidad, en la cuadra; la sobresaltó un gruñido. Era Matanza, del que no se acordaba hacía meses. Ciego y paralítico, había llegado a una edad infrecuente en un perro y vivía aún, encima de un montón de paja, atendido por Ludivine, que no se olvidaba de él. Jeanne lo cogió en brazos, lo besó y se lo llevó a la casa. Estaba hecho un trullo; apenas si pudo caminar; se arrastraba con las patas abiertas y tiesas; y, al ladrar, parecía uno de esos perros de madera con los que juegan los niños.

Al fin amaneció el último día. Jeanne había dormido en el cuarto de Julien, pues el suyo estaba sin muebles.

Se levantó de la cama agotada y jadeante, como si hubiera corrido mucho rato. El carruaje que había de transportar los baúles y los muebles que quedaban esperaba, ya cargado, en el patio. Detrás, estaba enganchado un carricoche de dos ruedas en que viajarían la señora y la criada.

El tío Simon y Ludivine se quedaban solos en la mansión hasta que llegase el nuevo dueño; luego se retirarían en casa de unos parientes, pues Jeanne les había concedido una modesta pensión. Por lo demás, tenían sus ahorros. Ahora eran dos criados muy ancianos, que no servían para nada y charlaban mucho. Marius se había casado y se había ido de la casa hacía mucho.

A eso de las ocho, empezó a llover; caía una llovizna helada que impulsaba una tenue brisa marina. Hubo que tapar la carreta con mantas. Ya estaban cayéndose las hojas de los árboles.

En la mesa de la cocina humeaban unos tazones de café con leche. Jeanne se sentó ante el suyo y se lo tomó a sorbitos; luego se levantó diciendo:

–¡Vamos!

Se puso el sombrero y el chal; y, mientras Rosalie le calzaba unos chanclos, dijo con un nudo en la garganta:

–¿Te acuerdas, hija, de cómo llovía cuando salimos de Ruán para venir aquí?

Le dio algo parecido a un espasmo, se llevó ambas manos al pecho y cayó de espaldas, sin sentido.

Estuvo más de una hora como muerta; luego, al abrir los ojos, tuvo convulsiones, a las que acompañó un llanto impetuoso.

Cuando se tranquilizó un poco, se sentía tan débil que no podía tenerse de pie. Pero Rosalie, temiendo que le dieran más ataques si retrasaban la partida, fue a buscar a su hijo. La alzaron en vilo, se la llevaron y la dejaron en el carricoche, encima del asiento de madera forrado de hule; la antigua sirvienta se sentó junto a Jeanne, le abrigó las piernas, le echó por los hombros un gabán grueso y, luego, abriendo un paraguas para resguardarla, exclamó:

–Corre, Denis, vámonos.

El joven subió junto a su madre y, sentado en un solo muslo por falta de sitio, puso al trote el caballo cuya irregular carrera hacía dar tumbos a ambas mujeres.

Al girar en la revuelta del pueblo, vieron que alguien caminaba arriba y abajo por la carretera. Era el padre Tolbiac, que parecía estar acechando la partida.

Se detuvo para que pasara el coche. Con una mano, se remangaba la sotana, por temor al agua del camino, enseñando los zapatones cubiertos de barro que le remataban las piernas flacas, enfundadas en medias negras.

Jeanne bajó los ojos para no cruzar la vista con él; y Rosalie, que estaba enterada de todo, montó en cólera. Mascullaba por lo bajo:

–¡Pelgar! ¡Pelgar!

Le asió luego la mano a su hijo, diciéndole:

–¡Anda y dale con el látigo!

Pero el joven, al pasar rozando al sacerdote, metió de golpe en un bache la rueda del destartalado carruaje, que corría a toda velocidad, haciendo saltar un chorro de fango que cubrió al cura de pies a cabeza.

Y Rosalie, radiante, se volvió para amenazarlo con el puño mientras él se secaba con su enorme pañuelo.

Llevaban cinco minutos de viaje cuando Jeanne exclamó de pronto:

–¡Matanza! ¡Se nos ha olvidado!

No hubo más remedio que detenerse. Denis se bajó y fue corriendo a buscar el perro mientras Rosalie sujetaba las riendas.

Al fin regresó el joven, cargado con el obeso animal, deforme y lleno de calvas, que depositó entre las faldas de las dos mujeres.

Capítulo XIII

El coche se detuvo dos horas después ante una casa pequeña de ladrillos, que se alzaba en medio de un huerto plantado de perales arrocados, a orillas del camino real.

Había cuatro glorietas, cubiertas de madreselvas y clemátides que trepaban por unos cañizos en las cuatro esquinas del jardín dispuesto en cuadros pequeños, plantados de hortalizas, entre los que corrían senderos estrechos orillados de árboles frutales.

Un seto vivo de gran altura rodeaba la finca por los cuatro costados y un campo la separaba de la casa de labor vecina. Yendo por la carretera, se pasaba, antes de llegar a ella, por una fragua, de la que distaba cien pasos. No había más lugares habitados en un kilómetro a la redonda.

Desde la casa, la vista abarcaba la planicie circundante: la región de Caux, salpicada de casas de labor arropadas por cuatro hileras dobles de árboles altos que clausuraban los corrales plantados de manzanos.

No bien llegó, Jeanne quiso irse a descansar; pero Rosalie no consintió en ello, temiendo que volviera a engolfarse en sus ensueños. Las estaba esperando el carpintero de Goderville, que había ido a instalar los muebles; y pusieron manos a la obra en el acto, colocando los que ya estaban en la casa, mientras esperaban que llegara el segundo carruaje.

Fue un trabajo de envergadura que requirió prolongadas reflexiones y sesudos debates.

Al cabo de una hora, apareció la carreta; se arrimó a la cerca y hubo que descargarla bajo la lluvia.

Al caer la noche, la vivienda estaba en el más completo desorden, repleta de objetos amontonados de cualquier manera; y Jeanne, rendida, se durmió nada más caer en la cama.

Durante los siguientes días, no tuvo tiempo para enternecimientos, pues anduvo agobiada de trabajo. Halló incluso cierta satisfacción en poner la casa nueva con gusto, ya que no se le iba de la cabeza la idea de que su hijo iría a vivir en ella. Cubrieron las paredes del comedor, que hacía también las veces de salón, con los tapices que había antes en su dormitorio; y dispuso con especial cuidado uno de los dos dormitorios del primer piso, que llamaba *in mente* «el aposento de Pollito».

Se quedó con el otro dormitorio; y Rosalie se instaló en la planta de arriba, junto al desván.

La reducida vivienda, arreglada con mimo, era agradable y Jeanne se sintió a gusto en ella al principio, aunque echaba en falta algo, sin darse bien cuenta de qué era.

Una mañana, el pasante del notario de Fécamp le llevó tres mil seiscientos francos en pago por los muebles que se habían quedado en Los Chopos y había tasado un tapicero. Al recibir aquella cantidad, se estremeció de placer; y, no bien se hubo marchado el hombre, se apresuró a ponerse el sombrero, con la intención de ir enseguida a Goderville y enviar a Paul ese dinero inesperado.

Pero cuando iba carretera adelante apretando el paso, se encontró con Rosalie que volvía de la compra. La sirvienta sospechó algo, aunque tardó un poco en adivinar la verdad; luego, cuando la hubo descubierto, pues Jeanne no atinaba ya a ocultarle nada, dejó la cesta en el suelo para reñirla a gusto.

Voceó, puesta en jarras; luego, agarró a su ama por el brazo derecho y, sin cejar en su enfado, reanudó el camino de regreso a la casa.

Nada más llegar, la criada exigió la entrega del dinero. Jeanne obedeció, aunque quedándose con los seiscientos francos; pero la desconfiada sirvienta no tardó en desenmascarar la treta; y Jeanne tuvo que entregárselo todo.

Rosalie accedió, no obstante, a que le enviara ese pico al joven.

Este escribió para dar las gracias al cabo de unos días: «Me has hecho un gran favor, querida mamá, porque estábamos en una tremenda miseria».

Jeanne, empero, no acababa de acostumbrarse a Batteville; tenía continuamente la sensación de que ya no respiraba como antes, de que estaba aún más sola, más abandonada, más perdida. Salía a dar un paseo, llegaba hasta la aldea de Verneuil, volvía pasando por las Tres Charcas; luego, cuando ya estaba en casa, volvía a levantarse del asiento, sentía otra vez deseos de salir, como si se le hubiera olvidado ir a donde precisamente se dirigía, al lugar por donde le apetecía pasear.

Y le sucedía lo mismo todos los días, aunque no comprendía la razón de aquella extraña necesidad. Pero, una noche, se le vino a la cabeza una frase involuntaria que le aclaró el secreto de su desasosiego: «¡Ay, qué ganas tengo de ver la mar!».

Lo que tanto echaba de menos era la mar, su vecina gigantesca desde hacía veinticinco años; la mar con su aire salado, con sus enfados, su voz tonante, su poderoso aliento; la mar, que veía todas las mañanas desde su ventana de Los Chopos, cuyo olor respiraba día y noche, cuya proximidad notaba, que había llegado a amar como a una persona sin sospecharlo.

También Matanza vivía muy inquieto. La noche de la llegada, se había instalado en la parte de abajo del aparador de la cocina, de la que no hubo forma de sacarlo. Allí pasaba el día entero, casi inmóvil, limitándose a volverse del otro lado de vez en cuando con un sordo gruñido.

Pero, en cuanto llegaba la noche, se levantaba e iba a rastras hasta la puerta del jardín, dándose golpes contra las paredes. Luego, tras permanecer fuera de la casa los pocos minutos indispensables, volvía a entrar, se sentaba sobre los cuartos traseros ante el fogón aún caliente y, en cuanto sus dos amas se habían metido en la cama, empezaba a dar aullidos.

Y así seguía aullando toda la noche con voz quejumbrosa y lastimera, callando a veces durante una hora para seguir luego, con acento aún más desgarrador. Lo ataron delante de la casa, dentro de un barril. Aulló bajo las ventanas. Luego, como estaba tullido y no le quedaba mucho tiempo de vida, lo volvieron a llevar a la cocina.

Jeanne no conseguía conciliar el sueño, pues oía continuamente al viejo animal quejarse y rascar, intentando orientarse en aquella casa nueva, dándose cuenta de que ya no estaba en la suya.

Nada podía tranquilizarlo. Dormitaba de día, como si sus ojos sin luz y la conciencia de su invalidez lo obligaran a estarse quieto mientras los demás seres vivían y andaban de un lado para otro; pero, en cuanto caía la noche, empezaba a dar vueltas sin descanso, como si ya no se atreviera a vivir y a moverse más que entre esas tinieblas en las que todos los seres son ciegos.

Se lo encontraron muerto una mañana. Fue un gran alivio.

El invierno avanzaba; y Jeanne notaba que se apoderaba de ella una desesperanza invencible. No era ya uno de esos dolores punzantes que parece que nos retuercen el alma, sino una tristeza taciturna y tétrica.

No había entretenimiento que la espabilara. Nadie le hacía caso. El camino real que pasaba por delante de su puerta corría hacia la derecha y hacia la izquierda, casi siempre vacío. De tarde en tarde, pasaba, al trote, un tílburi, que conducía un hombre de rostro rubicundo vestido con un blusón que hinchaba el viento de la carrera y semejaba un globo azul; a veces, era una carreta despaciosa; o se perfilaban en lontananza dos campesinos, el marido y la mujer, diminutos en el horizonte; crecían luego de tamaño para volver a mermar, tras pasar ante la casa, hasta parecer dos insectos en el extremo de la raya blanca que se estiraba hasta perderse de vista, subiendo y bajando al albur de las suaves ondulaciones del terreno.

Cuando volvió a crecer la hierba, todas las mañanas pasaba delante de la cerca una niña de falda corta, conduciendo dos vacas flacas que pastaban en las cunetas. Volvía a última hora de la tarde, con el mismo caminar soñoliento, dando un paso cada diez minutos en pos de los animales.

Todas las noches, Jeanne soñaba que vivía aún en Los Chopos.

Se veía allí como antaño, con padre y mamaíta; e incluso, a veces, con la tía Lison. Volvía a hacer cosas olvidadas y consumadas; le parecía que caminaba sosteniendo a la baronesa mientras esta recorría su paseo. Y tras cada despertar venían las lágrimas.

Pensaba constantemente en Paul, y se preguntaba: «¿Qué hará? ¿Cómo estará ahora? ¿Se acordará de mí de vez en cuando?». Mientras paseaba despacio por los caminos encajonados entre dos taludes que separaban las casas de labor, iba dando vueltas a todos los pensamientos que la martirizaban; pero lo que más la hacía padecer eran unos celos inclementes contra aquella mujer desconocida que le había robado a su hijo. Aquel odio era lo único que le ponía freno, que la disuadía de tomar cartas en el asunto, de ir a buscarlo, de meterse en su casa. Le parecía estar viendo a la amante, de pie en la puerta y preguntándole: «¿Qué busca usted aquí, señora?». Su orgullo de madre se soliviantaba ante la posibilidad de aquel encuentro; y su altanería de mujer siempre pura, sin desfallecimientos y sin tacha, la sulfuraba cada vez más cuando pensaba en todas las cobardías del hombre sometido al sucio ejercicio de ese amor carnal que vuelve cobardes hasta los corazones. La humanidad le parecía una inmundicia al acordarse de todos los indecentes secretos sensuales, las caricias que envilecen, todos los misterios intuidos de los emparejamientos indisolubles.

Transcurrieron la primavera y el verano.

Pero, cuando volvieron el otoño y sus prolongadas lluvias, el cielo de un gris turbio, las nubes sombrías, se sintió Jeanne tan cansada de aquella vida que decidió hacer un tremendo esfuerzo para recuperar a su Pollito.

La pasión del joven debía de haber menguado ya.

Le escribió una carta desconsolada:

> Querido hijo:
>
> Aquí vengo a suplicarte que vuelvas a mi lado. Piensa que soy vieja, que estoy enferma y sola durante todo el año, sin más compañía que la de una criada. Ahora vivo en una casita próxima a la carretera. Resulta muy triste. Pero, si estuvieras conmigo, todo me parecería diferente. ¡Solo te tengo a ti en el mundo y hace siete años que no te veo! Nunca sabrás lo desgraciada que he sido y hasta qué extremo te había tomado como apoyo para mi corazón. Tú eras mi vida, mi sueño, mi única esperanza, mi único amor, y te echo de menos, y me has abandonado.
>
> ¡Vuelve, Pollito mío! Vuelve para darme un beso, vuelve con tu anciana madre que te tiende unos brazos desesperados.
>
> JEANNE

Paul respondió pocos días después:

Querida mamá:

Nada me agradaría más que ir a verte, pero no tengo ni un céntimo. Mándame algo de dinero y me pondré en camino. Tenía, por lo demás, intención de visitarte para hablarte de un proyecto que me permitiría hacer lo que me pides.

La mujer que ha sido mi compañera en los días malos por los que paso me sigue mostrando un desinterés y un afecto sin límites. No puede pasar más tiempo sin que yo otorgue un público reconocimiento a su amor y su abnegación, tan fieles. Por lo demás, tiene excelentes modales como podrás comprobar en su momento. Es muy culta, lee mucho. En fin, no puedes hacerte una idea de lo que ha significado siempre para mí. Sería un ser sin entrañas si no le demostrase mi agradecimiento. Quiero, pues, pedirte licencia para casarme con ella. Tú me perdonarías mis desatinos y viviríamos todos juntos en tu nueva casa.

Si la conocieras, me darías en el acto tu consentimiento. Te aseguro que no hay mujer mejor; y, además, es distinguidísima. Estoy seguro de que la querrías. En lo que a mí se refiere, no podría vivir sin ella.

Espero impaciente tu respuesta, querida mamá, los dos te enviamos nuestros besos más sinceros.

Tu hijo,

Vizconde Paul de Lamare

Jeanne se quedó aterrada. No se movía, con la carta en las rodillas, intuyendo la trampa de aquella mujerzuela, que había tenido a su hijo continuamente sujeto, que no lo había dejado volver ni una sola vez, esperando su hora, la hora en que la anciana madre desesperada, no pudiendo resistir ya el deseo de abrazar a su hijo, se volviese débil y accediera a todo.

Y el gran dolor que le causaba la obstinada preferencia por aquella golfa le destrozaba el corazón. Se decía una y otra vez: «No me quiere. No me quiere».

Rosalie entró. Jeanne le dijo, balbuciente:

–Ahora pretende casarse con ella.

La criada dio un respingo:

–¡Ay, señora! ¡No lo consienta! El señorito Paul no puede cargar con esa perdida.

Y Jeanne, aunque abrumada, respondió, rebelándose:

–Eso nunca, hija. Y, ya que no quiere venir, me voy a buscarlo y ya veremos quién puede más, si esa mujer o yo.

Y escribió acto seguido a Paul para anunciarle su llegada y decirle que quería entrevistarse con él fuera de la casa en la que vivía aquella bribona.

Luego, mientras esperaba la respuesta, hizo los preparativos necesarios. Rosalie empezó a meter en un baúl viejo las mudas y la ropa de su señora. Pero, cuando estaba doblando un vestido, un vestido de campo ya antiguo, exclamó:

–Si es que no tiene usted lo que se dice nada decente que ponerse. No voy a consentirle que se vaya así. Avergonzaría a todo el mundo; y las señoras de París la mirarían como si fuera una criada.

Jeanne le dejó hacer su gusto. Y las dos mujeres fueron juntas a Goderville para escoger una tela de cuadros verdes que llevaron a la modista del pueblo. Fueron, luego, a ver al señor Roussel, el notario, que pasaba todos los años quince días en la capital, para pedirle información. Pues Jeanne no había vuelto a París desde hacía veintiocho años.

El notario le hizo múltiples recomendaciones acerca de la forma de esquivar los coches y los procedimientos para no dejarse robar, aconsejándole que llevase el dinero cosido en el dobladillo de la ropa y no metiera en el bolsillo más que lo indispensable; estuvo mucho rato disertando acerca de los restaurantes de precios económicos, y le habló de dos o tres a los que iban señoras; y recomendó el Hotel de Normandía, en donde se alojaba él, muy próximo a la estación de ferrocarril. Podía decir que iba de su parte.

Hacía seis años que esos ferrocarriles de los que tanto se hablaba por doquier funcionaban entre París y El Havre. Pero Jeanne, obsesionada con sus penas, aún no había visto los coches de vapor que tenían revolucionada a toda la comarca.

Paul, empero, seguía sin contestar.

Jeanne esperó ocho días; luego, quince. Todas las mañanas iba por la carretera al encuentro del cartero y se le acercaba temblorosa:

–¿No tiene nada para mí, tío Malandain?

Y el hombre contestaba siempre, con aquella voz que habían enronquecido las intemperies de todas las estaciones:

–Tampoco traigo nada hoy, señora, usted disimule.

¡No cabía duda de que era aquella mujer la que impedía que Paul contestase!

Jeanne decidió entonces irse sin más tardanza. Quería que la acompañara Rosalie, pero la sirvienta se negó, para que el viaje no saliera más caro.

Por lo demás, no permitió que su señora se llevase más que trescientos francos:

–Si necesita más dinero, pues me escribe y yo iré a ver al notario para que se lo mande. Si le doy más, acabará en el bolsillo del señorito Paul.

Y una mañana de diciembre se subieron al carricoche de Denis Lecoq, que fue a buscarlas para llevarlas a la estación, pues Rosalie iba hasta allí con su señora.

Empezaron por informarse del precio de los billetes. Luego, cuando estuvo todo resuelto y hubieron facturado el baúl, esperaron delante de aquellas tiras de hierro, intentando comprender cómo funcionaba ese invento, tan absortas en el misterio que se les olvidaban las penosas razones del viaje.

Por fin, un pitido les hizo volver la cabeza y divisaron una locomotora negra, cuyo tamaño iba en aumento. Llegó con terrible estruendo, pasó ante ellas arrastrando una larga cadena de casitas rodantes; y, tras abrir una portezuela un empleado, Jeanne besó a Rosalie llorando y se subió a uno de aquellos barracones.

Rosalie, emocionada, decía a voces:

–Adiós, señora, buen viaje, hasta pronto.

–Adiós, hija mía.

Se oyó otro pitido y todo el rosario de coches empezó a rodar, despacio primero, luego cada vez más deprisa, luego con espantosa rapidez.

En el compartimiento de Jeanne, dos señores dormían, arrellanados en sendas esquinas.

Miraba pasar el campo, los árboles, las casas de labor, los pueblos, sobresaltada por aquella velocidad, sintiéndose atrapada en una vida nueva, arrastrada a un mundo nuevo que ya no era el suyo, el de su apacible juventud y su existencia monótona.

Caía la tarde cuando el tren hizo su entrada en París.

Un mozo se hizo cargo del baúl de Jeanne; ella lo siguió, aturullada. La empujaban; no sabía abrirse camino entre los vaivenes de la muchedumbre; iba casi corriendo en pos del hombre aquel, con el temor de perderlo de vista.

Al llegar a la recepción del hotel, le faltó tiempo para decir:

–Me envía el señor Roussel.

Sentada tras su mesa, la dueña, una mujerona muy seria, preguntó:

–¿Qué señor Roussel?

Jeanne, desconcertada, repuso:

–Pues el notario de Goderville, que se hospeda aquí todos los años.

La obesa mujer declaró:

–Puede ser. No lo conozco. ¿Quiere usted una habitación?

–Sí, señora.

Y el botones cogió su equipaje y la precedió escaleras arriba.

Jeanne tenía el corazón encogido. Se sentó a una mesa pequeña y pidió que le subieran un caldo con una alita de pollo. Llevaba sin comer desde la madrugada.

Cenó tristemente, a la luz de una vela, pensando en mil cosas, recordando su paso por aquella ciudad al regresar del viaje de novios, los primeros síntomas de la forma de ser de Julien, que se habían puesto de manifiesto durante aquella estancia en París. Pero a la sazón ella era joven, y tenía confianza y valor. Ahora se sentía vieja, apurada, medrosa incluso, débil; cualquier nimiedad la alteraba. Cuando acabó de comer, se asomó a la ventana y contempló la calle llena de gente. Le apetecía salir y no se atrevía. Se perdería con toda seguridad, pensaba. Se acostó; y apagó la vela de un soplido.

Pero el ruido, la sensación de estar en una ciudad desconocida y la alteración del viaje la tenían despierta. Pasaban las horas. Los ruidos de la calle se atenuaban poco a poco sin que Jeanne consiguiera conciliar el sueño; aquel descanso a medias de las grandes ciudades la ponía nerviosa. Estaba acostumbrada al sosegado y profundo sueño del campo, que lo entumece todo, las animales, las plantas, y a los hombres; y ahora notaba, a su alrededor, todo un ajetreo misterioso. Llegaban hasta ella, como si se hubieran filtrado por las paredes del hotel, voces casi inaudibles. A veces, crujía un entarimado, se cerraba una puerta, sonaba una campanilla.

A eso de las dos de la mañana, cuando estaba empezando a quedarse dormida, una mujer se puso a gritar súbitamente en una habitación próxima; Jeanne se sentó de golpe en la cama; luego le pareció oír que un hombre se reía.

Entonces, según iba llegando el día, se apoderó de ella el recuerdo de Paul; y se vistió a la luz cenicienta del alba.

Su hijo vivía en la calle de Le Sauvage, en la isla de La Cité. Quiso ir a pie para atenerse a las recomendaciones de ahorro de Rosalie. El tiempo estaba despejado; el aire frío clavaba agujas en la carne; gente presurosa corría por las aceras. Jeanne apretó el paso cuanto pudo por una calle que le habían indicado, al final de la cual debía girar a la derecha, y luego a la izquierda; al llegar a una plaza, tenía que volver a preguntar. No encontró la plaza y preguntó a un panadero, quien le dio otras indicaciones diferentes. Reanudó la marcha, se perdió, anduvo dando vueltas, siguió otros consejos, se extravió por completo.

Ahora, despavorida, caminaba casi al azar. Ya iba a decidirse a parar un coche cuando divisó el Sena. Entonces, fue siguiendo los muelles.

Al cabo de una hora, más o menos, llegó a la calle de Le Sauvage, que más parecía un callejón renegrido. Se detuvo ante el portal, tan emocionada que no podía dar un paso más.

Él, Pollito, estaba allí, en aquella casa.

Sentía que le temblaban las rodillas y las manos; entró por fin, recorrió un pasillo, vio la garita del portero y preguntó, tendiéndole una moneda:

–¿Podría usted subir y decirle al señor Paul de Lamare que una señora mayor, una amiga de su madre, lo está esperando abajo?

El portero contestó:

–Ya no vive aquí, señora.

Jeanne sintió por todo el cuerpo un gran escalofrío. Balbució:

–¡Ah! Y ahora... ¿ahora dónde vive?

–No lo sé.

Estaba aturdida, como si se fuera caer, y durante un rato no pudo decir nada.

Al fin, con gran esfuerzo, consiguió recobrarse, y dijo a media voz:

–¿Cuánto hace que se fue?

El hombre le dio prolijos informes:

–Hace ya quince días. Se fueron sin más, una noche, y no han vuelto. Le debían a todo el mundo en el barrio; así que ya se supondrá usted que no han dejado dirección.

Jeanne veía luces, grandes ráfagas de llamas, como si le hubieran disparado un fusil en la cara. Pero una idea fija la sostenía, la mantenía en pie, tranquila en apariencia y con capacidad de razonar. Quería saber qué había pasado y encontrar a Pollito.

–¿Así que no dijo nada cuando se fue?

–Nada de nada. Se largaron para no pagar, y punto.

–Pero a alguien mandará a buscar la correspondencia.

–¡Como que yo se la iba a dar! Y, además, no recibían ni diez cartas al año. Y eso que les subí una dos días antes de que se fueran.

Debía de ser la que ella le había escrito. Dijo atropelladamente:

–Mire, yo soy su madre, la madre de él, y he venido a buscarlo. Tome estos diez francos. Si tiene alguna noticia o se entera de algo, venga a comunicármelo al Hotel de Normandía, en la calle de Le Havre, y le pagaré bien.

Y se fue corriendo.

Empezó a caminar de nuevo, sin importarle adónde iba. Andaba deprisa, como si la acuciase un asunto de importancia; corría, pegada a las paredes; chocaba contra transeúntes, contra bultos; cruzaba las calles sin reparar en los coches que pasaban, y los cocheros la insultaban; no se fijaba en los filos de las aceras, y tropezaba en ellos; iba a toda prisa, en línea recta, con el alma extraviada.

De súbito, vio que estaba en un parque, y se sentía tan cansada que se sentó en un banco. Allí debió de quedarse mucho rato, llorando sin darse cuenta de que lloraba, pues los viandantes se detenían a mirarla. Cayó, luego, en la cuenta de que tenía mucho frío; y se puso en pie para seguir andando; tan abrumada y débil estaba que casi no la sostenían las piernas.

Quería ir a un restaurante a tomar un caldo, pero no se atrevía a entrar en ningún establecimiento, pues se había adueñado de ella algo así como una vergüenza, un temor, un pudor de aquella pena que, bien lo sabía, se le notaba. Se detenía un segundo ante la puerta, miraba el interior, veía a muchas personas sentadas a la mesa y comiendo, y escapaba, acobardada, diciéndose: «Entraré en el próximo que vea». Y tampoco entraba en el siguiente.

Acabó por comprar en una panadería un panecillo con forma de luna, y empezó a comérselo mientras andaba. Tenía mucha sed, pero no sabía dónde beber y prescindió de ello.

Pasó bajo una bóveda y se halló en otro jardín rodeado de soportales. Reconoció entonces la plaza de Le Palais-Royal.

Como con el sol y la caminata había entrado algo en calor, volvió a sentarse una hora o dos.

Entraba en la plaza mucha gente, gente elegante, que charlaba, sonreía, se saludaba, uno de esos gentíos felices en los que las mujeres son hermosas, los hombres son acaudalados, y no viven sino para ataviarse y divertirse.

Jeanne, azarada al verse entre aquella muchedumbre lujosa, se levantó para escapar de allí; pero, de pronto, se le ocurrió que acaso podía encontrarse con Paul en aquel lugar; y empezó a deambular, espiando los rostros, yendo y viniendo sin cesar, cruzando el jardín de punta a punta con su paso humilde y raudo.

Algunas personas se volvían para mirarla; otras se reían y la señalaban con el dedo. Lo notó y se fue corriendo, pensando que seguramente se burlaban de sus trazas y de su vestido de cuadros verdes que había escogido Rosalie y había confeccionado, siguiendo las indicaciones de esta, la modista de Goderville.

Ni siquiera se atrevía ya a preguntar el camino. Se arriesgó, por fin, y acabó por localizar su hotel.

Pasó el resto del día sentada en una silla, al pie de la cama, sin moverse. Cenó, luego, como la víspera, una sopa y un poco de carne. Y luego se acostó, haciéndolo todo maquinalmente, movida por la costumbre.

Al día siguiente, fue a la prefectura de policía para que le buscasen a su hijo. No pudieron prometerle nada, pero le dijeron que se ocuparían del asunto.

Vagó entonces por las calles, sin perder la esperanza de encontrarse con él. Y se sentía más sola entre el ajetreo de aquella muchedumbre, más perdida, más mísera que en medio de los campos desiertos.

Al volver al hotel, por la noche, le dijeron que un hombre había preguntado por ella de parte del señor Paul y que volvería al día siguiente. Una oleada de sangre le brotó del corazón; y no pegó ojo en toda la noche. ¿Y si fuera él? Sí, tenía que ser él, aunque no lo había reconocido por los detalles que le habían dado.

A eso de las nueve de la mañana, llamaron a su puerta. Jeanne, a punto de abalanzarse con los brazos abiertos, dijo:

–¡Adelante!

Apareció un desconocido. Y, mientras este se disculpaba por venir a molestarla y explicaba qué lo traía, una deuda de Paul que venía a cobrar, Jeanne se daba cuenta de que estaba llorando y, para que no se le notara, se recogía las lágrimas con la yema del dedo a medida que estas le iban brotando de los ojos.

El hombre sabía por el portero que Jeanne había ido a la calle de Le Sauvage y, como no podía localizar al joven, venía a ver a la madre. Y le tendía un papel que ella tomó con la cabeza vacía. Leyó una cantidad: noventa francos, sacó el dinero y pagó.

Aquel día no salió del hotel.

Al día siguiente acudieron otros acreedores. Les dio cuanto tenía, quedándose solo con unos veinte francos; y escribió a Rosalie para decirle en qué situación se hallaba.

Pasaba los días vagando sin rumbo, esperando la respuesta de la criada, no sabiendo qué hacer, dónde matar las horas lúgubres, las horas interminables, no teniendo a nadie a quien poder decir una palabra de ternura, nadie que supiera su desdicha. Caminaba al azar; y ahora la acuciaba la necesidad de marcharse, de regresar a su casita, a orillas de la carretera solitaria.

Pocos días antes, agobiada de tristeza, no era capaz de vivir en aquel lugar; y ahora se daba perfecta cuenta de que, antes bien, no sabría ya vivir sino en esa casa, en donde habían echado raíces sus taciturnos hábitos.

Por fin, una noche, encontró en el hotel una carta y doscientos francos. Rosalie escribía:

Señora Jeanne:

Vuelva enseguida porque no pienso mandarle más dinero. Y al señorito Paul ya iré yo a buscarlo en cuanto tengamos noticias.

Recuerdos. Su sirvienta,

ROSALIE

Y Jeanne tomó el camino de regreso a Batteville una mañana en que estaba nevando y hacía muchísimo frío.

Capítulo XIV

Entonces dejó de salir, dejó de ir de un lado a otro. Se levantaba todas las mañanas a la misma hora, miraba por la ventana para ver qué tiempo hacía; luego, bajaba a la sala y se sentaba ante el fuego.

Allí se quedaba días enteros, inmóvil, con los ojos clavados en las llamas, dejando que vagasen a la ventura sus lastimeros pensamientos y desgranando el triste desfile de sus infortunios. La oscuridad iba invadiendo poco a poco la reducida estancia sin que Jeanne hubiera hecho más movimiento que el de añadir leña al fuego. Entraba entonces Rosalie con la lámpara y exclamaba:

–Vamos, señora Jeanne, hay que animarse, que si no tampoco me va a cenar esta noche.

La acosaban con frecuencia ideas fijas, hasta obsesionarla, y la atormentaban cuidados insignificantes, pues las cosas más nimias adquirían, en aquella cabeza enferma, una importancia extrema.

Revivía sobre todo al recordar la vida pasada, el pasado remoto; nunca se le iban de la cabeza los primeros tiempos de su vida y su viaje de novios en la remota Córcega. Se le aparecían de pronto, en las brasas de la chimenea, paisajes de aquella isla que tenía olvidados hacía mucho; y recordaba todos los detalles, todos los hechos intrascendentes, todos los rostros que había visto en esa tierra; la perseguía la cara de Jean Ravoli, el hombre que los había guiado; y, a veces, le parecía oír su voz.

Evocaba, luego, los dulces años de la infancia de Paul, cuando el niño le mandaba trasplantar lechugas, y ella se arrodillaba en la tierra feraz, junto con tía Lison, rivalizando ambas en celo para agradarle, compitiendo por ver cuál de las dos mostraría más maña en el arte de hacer que prendieran las plantas jóvenes, quién de ellas conseguiría mejores resultados.

Y sus labios susurraban por lo bajo: «Pollito, mi Pollito pequeño», igual que si le estuviera hablando; y como su ensoñación se atascaba en aquella palabra, pasaba a veces horas intentando escribir en el vacío, con el dedo estirado, las letras que la componían. Las dibujaba despacio, ante el fuego, imaginándose que las veía; luego, creyendo que se había equivocado, comenzaba otra vez a escribir la P con brazo tembloroso de cansancio, esforzándose por trazar el nombre entero; luego, cuando había concluido, volvía a empezar.

Acababa por rendirla el cansancio, lo confundía todo, formaba otras palabras; y los nervios la volvían loca.

Padecía todas las manías de los solitarios. Se irritaba al ver cualquier cosa fuera de su sitio.

Rosalie la obligaba frecuentemente a caminar, la llevaba hasta la carretera; pero Jeanne, al cabo de veinte minutos, declaraba: «Ya no puedo más, hija». Y se sentaba a la orilla de la cuneta.

No tardó en aborrecer cualquier esfuerzo; y se levantaba de la cama lo más tarde posible.

Solo había conservado, con imperturbable tenacidad, una costumbre de la infancia, la de levantarse sin demora nada más tomarse el café con leche. Por lo demás, le tenía a esa bebida una afición exagerada; y prescindir de ella le hubiera resultado más doloroso que cualquier otra privación. Aguardaba todas las mañanas a que acudiera Rosalie con una impaciencia un tanto sensual; y, en cuanto tenía el tazón lleno encima de la mesilla de noche, se incorporaba en la cama y lo vaciaba con premura, con cierta glotonería. Luego, apartando las sábanas, empezaba a vestirse.

Pero, poco a poco, se fue acostumbrando, tras dejar el tazón en el plato, a quedarse unos segundos pensando en las musarañas; luego, empezó a echarse otra vez en la cama; luego, de día en día, fue prolongando esa pereza, hasta que Rosalie volvía, hecha una furia, y la vestía casi a la fuerza.

Por lo demás, no le quedaba ya ni apariencia de voluntad y cada vez que la sirvienta le pedía un consejo, le preguntaba algo, quería saber su opinión, le contestaba:

–Haz lo que te parezca, hija.

Creía que una mala suerte tenaz la perseguía de forma tan directa que se iba volviendo fatalista como un oriental; y, acostumbrada a ver cómo se desvanecían sus sueños y se derrumbaban sus esperanzas, no se atrevía ya a emprender nada y titubeaba durante días enteros antes de acometer la tarea más sencilla, convencida de que siempre echaría por el camino equivocado y todo acabaría mal.

Repetía continuamente:

–Yo sí que he tenido mala suerte en la vida.

Entonces, Rosalie exclamaba:

–Pues no sé yo qué diría usted si tuviera que trabajar para ganarse el pan, si no le quedara más remedio que levantarse todos los días a las seis de la mañana para ir a servir. ¡Anda y que no hay mujeres que tienen que vivir así! Y, cuando son ya demasiado viejas, se mueren de miseria.

Jeanne contestaba:

–Date cuenta de que no tengo a nadie, que mi hijo me ha abandonado.

Y, entonces, Rosalie se indignaba:

–¡Pues vaya una cosa! ¿Y qué me dice de los hijos que se van al servicio militar? ¿Y de los que se marchan a buscarse la vida a América?

América le parecía a Rosalie un país impreciso al que la gente se iba a hacer fortuna y del que no volvía nunca.

Y añadía:

–Siempre llega un momento en que hay que separarse, porque los viejos y los jóvenes no están hechos para vivir juntos. –Y, de remate, preguntaba con acento feroz–: Pues ¿qué diría usted si se hubiera muerto?

Y, a eso, Jeanne ya no contestaba nada.

Recuperó un poco las fuerzas cuando el aire se dulcificó en los primeros días de la primavera, pero aquella vitalidad renovada no le sirvió sino para hundirse más y más en sus sombríos pensamientos.

Una mañana que había subido al desván a buscar algo, abrió por casualidad un cajón repleto de calendarios viejos, que no se habían tirado por esa costumbre de conservarlos que tienen algunas personas del campo.

Le pareció que recobraba, vivos, los años de su pasado; y la embargó una extraña y nebulosa emoción al ver aquel montón de cartulinas cuadradas.

Cogió los calendarios y se los llevó abajo, a la sala. Los había de todos los tamaños, grandes y pequeños. Y se puso a colocarlos por años encima de la mesa. De pronto, se topó con el primero, con el que se había llevado a Los Chopos.

Estuvo contemplándolo mucho tiempo, mirando los días que había tachado la mañana en que había salido de Ruán, al día siguiente de dejar el convento. Y lloró. Lloró con lágrimas taciturnas y pausadas, pobres lágrimas de vieja, al enfrentarse con su vida infeliz desplegada ante ella, encima de aquella mesa.

Se adueñó de ella una idea que no tardó en convertirse en una obsesión tremenda, continua, encarnizada. Quería recordar, casi día por día, lo que había ido haciendo.

Pinchó en las paredes, en el tapizado de los muebles, uno junto a otro, aquellos cartones amarillentos; y se pasaba las horas muertas frente a este o aquel, preguntándose: «¿Qué me sucedió ese mes?».

Había marcado con rayas las fechas memorables de su vida; y, a veces, conseguía recuperar un mes entero, reconstruyendo uno por uno, agrupando, relacionando entre sí todos los hechos intrascendentes que habían ocurrido antes o después de un acontecimiento importante.

A fuerza de obstinada atención, a fuerza de esforzar la memoria y concentrar la voluntad, consiguió recomponer casi por completo los dos primeros años que había pasado en Los Chopos, pues los recuerdos lejanos de su existencia le volvían con singular facilidad y cierto realce.

Pero le daba la impresión de que los años siguientes se perdían en la niebla, se mezclaban, saltaban unos por encima de otros; y, a veces, se quedaba un tiempo incalculable con la cabeza inclinada hacia un calendario, con el pensamiento tendido hacia el pasado, sin conseguir recordar siquiera si era en aquella cartulina en donde podía hallar determinado recuerdo.

Iba de calendario en calendario, dando la vuelta a la sala, que cercaban, como si fueran las láminas de un vía crucis, aquellas plasmaciones de los tiempos consumados. De golpe, plantaba la silla ante uno de ellos y allí se quedaba quieta hasta que se hacía de noche, mirándolo, sumida en sus averiguaciones.

Luego, súbitamente, cuando todas las savias despertaron con el calor del sol, cuando las cosechas empezaron a brotar en los campos y los árboles a verdear, cuando los manzanos se esponjaron en los patios como bolas sonrosadas y perfumaron la llanura, un gran desasosiego se apoderó de Jeanne.

No podía parar en el sitio; iba y venía, salía de la casa y volvía a entrar veinte veces al día; y, a veces, se alejaba y deambulaba por las proximidades de las casas de labor, con el enardecimiento de una especie de fiebre nostálgica.

Una margarita agazapada entre una mata de hierba, un rayo de sol resbalando por las hojas, el azul del cielo reflejado en el charco de agua de un roderón le llegaban al alma, la enternecían, la trastornaban al traerle de nuevo sensaciones lejanas, que eran como el eco de sus emociones de muchacha en los tiempos en que recorría soñando la campiña.

En esa época, cuando estaba a la espera del porvenir, se había estremecido con aquellas mismas conmociones, había disfrutado de aquella dulzura y de aquella turbadora embriaguez de los días templados. Ahora que el porvenir estaba concluido, volvía a notar lo mismo. Su corazón disfrutaba aún con ello, pero también la hacía sufrir, como si la sempiterna alegría del despertar del mundo, al infiltrársele en la piel reseca, en la sangre enfriada, en el alma agobiada, no pudiera ya aportarle sino un deleite desfallecido y doloroso.

También le parecía que algo había cambiado hasta cierto punto en cuanto la rodeaba. El sol calentaba indudablemente algo menos que cuando ella era joven, el cielo era algo menos azul, la hierba algo menos verde; y las flores, más apagadas y menos perfumadas, no eran tan embriagadoras como antaño.

Había días, no obstante, en que la invadía tal sensación vital de bienestar que volvía a soñar a medias, a tener esperanza, a aguardar algo: ¿es acaso posible, pese a la encarnizada inclemencia del destino, no aguardar nada cuando el tiempo es hermoso?

Pasaba horas y horas caminando, caminando en línea recta, como si la azuzase su alma exaltada. Y, a veces, se paraba de pronto y se sentaba a la orilla del camino para pensar en cosas tristes. ¿Por qué no la habían querido como querían a otras? ¿Por qué no había tenido ni tan siquiera las dichas sencillas de una vida apacible?

Y otras veces se le olvidaba que era una vieja, que solo le quedaban por delante unos pocos años tétricos y solitarios, que ya había recorrido por completo su camino; y elaboraba, como antes, a los dieciséis años, proyectos en los que su corazón hallaba dulzura; combinaba deliciosos fragmentos de tiempos venideros. Luego caía sobre ella la dura sensación de la realidad; se levantaba, dolorida como si se le hubiera venido encima un peso quebrándole la cintura; y regresaba a su casa, con paso más lento, musitando:

–¡Ay, qué vieja loca! ¡Qué vieja loca!

Rosalie se pasaba ahora el día diciéndole:

–Pero estese quieta, señora. ¿Qué le pasa para andar tan alborotada por ahí?

Y Jeanne respondía con tristeza:

–Qué quieres, me pasa lo que le pasaba a Matanza cuando ya le quedaba poco.

La sirvienta entró más temprano una mañana en su cuarto y, dejándole encima de la mesilla de noche el tazón de café con leche, le dijo:

–Venga, tómeselo deprisa. Denis nos está esperando en la puerta. Vamos a Los Chopos porque tengo cosas que hacer por allí.

Jeanne sintió una emoción tal que pensó que iba a desmayarse; y se vistió, trémula, turbada y sin fuerzas al pensar que iba a volver a ver su casa querida.

Un cielo radiante cubría el mundo; y al caballejo le entraban arrebatos de regocijo y echaba a galopar de vez en cuando. Al entrar en el municipio de Étouvent, a Jeanne le latía de tal forma el pecho que le costaba trabajo respirar; y cuando divisó los pilares de ladrillo de la cerca, dijo dos o tres veces en voz baja, sin poderlo remediar: «¡Ah! ¡Ah! ¡Ah!», como cuando una cosa alborota el corazón.

Desengancharon el carricoche en casa de los Couillard; luego, mientras Rosalie y su hijo atendían a sus asuntos, los colonos propusieron a Jeanne que fuera a dar una vuelta por la mansión, ya que los amos estaban fuera; y le entregaron las llaves.

Fue sola; y, cuando estuvo frente a la fachada de la antigua casa solariega que daba al mar, se detuvo para contemplarla. Por fuera, nada había cambiado. El sol ponía sonrisas aquel día en las paredes del gran edificio grisáceo. Todos los postigos estaban cerrados.

Le cayó en el vestido un trocito de rama seca; alzó la vista, era del plátano. Se acercó al grueso tronco del árbol, de epidermis lisa y pálida, y lo acarició con la mano, como a un animal. Entre la hierba, tropezó con el pie en un pedazo de madera podrida; era el último resto del banco en el que con tanta frecuencia se había sentado con toda su gente, del banco que estaban colocando el primer día que vino Julien de visita.

Fue entonces hasta la puerta de doble hoja del vestíbulo; le costó mucho abrirla porque la gran llave oxidada se negaba a girar en la cerradura. Al fin cedió esta con un áspero chirrido de los muelles; y el batiente, un poco duro también, se abrió tras un empujón.

Jeanne subió enseguida a su cuarto, casi corriendo. No lo reconoció, pues le habían puesto un papel claro en las paredes; pero, al abrir una de las ventanas, la conmocionó hasta lo más hondo aquel horizonte tan querido: el bosquecillo, los olmos, la landa, y la mar, salpicada de velas pardas que parecían inmóviles, allá a lo lejos.

Deambuló entonces por la gran casa vacía. Contemplaba, en las paredes, manchas que le eran familiares. Se detuvo ante un agujerito que había hecho en la escayola el barón, quien, recordando sus años de juventud, se entretenía muchas veces en hacer ejercicios de esgrima y atacaba el tabique con el bastón cuando pasaba por aquella parte de la casa.

En el cuarto de mamaíta, halló, clavado detrás de una puerta, en un rincón oscuro, un delgado agujón con cabeza de oro que había pinchado allí hacía mucho (ahora se acordaba) y, luego, había estado buscando durante años. Nadie lo había encontrado. Lo cogió, como si se tratase de una reliquia de incalculable valor, y lo besó.

Iba recorriéndolo todo; buscaba y reconocía huellas casi invisibles en los cortinones de los cuartos, que eran los mismos; volvía a ver esas extrañas siluetas que la imaginación pone a veces en los dibujos de los tejidos, en los mármoles, en las sombras de los techos que el tiempo ha manchado.

Caminaba con pasos callados, sola en la casona inmensa y silenciosa, como si cruzase por un cementerio. Toda su vida yacía aquí.

Bajó al salón. Estaba oscuro tras los postigos cerrados y tardó un rato en ver algo; luego, se le acostumbraron los ojos a la penumbra y fue reconociendo, poco a poco, los altos tapices por los que cruzaban pájaros. Dos butacas se habían quedado delante de la chimenea, como si sus ocupantes acabaran de levantarse de ellas; y el olor de la estancia, un olor que había tenido siempre, de la misma forma que las personas tienen el suyo propio, un olor impreciso, aunque fácil de reconocer, ese suave aroma desvaído de las moradas viejas, se infiltraba en Jeanne, la rodeaba de recuerdos, le embriagaba la memoria. No se movía, jadeante, aspirando aquel hálito del pasado, con los ojos clavados en las dos butacas. Y, de pronto, en una repentina alucinación nacida de su idea fija, le pareció ver, vio realmente, como los había visto tantas veces, a su padre y a su madre calentándose los pies al fuego.

Retrocedió, espantada, dio con la espalda en el filo de la puerta, se agarró a ella para no caerse, sin apartar la mirada de las butacas.

La visión había desaparecido.

Allí se quedó unos minutos, trastornada; luego, se recobró poco a poco y quiso escapar, por miedo a volverse loca. Puso por casualidad los ojos en el zócalo de madera en el que estaba apoyada; y vio la escala de Pollito.

Todas las tenues marcas iban pared arriba, por la pintura, a intervalos desiguales; y unos números marcados con navaja indicaban la edad, el mes y lo que había crecido su hijo. A veces, era la letra del barón, más grande; a veces, la suya, más menuda; otras, la de la tía Lison, un poco temblona. Y le pareció que tenía delante al niño de antaño, con su pelo rubio, arrimando la cabecita a la pared para que lo midieran.

El barón decía a voces:

–Jeanne, ha crecido un centímetro en seis semanas.

Se puso a besar el zócalo en un frenesí de amor.

Pero la estaban llamando desde fuera. Era la voz de Rosalie:

–Señora Jeanne, señora Jeanne, que la estamos esperando para almorzar.

Salió, con la cabeza perdida. Y no se enteraba ya de nada de lo que le decían. Comió lo que le sirvieron; oyó que la gente hablaba, pero no supo de qué; conversó, seguramente, con los campesinos, que le preguntaban por su salud; dejó que la besasen; correspondió besando las mejillas que le presentaban; y volvió a subir al carruaje.

Al perder de vista, a través de los árboles, la elevada techumbre de la mansión, sintió en el pecho una desgarradura espantosa. El corazón le decía que acababa de despedirse para siempre de su casa.

Regresaron a Batteville.

Cuando estaba a punto de entrar en su nuevo domicilio, vio algo blanco bajo la puerta; era una carta que el cartero había metido allí mientras estaban fuera. Se dio cuenta en el acto de que era de Paul y la abrió, estremeciéndose de angustia. Su hijo decía:

> Querida mamá:
>
> No te he escrito antes porque no quería obligarte a venir inútilmente a París, ya que yo debía ir a verte muy pronto. Me sucede en estos momentos una gran desgracia y me hallo en un tremendo apuro. Mi mujer está muriéndose, después de haber dado a luz a una niña hace tres días; y no tengo un céntimo. No sé qué hacer con la criatura; la portera la alimenta con biberón como Dios le da a entender, pero temo perderla. ¿No podrías hacerte cargo de ella? No se me ocurre nada y no tengo dinero para dársela a criar a un ama. Contéstame a vuelta de correo.
>
> Tu hijo que te quiere,
>
> PAUL

Jeanne se desplomó en una silla y apenas si le llegaron las fuerzas para llamar a Rosalie. Cuando acudió la sirvienta, volvieron a leer la carta juntas y se quedaron, luego, calladas, una enfrente de otra, durante mucho tiempo.

Al fin habló Rosalie:

–Voy a ir a buscar a la niña, señora. No podemos dejarla así.

Jeanne le contestó:

–Ve, hija.

Estuvieron calladas otro rato; luego, la sirvienta añadió:

–Póngase el sombrero, señora, y vamos a Goderville, a ver al notario. Si esa se va a morir, el señorito Paul tiene que casarse con ella, por la niña, por lo que pueda pasar más adelante.

Y Jeanne, sin responder una palabra, se puso el sombrero. Una alegría honda e inconfesable le llenaba el corazón, una alegría pérfida que quería ocultar a toda costa, una de esas alegrías abominables que nos avergüenzan, pero de las que disfrutamos fervorosamente en el secreto arcano del alma: la amante de su hijo se iba a morir.

El notario dio a la sirvienta indicaciones muy concretas; y Rosalie hizo que se las repitiera varias veces; luego, segura de no equivocarse, manifestó:

–No se preocupe por nada; ahora me hago yo cargo de todo.

Y se fue a París esa misma noche.

Jeanne pasó dos días con un aturdimiento en las ideas que la incapacitaba para pensar en nada. Al tercer día, por la mañana, recibió únicamente una nota de Rosalie que le anunciaba que volvía en el tren de la tarde. Nada más.

A eso de las tres, mandó enganchar el carricoche de un vecino y se fue a la estación de Beuzeville a esperar a su criada.

Se quedó de pie en el andén, con la mirada vuelta hacia la línea recta de las vías, que huían para unirse a lo lejos, al tocar el horizonte. De vez en cuando, miraba el reloj. «Todavía faltan diez minutos. Todavía faltan cinco. Todavía faltan dos. Ya es la hora.» No se divisaba nada en la lejanía de los raíles. Luego, de súbito, vio una mancha blanca, una humareda; después, debajo, un punto negro que fue creciendo, acercándose a toda velocidad. La enorme locomotora, aflojando la marcha, pasó por fin, rugiendo, por delante de Jeanne, que acechaba con avidez las portezuelas. Se abrieron varias; bajaba gente, campesinos con blusón, granjeras con cestas, pequeños burgueses con sombreros de fieltro. Por fin divisó a Rosalie, que llevaba en los brazos algo parecido a un lío de ropa.

Quiso ir a su encuentro, pero le daba miedo caerse, pues las piernas se le habían aflojado. La criada, que la había visto, se le acercó con su habitual aspecto sosegado; y le dijo:

–Muy buenas, señora. Ya he vuelto; menos mal.

Jeanne balbució:

–¿Qué ha pasado?

Rosalie repuso:

–Pues que se murió anoche. Casados quedan. Aquí traigo a la niña.

Y le tendió a la criatura, a la que tapaba por completo la ropa.

Jeanne la cogió maquinalmente y salieron de la estación; luego, subieron al coche.

Rosalie siguió diciendo:

–El señorito Paul vendrá en cuanto la entierren. Mañana a esta misma hora, seguramente.

Jeanne dijo a media voz:

–Paul...

Y no añadió nada más.

El sol bajaba hacia el horizonte, inundando de luz las planicies cuyo verdor moteaban de tanto en tanto el oro de la colza en flor y la sangre de las amapolas. Un infinito sosiego se cernía sobre la tierra apacible en la que germinaban las savias. El carricoche corría a toda velocidad y el labriego chasqueaba la lengua para espolear el caballo.

Y Jeanne miraba al frente, al vacío, al cielo, que rayaba, como estela de cohetes, el vuelo curvo de las golondrinas. Y, de pronto, una suave tibieza, una calidez viva le atravesó las faldas, le llegó hasta las piernas, se le adentró por la carne; era el calor del ser pequeño que dormía en sus rodillas.

Entonces la invadió una emoción infinita. Destapó de golpe la cara de la niña, a la que aún no había visto: la hija de su hijo. Y cuando la frágil criatura, al notar el violento resplandor, abrió los ojos azules moviendo los labios, Jeanne se puso a besarla rabiosamente, alzándola en los brazos, cubriéndola de caricias.

Pero Rosalie, contenta y rezongona, la detuvo:

–Venga, venga, señora Jeanne, que la va usted a hacer llorar. –Luego añadió, respondiendo sin duda a sus propios pensamientos–: Ya ve usted, la vida nunca es ni tan buena ni tan mala como nos creemos.

Este libro se acabó de imprimir en agosto de 2025
en los talleres de Liberdúplex, s. l.
Ctra. BV 2241, km 7,4
Polígono Torrentfondo
08791 Sant Llorenç d'Hortons
(Barcelona)